U0898598

红豆 / 著

Life of Firefighters

最帅逆行

[下册]

新世界出版社
NEW WORLD PRESS

第十二章　敞开心扉

1

宋子悠在医务室里对刘创那一番晓以大义的言辞，很快就在队上传开了，但这事很奇怪，当时在医务室的只有他们两人，别人是怎么知道的?

后来有两种说法：一种是说苗晓娟给刘创送饭，在门口听到了；一种是说苗晓娟给刘创送饭，刘创告诉她了。

但宋子悠做的这件事，却引起众人的赞赏。连李可风都说，这次的事的确是个教训，不能再用一贯的“慢慢教”的办法，关键时刻还是需要拔苗助长的。

宋子悠没有和任何人提起过那天她和刘创的谈话，有人来旁敲侧击地问过，她都一概笑而不语。只是宋子悠没想到，这种事陆纬竟然也会问。

那天是在食堂里，大部分的同事都吃完了饭，去午休了，宋子悠手头有点儿事要忙，去得晚，谁知到了食堂，却见到陆纬刚刚到窗口打饭。两人打了个照面，相视一笑。

宋子悠打好饭之后直接和陆纬同桌，面对面坐下。

宋子悠扫了一眼他盘子里的菜，一水的绿色，她没吭声，转而将自己盘子里的红烧肉拨给他，外带一个虎皮鸡蛋。

陆纬一怔。

宋子悠说："刚才食堂的大师傅说，这份红烧肉本来是给你留的，没想到你到了窗口又不要了。反正我也吃不了这么多，你帮帮忙吧。"陆纬没拒绝，将肉放到嘴里。

前半顿饭，两人的话题都是围绕着医院那个截肢的小朋友转，小朋友到现在还没脱离危险期，随时有并发症的可能，这两天队上大家的话题也都是这个。

聊完医院的事，陆纬话锋突然一转，非常顺畅地提到刘创："哦，对了，你那天真的是那么和刘创说的？"

宋子悠一愣："你先告诉我，流传到你这里的版本是怎样的？"

"我听到的是，你跟他说可以愧疚，但不能软弱，消防队是纪律部队，会面临很多突发情况，要经受得住考验，需要身体、心理素质和临场判断力都一流的消防员和队医，而不是懦夫。"

宋子悠回想了一下："是我说的，不过我记得没这么清楚。不知道陆队对我这些话有什么看法呢？"

"你说得很对，我基本赞同。"

基本赞同？

宋子悠问："你是不是有不同意见？"

"刘创是个新人，一看就没经历过这些事，他或许对可能遇到的突发情况和人间悲剧有过想象，但是再丰富的想象力遇到现实，也只能甘拜下风。想象中的样子是无关痛痒的，真遇到了才是打击，何况一般来说，不会有人提前设想到这些人间悲剧会和自己有间接关系，或是因自己而起，所以当事情发生时，他需要一点儿时间接受也是正常的。"

宋子悠只觉得有趣："你这番话不仅像是消防队长说的，还很像是心理专家。怎么，在偷偷学心理学？"

"每次出重要任务回来，都要去接受心理辅导，见得多了，也就照猫画虎学了一些，前阵子也买了书回来看，大致有了解。”

“那你再说说看，就拿刘创举例好了。”

陆纬道：“通常一个人在遭遇重大打击时，会经历四个阶段：第一阶段是冲击期，表现为震惊、不愿接受、恐惧；第二阶段是自我防御阶段，会激发自保机制，会觉得灰心、逃避；到了第三阶段才会慢慢冷静、接受和适应，焦虑症状减轻；最后是第四阶段，危机过后，一般到了这个阶段最适合心理医生来介入，但是只有极少数人会求助医生，大部分人还是选择自我解决。有一部分人会吃药，进行自我心理调节，找朋友倾诉，可能会在心理和行为上变得更成熟；还有一部分人会变得更焦虑，产生分离障碍、药物依赖，如果情况长期无法得到控制，还会自残，甚至自杀。”

宋子悠诧异极了：“你该不是刚刚在办公室偷偷背过书吧，现学现卖？”

“其实我的记忆力一向不错，前几天看过，没想到今天会有卖弄的机会。”

宋子悠一顿，忽然想起好像以前宋子安还没有和陆纬闹掰之前，好像提过那么一句，说他的好哥们儿陆纬记忆力超群，别人要死记硬背的东西，他看两遍就记个七七八八了。

要不是当初陆纬离开学校，以他的脑子恐怕更适合做建筑师。

想到这里，宋子悠有些走神。

直到陆纬说道：“其实无论是消防知识，还是医学知识，所有理论和知识结构都有内在逻辑联系，其实只要记住这些联系，再结合实际，就会变得比较容易理解。”

宋子悠忽然笑了：“那好，我考考你，你觉得刘创现在的情况处于第几阶段呢，后续该如何解决？”

“显然，他正在从第一阶段过渡到第二阶段。事发那天他很恐慌，但是今天我见过他，已经没有那天的情绪那么大，可是他到现在都不愿意到食堂来，一是害怕面对众人的目光，二是知道自己做错事，怕承受他人指责的目光。但事实上，这里没有人是没犯过错的，所以大家将心比心，也愿意多体谅刘创。刘创那些畏惧和担心的心理，大部分都是出于想象，其实只要他亲自过来看看，就会知道自己想太多了。"

宋子悠一手托着腮："说得头头是道的。那你再说说，我那天去找刘创撂狠话，是不是太过分了？"

陆纬挑起眉梢："你那么说，是希望能帮刘创尽快厘清思路，想明白这里面的道理，让他走出来。人在遭遇重大变故的时候会心慌无措，再理智的人也会六神无主，不知道怎么整理自己的思绪，这时候你提出来一条思路给他，其实是在引导他。"

"继续。"

"等到刘创愿意接受这一切，他会变得比原来更坚强、理智。消防队每天面对的都是突发情况，来到这里的每一个人，无论是短期的还是长期的，都会迅速成熟起来。刘创的青涩和乐观是他的优点，也是会在未来让他感到矛盾和困扰的地方。只要他能慢慢学会将这些复杂情绪的关系平衡好，他会有机会成为出色的队医。"

这一点，宋子悠和陆纬倒是不谋而合。

"刘创本质不错，资质也不错，但是要在一线工作，光靠这些是没用的。我以前跟救援队的时候，见多了很多医生怀着一腔热血冲到一线，回来都崩溃了，承受不了那样的冲击和压力。即便他们很多人都是在急诊科的，抗压性原本就很强，但仍有一部分人回来之后拒绝再去一线工作，有一部分人有心理创伤后遗症，只有少数人可以一步步熬过来，冲破心里那道坎。对于刘创来说，他最大的优势是他是一张白纸，现在培养还来得及。但最大的缺点也是这个，如果他承受不住，来消防队对他未必是一件好事。所以等将来李医生离队后，我打算以后出任务亲自带刘创，我也会密切关注他的进度，如果对他来说实在勉强，我会立刻打报告给队里，对他另行安排。”

陆纬笑道：“看来这两天你已经想得很清楚了，要不是现在正好逮着机会，你打算什么时候和我说？”

“最晚应该就是今天了，因为据我估计，那个小男孩能否度过危险期，应该就在这二十四小时之内可以确定了。如果他不能平安度过，无论是刘创还是消防队，恐怕都有麻烦要应对了。”

2

果不其然，宋子悠这话说完，当天下午医院那边就来了消息。

小男孩在术后存活不到七十二小时，最终死于器官衰竭和其他并发症。

刘创得知消息，一直坐在椅子上发呆，整个人都颓了，脸色白如纸。宋子悠让他回宿舍休息。

陆纬那里也要忙碌起来，他有报告要写，要和上级单位领导交代事情经过，要等上面调查和询问相关人等，以便将来追究责任。

另一边，曾经拐带了小男孩的女人贩子已经被找到了，在火车站被警方拦截，已经带回警局问话。

大家这才知道，那个女人贩子叫汪林。

由于汪林提供了拐带小男孩的地点、时间和小男孩的名字，警方已经及时联络了当地报过孩子失踪案件的一户人家，请家属即刻来到本市认尸。

所谓无风不起浪，汪林这个人贩子拐卖儿童，后续又因为汪林怕事而耽误小男孩及时送医治疗，最终丧命一事，很快就在网络上炸开锅了。

嗅觉灵敏的新闻记者一早就盯来了，不仅去采访汪林的房东，还跑了医院和消防队，甚至连当天救助小男孩的现场目击者们也都一一问过。

最新的故事版本就这样东拼西凑起来，再加上新闻记者的想象力和填空能力，在网上就像是故事连载一样，分成上中下三集播出。

电视台和广播电台这边也紧跟脚步，专门负责播出新闻的频道加班做了专题，还来到小男孩生前住过的房子，小男孩遭遇危险的排污水道进行实拍。

视频新闻一出，仿佛纪录片一样还原了事发经过，一时间引起网友们的疯狂议论。

因为这件事，汪林被捕了，在警察的审问下也吐露了过去这些年拐卖的儿童，是从哪里拐出来的，卖到哪里去了，但详细的她大部分都忘记了，主要是经手的小孩太多，出手也快，不可能在身边留太久，所以很多都只有模糊记忆。

但因为汪林的坦白，据说已经有三个孩子的下落确定了，现在正在积极找人。

这件事严格来讲，消防队不存在主要责任，一拨媒体记者来过之后，队里就渐渐平息下来。

刘创大概也是想明白了，他很快出现在人前，到食堂吃饭，还和同事们坐在一起，只是不再像以前那样自我了。

稍一改变，人看着就稳重多了。

李可风即将离队，临走之前还因为人贩子这件事写了报告和检查。李可风离队前一天，大家就在食堂里办了一次欢送宴，所有人都来了，大家聚在一起热热闹闹的。

李可风还抽空把宋子悠叫到一边，小声嘱咐几件事："我这人啊，就是喜欢唠叨，以前和你都说过了，还是觉得不够，还是得再说一次。"

宋子悠笑道："好，李医生你说。"

"这一嘛，就是张副队的事，你要多帮我盯着点儿，要是没大事，最多一年熬过去就行了；要是真的不行，也不能纵容他，万一真有个重大任务，他那个身体未必能去。这个病不要人命，可如果疏忽大意，就会造成悲剧。咱们都是学医的，你也很清楚。"

"放心，他的身体状况我会密切关注，别人体检一次，他就得三次。最好每个礼拜都在我这里报到一次，没有我的允许，那些重大任务不会让他去。"

"那你倒是说说，你怎么不让他去？张副队的脾气可拗啊。"

"简单，我一个报告打上去，说他身体素质不合格，以队医的立场建议他蹲守后方，我就不相信队里会视而不见。再说，他再拗也拗不过我，真把我逼急了，我会把他的病情说出来的。"

"你这么一说，我就放心了。我知道，你不会真的这样做，既然答应帮他保守秘密就不会说出来，但是也只有你这样软硬兼施，张副队才拿你没办法。"

李可风停顿两秒，又道："第二件事，就是刘创。这年轻人是个人才，就是经历浅，性格有些浮躁，还得盯着点儿，以后出任务得有一个经验老到的队医跟着他，多带几年就好了，大家都是这么过来的。"

宋子悠点头："这一点我也考虑到了，以后安排工作时间，我会尽量把刘创和我安排在同一天，有我看着他，他会慢慢成长的。"

这下可算是搬走了李可风心里两块大石："对，我也看出来了，刘创这小子怕你，他不敢惹你，要是你在，他就老实得多。"

李可风交代完两件大事，很快就被同事们拉去喝酒。

宋子悠无意掺和，她本来酒量就不行，索性就到食堂外过过风。

谁知宋子悠刚踏出门口，就看到台阶下角落的地上拉出一道影子，宋子悠走近一看，正是陆纬。

陆纬就坐在台阶下，靠着后面的石礅，他背脊厚实，双腿不仅肌肉有力而且修长，一条腿屈着，一条腿伸长了。

宋子悠没吭声，直接走过去，在他旁边坐下，问："怎么跑出来了，躲酒？"

这话刚落，宋子悠就看到陆纬手里那罐啤酒。

陆纬也侧过头："那帮小子加起来也未必喝得过我。"

"吹牛。"

陆纬笑了："刚才看到李医生和你在一旁说话，是不是有什么事？"

"哦，就是交代一下他离队后，队医这边需要注意的几件事。"

"只是这样？"

"当然，不然呢？"

陆纬被宋子悠这么一反问，沉默了，他还真想不到会有什么"不然"。

宋子悠说："放心，医务室要是有什么我处理不了的，一定会上报上级。"

陆纬扯着唇角，没应。

一阵沉默。两人都没有开启新话题的意思。

微风拂过面颊，这个季节的傍晚，在户外待着很舒服，喝着小酒，吹着小风。

宋子悠半合着眼，刚才虽然喝得不多，但是这会儿有点儿上头了，风吹着很舒服，她的眼皮子渐渐重了。

要是她一个人，自然不会这么傻不拉叽地坐在地上，放任困意袭来。

但眼下，她的呼吸间也都是酒味儿，有自己身上的，还有陆纬身上的，好像风里还有一些。直到耳边忽然响起一道低沉的嗓音，挨得很近："醒醒，别在这里睡。"

宋子悠微微睁开眼："陆纬，我这个人，脾气倔，很多事不知道变通，只会死磕。"

陆纬一顿，却没说话，只是望着她的侧脸。

那一瞬间，他忽然明白了，宋子悠是在跟他交底。

当然，说是沟通也可以。

“明明很多道理我都清楚，但是真的遇到了事，我也只会本能地用自己那套办法，习惯了，改不掉。别人看不惯，我也不管，除非是我哥说，这样不好，那样不对，我才会听进去。”

“我知道，你的脾气我以前就见识过。”

“是我和陆明卖考试答案被你抓包那次？”

陆纬淡淡笑了：“不仅倔，而且理直气壮，明明是你不对，却比谁都有底气。”

“因为我这个性格，我吃过不少亏，可我不想改。我做医生，也是凭专业凭救人的本能，遇到那些危急情况，哪有时间给我翻书本，或是去罗列救人方案，然后在里面选择一个呢？犹豫一会儿，也许患者的命就没了。我的专业已经融入了我的本能，我不后悔做这个职业，也不后悔来消防队。”

说到这里，宋子悠停顿了一秒，然后她转过头，望向陆纬。

陆纬的目光落在她脸上，两人都很笃定，脸上有着笑，眼底有着柔情，里面映着彼此的影子。

近在咫尺，呼吸交融。

宋子悠的声音很轻，好像微风拂过陆纬的鼻尖：“认识你，我也不后悔。”

此时此刻，无须言语，也无须铺垫，一切都刚刚好。

宋子悠也分不清到底是她先靠近的，还是陆纬，又或者心有灵犀。

总归，当两人的唇黏到一起时，时间仿佛停止了。她做梦都在想这一刻，他也是。

陆纬的嘴里有酒味儿，比她的浓烈。他的唇很热，呼吸很烫，她也是。

宋子悠第一次有这样窒息的感觉，她感觉比刚才还要头昏。

直到她的下巴被一股力道轻轻捏住，两人的距离拉开一点儿，却仍是离得很近。

陆纬低声道："宋子悠，吸口气。"

宋子悠半合着眼，吸了口气。

下一秒，陆纬又吻了上来。

3

宋子悠一觉醒来，已经是第二天早上。

她有些偏头疼，宿醉得厉害，从床上坐起来时头上就像是上了金箍。

她的脑子里先是一片空白，没过几秒就涌入一些画面，都是昨天晚上回到宿舍之前的。

就在李可风的欢送宴外，她和陆纬坐在台阶上聊天。

是的，开始只是聊天。

后来也不知道为什么，大概是心里装了很多事憋了太久没有人可以说，连一个合适的树洞都没有，宋子安又昏迷不醒，她真是憋坏了，所以就一股脑儿地跟陆纬说了。或者，这里面还有一些酒精的力量。

在那之后，他们就吻到了一起。

宋子悠揉着头，皱着眉，发出一声懊恼的呻吟。

酒精这东西真的不能随便碰，你看看，喝了酒就……

宋子悠叹了口气，穿鞋下地，从抽屉里找出头疼药，就着杯子里残余的半杯凉水把药吃了，那股凉意从喉咙到胃部，令她整个人瞬间清醒。

她收拾好情绪，洗漱完毕换了身衣服，很快就离开宿舍。

新的一天开始了。

后来那一上午，宋子悠没见到陆纬的面，两人都要忙，谁也顾不上私事。

宋子悠忙着给刘创做思想工作，上头来人了，待会儿要跟刘创了解情况，当然前面几次已经了解过了，这次只是做一个收尾工作。

陆纬那边也要应对上级。

刘创这次接受问话，是宋子悠陪他一起去的，作为刘创的新领导，她责无旁贷。

虽说是例行公事，但刘创还是很紧张，除了该回答的问题，多一个字他都没敢说，直到离开会客室，刘创才吁了一口气。

宋子悠和刘创并肩返回医务室，沿路上时不时看他一眼。

刘创现在的状态比前几天好很多，可以说是如释重负。

快回到医务室的时候，刘创才张口对宋子悠说："学姐，这次的事多亏有你。"

宋子悠挑了挑眉："我？我没帮上什么忙，里外都是陆队和李医生在张罗。"

刘创解释道："对，陆队和李医生的确帮了大忙，但是我心里的结，倒是亏了你那天的话才解开。"

宋子悠笑了："我还怕话说重了，你能挺过来是最好的，大家都很高兴。"

刘创也跟着笑了，说："以后再出任务，我一定会加倍注意自己的言行。"

宋子悠说："该救人时要放开手去救，不要因为任何事束缚自己，但是救人之外的事都和咱们无关。你也知道，现在舆论的力量有多大，唾沫星子淹死人，一件咱们看来的小事，放在不明真相和不懂医学知识的大众眼中，那就是要命的大事。所以咱们当医生的，还是多做事，少说话。"

两人回到医务室，屋里却早有人等候。

是张青云。

刘创自然不知道张青云的来意，宋子悠却一眼就瞧明白了，张青云是来拿镇痛药的。

李可风离队之前留下几盒，但是没有一口气都给张青云，这东西来得不容易，更不能滥用，要遵医嘱，要针对不同时期的身体情况用药，所以都放在宋子悠这里。

宋子悠和张青云对了一个眼神，便问："张副队哪里不舒服？"

张青云道："后背，好像抻着了。"

"过来，我看看。"

张青云跟着宋子悠走到里间，宋子悠就势拉上看诊床的帘子，将张青云的身影遮挡在里面。

宋子悠转而从柜子里拿出两盒药，并在药盒上写下用量，然后递给张青云。

张青云接过一看，怔住了，宋子悠写的用量比李可风要求的少。

张青云压着声音，生怕外面的刘创听到："这个量能止疼吗？"

"效果或许不如以前，但是这个量必须调整。"

张青云不解。

"李医生跟我交代了，你起码还要撑过这一年，如果按照之前的药量，很快你就会对现在的剂量有抗药性了，到时候怎么办，直接给你打吗啡？你按照之前的药量，最多半年，要是按照我给你的量，一年就可以。权衡轻重，你自己选吧。"

张青云没吭声，神情却很凝重。

宋子悠见过不少患者，像是张青云这样身负家庭和工作单位重任的也不少，这样的人往往责任心重，心里放不下的担子太多。

但命只有一条啊，命没了，什么担子也就都没了，这世界上任何人，任何单位，离开谁都能活，路都是自己走的。

宋子悠也知道，这些道理张青云是明白的，她就算再说一次，结果也是一样，道理会说却做不到。

索性她直接把药量减掉，让张青云根据现有的量自己斟酌。

半晌，张青云一声不吭地把药装进兜里，准备起身走人。

宋子悠却道："这个量是这两个礼拜的，如果你提前用完，后面就要自己忍着，没到期限来找我拿药，我是不会给的。"

张青云脚下顿了一下，很快就走了。张青云离开医务室，宋子悠也走到外间，开始处理其他工作，刘创不经意地问过一句，张副队身体有什么问题，宋子悠随便搪塞了两句。

4

到了下午，陆纬那边组织完训练，到了休息时间，宋子悠这里也告一段落。

她的手机响了，翻开一看，是陆纬发来的微信："有空吗？"

宋子悠打了一个字"有"，又删掉了，换成了："怎么？"

"我在楼道。"

宋子悠愣了一秒，随即往门口走。

宋子悠立刻冲刘创说道："我有点儿事，出去一趟。"

宋子悠离开医务室，就往楼道里走，她的脚步很轻，踩在地板上却仍是有声音。

来到一个拐角前，她放缓了步子，直到视线越过拐角，看到拐角另一边靠墙而立的陆纬。

宋子悠来到陆纬跟前，停下脚步，不动声色地瞅着他。

陆纬唇角挂着笑，低声问道："明天有空吗，要不要一起去医院看看子安？”

宋子悠脑海中飞快地闪过自己的执勤表，倒是可以排开。

她点了下头，很轻：“是不是有什么事？”

“艾小娴刚才发来微信，约我过去。”

宋子悠微微皱起眉头。

隔了几秒，宋子悠才盯着陆纬，问道：“你是说，艾小娴约你一起去医院看我哥？就像上次一样。”

陆纬倒是很平静，也很淡然：“我认为这次也是一个机会，你我一起去，正好把咱们的关系告诉她。我想她应该会明白。”

陆纬是话里有话。

其实他或多或少看出来一点儿，艾小娴约他去见宋子安，这里面还有别的原因，但他不愿把她对宋子安的情谊全部推翻，也希望是自己误会了。

这次和宋子悠一起去，一来是确定关系，二来也是不伤情面地告诉艾小娴，他喜欢的是宋子悠。

这里面最难拿捏的火候就是这个，艾小娴也没有明确表示好感，他不能随便认定她是利用宋子安在做戏，就只能用这样的方式划清界限。

然而，宋子悠却一时没明白。

“明天咱们一起去，但是你我的事，我还没想清楚，所以明天见了艾小娴和我哥，你什么都别说。”

“你还没想清楚？”

宋子悠非常淡定地点了下头：“嗯，你别催我。”

陆纬一噎：“那昨晚，算什么？”

宋子悠下意识想说“那是酒后乱性”，可又怕陆纬听了不高兴。

“在我想清楚之前，先不要给昨晚的事下定义，明天咱们就是去看我哥的，没有别的。”隔了一秒，宋子悠又补充，“艾小娴现在还不是我的嫂子，但是如果将来我哥醒过来，他们结婚的可能性很大。你和我现在也还没……你说，如果我这样跑到她面前介绍，这算什么？”

说到最后，宋子悠已经词穷了，她吸了口气，赶紧做了结束语：“如果没别的事，我先回去了。”

从头到尾，陆纬都只是定定地看着她，一言未发，却也没有生气。直到宋子悠转身，往来路走了几步，身后才传来陆纬低沉的嗓音：“真是矫情。”

5

这天傍晚，宋子悠静下心来想了想先前发生的事，一来是宋子安和陆纬的，二来也关系到艾小娴的一些话。

“他们两人分别帮教授处理消防设计和结构设计的部分，原本进展得都很顺利，但后来这个工程好像突然喊停了，详细原因我也不知道……总之，工程喊停后，陆纬和子安就吵了一架，两人还动了手，紧接着陆纬就离开了学校。”

这话是艾小娴说的，如果确实无误的话，那么陆纬离开学校以及和宋子安闹掰的事，就和那次小组作业的工程有关。

只是这事宋子悠也不好直接去问陆纬，思来想去，便把宋子安那套房子的钥匙找出来，打算亲自过去找找看，顺便帮他打扫房间。

自从宋子安昏迷，那套房子宋子悠就很少去，太长时间没有人住了，整套房子都透着阴凉，没有一丝人气。

宋子悠简单地擦了桌子椅子，扫了地，这才来到宋子安的书房，翻找他过去的工程图纸。

宋子安有个好习惯，就是但凡他参与过设计的工程图图纸，都会按照时间存下来，按照顺序摆放在柜子里。

宋子悠很快就从中摸索到规律，顺藤摸瓜地找到了宋子安上大学期间接触过的图纸。

宋子悠皱着眉头，看了十几张仍是一头雾水，甚至开始怀疑这样找下去能否找到端倪。

就在这时，她翻开一套图纸，发现里面有几个地方用红笔非常清楚地标记出来，还画了叉子，做了图形记号。

宋子悠一顿，盯着这些标记看了半晌，确定刚才翻找的那些图纸都没有这些痕迹，毕竟都是定稿图，是要拿给施工单位执行的，不可能再做多处类似这样明显的标记。

这些标记分明是在说，这些地方需要修改。

再一看下面的时间落款，刚好是宋子安上大二期间。

宋子悠犹豫了几秒，把其他没有标记的图纸放回箱子里，只把这套有标记的图纸单拿出来，卷好之后放到专门装图纸的长圆筒里。

之后，宋子悠又在宋子安的房子里徘徊了一个多小时，她没有让自己的手脚停下来，花了不少力气将屋子来了一次扫除。

宋子安平日个人生活环境的卫生维持得不错，所以基本上不会出现成堆的垃圾，宋子悠收拾好那些浮土和灰尘后，就拿着包离开了。

在这个过程里，她的脑子一直在转，不停地想，思绪就像是江水奔流不息，她根本无法控制自己。

当然，所有杂乱无章的想法都是跟着那套图纸打转的。

比如，那套图纸是不是就和陆纬当初离校有关，也和他们大打出手进而闹掰有关？

比如，倘若上一个假设不成立，又因为什么呢？那天艾小娴分明是说因为一起参加了一个教授的小组，一起做图纸，在工作当中发生矛盾，进而发生了后面的事。那件事一定很严重，否则不会闹得这么大，甚至陆纬因此离开学校。再比如，如果真是因为她找到的这套图纸才导致了后面的事，那么这套图纸应该就是关键性的证据，可以直接证明二人之间矛盾的起因。

可是，她又不能拿着这套图纸去找陆纬，找到陆纬怎么开口，从哪里问起，如何启齿，这真是太难了。

还有最关键的一点，直到宋子悠坐上出租车才忽然想到。

艾小娴最开始说，她和宋子安一起被困在着火的办公大楼里时，是陆纬带队冲进火场救人的。

艾小娴还说，是她亲眼在火场里看到宋子安和陆纬发生争吵和推搡，而她是被别的消防队员先带走的，没有和宋子安一起。当艾小娴再次见到宋子安，宋子安已经昏迷不醒，是被陆纬扛出来的。

那么，也就是说艾小娴最开始见到的宋子安是清醒的，不然不可能会和陆纬发生争吵，还推搡起来。

宋子安后脑受到重物撞击，是艾小娴被带离火场之后的事，所以她才会一直怀疑动手的人是陆纬。

如果当初陆纬和宋子安的矛盾是因为这套图纸，害他丢了学业，改变了此后的一生，那么再见到宋子安多半会悲愤交加，动起手来也是有可能的。

可是……宋子悠皱起眉头，每次只要想到这里就会卡住。

不为别的，只因她所认识的陆纬，绝对不会是这种人。

而眼下，最让她感到好奇的就是，到底在火场里，宋子安和陆纬争吵了些什么，在那么危急的时刻，两人有什么话不能出去讲，非得冒着生命的危险说？

还有，消防员冲进火场的时候一定会戴着防护面罩，那个面罩有一些隔音效果，陆纬总不可能摘下面罩和宋子安争吵，难道戴着面罩吵架吗？他们的话也会被其他队员的通信器收到声音。

如果陆纬以队长的身份，视救人于不顾，第一件事就是和需要救助的人吵架的话，一旦这件事被上级部门知道，他这个队长立刻就会受到处分调查。而且所有人都会质疑他是否具有带队能力。

再者，刘创当时一句口误，就引起了不小的风波。那是因为刘创经验浅，没管住自己的嘴。

可陆纬不是，陆纬一向稳重老练，不可能在那样的情况下先图嘴上的痛快，他甚至没有一次说得过她。

要是陆纬真的不顾一切和宋子安吵了起来，不用多，只要三句，这件事可能就会引发后续的一连串事件，根本不会一直无声无息地隐藏到现在。最起码，队里没有一个人提过这件事。

想到这里，宋子悠忽然觉得头疼。

直到出租车回到消防大队门外，她的脑海中忽然钻进来一个念头：难道，艾小娴在说谎？

或者说，当时情况特殊，四周烟雾弥漫，还有火势燃烧房屋的声音，视力和听力都会受到阻碍，所以艾小娴看错了、听错了？

6

宋子悠心不在焉地走下出租车，走了没几步，这才发现身上只有一个包，被她拿上车的长圆筒没有带下来。

宋子悠心里一惊，立刻回身，但是出租车已经离开了。

她跑了几步，也不见车影，连忙拿出手机联系出租车司机，幸好现在的叫车软件上都有联系方式。出租车司机接到电话，说在后座确实看到一个圆筒，嘴里又念叨了宋子悠几句，以后坐车还是要检查好自己的东西，很快就折返回来。

宋子悠就站在消防大队门口等，她心里有些着急，等看到车子返回，立马迎上去，跟司机道了谢，抱着圆筒回到消防大队。

这样来回一折腾，宋子悠整个人都清醒了。

走进大门，她就直接往宿舍走。

只是来到宿舍楼的门口前，还有十几米的距离，就看到一道高大的背影立在台阶下。那个男人拿着手机，好像正在拨给谁。

是陆纬。

与此同时，宋子悠的手机也响了。

陆纬听到铃声从身后传来，下意识转身，果然看到宋子悠站在数米外，身上背着一个帆布袋，怀里还有一个长圆筒。

他微微一笑，迎上来，正要开口，走到近处才看清那个长圆筒。这种长圆筒他并不陌生，以前上大学时经常接触，是用来装图纸的，不仅他们这些学建筑工程的，还有做室内设计的、服装设计的，以及其他设计行业，只要需要装图纸，怕图纸压坏、折损，都会用这种圆筒封存。

陆纬的目光在圆筒上停留了两秒，这才问宋子悠："回家了？"

"你找我有事？"

"嗯，想问问你明天几点见，我上午有个会，可能中午之前结束，到时候一起去医院看子安。"

"哦，好，要不就中午吃完饭再一起去？我上午把工作的事处理一下。"

"好。"

单字落地，两人一起陷入沉默。

宋子悠见陆纬又一次瞄向她怀里的长圆筒，便主动开口道："哦，我刚才去我哥那套房子里收拾了一下。"

"这是你哥的图纸？"

"你以前也是建筑专业的，你要看看吗？"

"不用了，我很久不碰了。"

陆纬这样回答，宋子悠反倒始料未及，她也不知道陆纬是一点儿念想都没了，还是仍在逃避过去。

宋子悠也没坚持，只是说："我还翻了翻他那些专业书，每个字都认识，合在一起却看不懂。"

陆纬轻笑出声："隔行如隔山。你们学医的专业术语，我们也是一头雾水。"

宋子悠见他笑了，又把话题带回去："对了，你以前学建筑的时候，和我哥是一个专业吗，建筑系？"

陆纬安静了两秒，定定地看着宋子悠："我是学结构的。"

"结构？"

陆纬挑了挑眉，见宋子悠好像很好奇，一直盯着他看，不由得笑了："各行各业都有分工，建筑业也是，不是所有学建筑的人针对的都是建筑设计。"

两人边说边往宿舍楼门口的台阶走，来到台阶前，拾级而坐。

"像是你哥，他就是建筑设计师，学制五年，出来以后负责建筑设计，但也不一定只负责楼房，还有很多人会去设计园林。和建筑师搭配最多的就是结构师，结构师学制四年，主要负责房屋、园林、桥梁的承重、布局合理性。简单举个例子吧，假设现在有两套房子，它们的使用面积都是三十平方米，但是由于结构不同，当住户搬进来之后，会发现其中有一套房子的使用率比另外一套高。比如承重墙的数量和安放位置不同，比如多一根柱子等，这些都会直接影响它的使用率。当然，除了尽可能地加大房屋的使用率，还要考虑它的承重性，是否安全、稳固，这里面还涉及抗震设计、力学分析。"

宋子悠这才听明白这里面的门道："我是不是可以这样理解，建筑师是负责美学设计，也要节约成本，结构师就比较技术性？"

"还有两种职业，一种是造价师，简单地说就是用来控制工程用了多少钱；另外一种是建造师，就是咱们所知道的施工单位的项目负责人，由他们来组织工人施工。”

“管钱的，管建设的，管设计的，管安全的……那这行的水是不是也很深？”

“怎么这么问？”

“我哥在这行里混了这么多年，只是小有名气，我还以为以他的才华，起码应该成为国内数一数二的人才。”

“哪有那么容易，各行各业都有自己的明规则，也有潜规则，身为一个建筑师，要想成名靠的是手里设计出来的建筑，建筑出名了，建筑工程师就出名了。”

“那么结构师呢，建筑出名了，结构师也参与了，难道一点儿名气都沾不上？”

陆纬的笑容有一瞬间的凝固。

宋子悠非常敏感地抓住了，她的心里也跟着升起一种不好的预感。

但下一秒，陆纬的神情就恢复如常：“建筑师出名靠建筑，结构师出名也是靠建筑。”

宋子悠不解，正要追问。

但陆纬话落，便站起身，向前走了两步，侧身看她。

他的面容在光影中半明半暗，并不清晰，仿佛里面还夹杂了一丝落寞。

宋子悠跟着站起身，心里忽然有些莫名的担忧。

直到陆纬淡淡道：“区别就在于，建筑师出名，是因为他设计的建筑足够优秀，而结构师出名，则是因为他做的楼倒了。”

这天晚上，宋子悠很晚才睡，她的身体很疲倦，但精神却不累，她的脑海中一直徘徊着陆纬的那些话。

她还记得陆纬离开时的背影，不只是落寞，而且沉重。

——建筑师出名，是因为他设计的建筑足够优秀，而结构师出名，则是因为他做的楼倒了。

尽管宋子悠不愿意往这个方向想，可是她的直觉却一再告诉她，当初陆纬离开学校，和这句话有关。

宋子悠拿起手机，在网上搜了很多关于结构师和建筑师的资料，搜到的大多都是“结构师为什么那么喜欢黑建筑师”“建筑师，你们知道你们被黑成什么样了吗”，等等。

这些文章宋子悠也基本上看了一遍，内容都是在说建筑师和结构师在专业合作上不可调和的矛盾，就是因为他们关心一栋建筑的出发点和角度不同，所以做的事也会互相矛盾。

想到这里，宋子悠又一次把她拿回来的那套图纸摊开来看，仔仔细细观察着那些标注着红色叉子的地方。

虽然她不懂图纸，但是也看得出来，这几个位置和消防防火以及结构承重有关，而不是内外部的设计。

那么，是当初陆纬和宋子安一同合作时，激发了所谓的建筑师和结构师不可调和的矛盾吗，还是说他们一起合作的项目出了不可预测的“事故”？

宋子悠心里越想越凉。

但这件事，恐怕也只有宋子安、陆纬，以及当初直接接触到他们二人矛盾中心的教授才知道了。

第十三章　快意恩仇

1

第二天上午，宋子悠和陆纬各自忙了自己的事，公事处理告一段落，下午，两人都排了半天假，中午吃完饭就在停车场见面。

宋子悠坐上陆纬的车，系好安全带，便开始念今天的行程："等下去医院看了我哥，我要先去和他的主治医生见面聊聊，之前我哥做了一次全身检查，报告已经出来了，医生约我谈话。我不在的时候，他就交给你了，如果需要擦洗身体，护工会做。晚上我就不和你一起回队里了，我家里还有些杂物要收拾，趁着今天有空我想一口气做完。"

宋子悠说完行程，却不见陆纬发动车，也没听到他应声，觉得奇怪，便侧头看他。

陆纬眸色很深，正瞅着她。

宋子悠问："干吗这么看我？"

陆纬唇角弯了一弯："我还没追上你，你就开始老夫老妻念叨的模式了，以后在一起这么相处可不行，总得循序渐进。"

宋子悠脑子蒙了，半晌没反应过来。

陆纬收回目光，气定神闲地发动引擎，车子开出消防大队。

等车子驶上大路，宋子悠瞪着路面，蹦出来几个字："你刚才的话，什么意思？"

“字面的意思。”

宋子悠又是半晌没吭声，陆纬也不再继续这个话题，车内陷入冗长的沉默。

但有些事，并非你不吭声就能翻篇过去的，它不从嘴里说出来，也会长在脑子里翻来覆去地对话，没完没了，不肯消停。

果然，车子开到一半的时候，停在一个红绿灯时间巨长无比的路口，要等两边的灯都走完，起码两分钟。

宋子悠盯着自前面开过去的拐弯道的车，脱口而出这样一句话：“你在追我？”

“嗯。”

“我没觉得。”

又停了一秒，陆纬转头，平静的目光落在宋子悠的脸上。

她依然盯着路面，五官明艳，面容白净秀气，却透着倔劲儿，骨子里全是刺儿，她有些纠结，或是困扰，眉头微微皱着，嘴唇微微抿着。

陆纬倏地莞尔一笑：“我那天问你了，要不要处处。”

“那也算追求？那只是一句话。”

“我到医院去看了子安，非但看了，还在那里照顾他一下午。”

“那是艾小娴请你去的。还有，你看我哥，难道不是为了当年的情谊？”

“是为了情谊，但一个男人照顾另一个男人，就是当年，也不可能这么肉麻。”

“……”

“除非……”

宋子悠盯着他瞧，却见他扯了扯唇角，吐出这样几个字：“有亲上加亲的盼头。”

宋子悠脸上的温度炸开了。

待陆纬的眼眸弯成勾人的弧度，宋子悠又飞快地别开脸，瞪着路面。她的问话思路被打断了，又连忙找回来。

决不能被他带节奏。

男人女人那些事得在前头说明白，不能让暧昧糊弄过去。

然而，就在宋子悠努力找回思路的时候，陆纬率先开口了："你晚一步从医院出来，我在大门外等了一小时，送你回家，给你买药，再送你回队上。你以为，我会热心肠到如此关心一个普通的女同事？"

宋子悠没接茬儿，心口怦怦地跳。

"宋子悠，我很喜欢你，我感觉你也喜欢我，所以我想发展一下，这件事很简单，没有你想得那么复杂。你愿意，就告诉我；不愿意，我也能感觉出来。"

宋子悠真的怕他继续往下说，但具体怕什么呢，她也不知道。

"等等，你别打断我思路了！"

陆纬没声了。

隔了一小会儿，宋子悠开口了："你刚才为什么说，老夫老妻，循序渐进。"

陆纬"哦"了一声。

宋子悠等了一会儿，催道："然后呢？"

"又让我说话了？"

"说吧。"

"你那么念叨行程，不像是对同事，倒像是对待结婚多年，被生活的细节磨合成一股绳的另一半。"

宋子悠皱着眉头，不太认同，但也没打断他。

"我说循序渐进，是说感情，这段关系要是能发展，也得一点点推进，酸甜苦辣都尝一尝。要是照你刚才的节奏，就等于直接把这些味道跳过去，我怕这关系会让你觉得乏味，到最后不了了之。"

"怎么循序渐进？"

"从最基本的约会、牵手开始，如何？"

宋子悠瞅着他，安静两秒，终于露出上车以后第一抹笑容，连语气也变了："陆队，你这就是作弊了。"

陆纬没应，却扬了扬眉，唇角也跟着弯了。

"你还在追我，我还没点头，怎么就约会、牵手了？你说循序渐进，好啊，那就一步步慢慢来。"

"好，你说了算。"

宋子悠又扫了他一眼，却没说话。

不知道为什么，他那句话，那口吻，那语气，那神态，才比较像是他所谓的"老夫老妻"。

结果，就因为两人在路上插科打诨，讨论循序渐进，宋子悠到了医院才想起来，她原本是打算趁着路上的时间再问问他昨晚的话题。

她知道陆纬不会轻易吐口，但能打听一点儿也可以。

怎么想到，被陆纬打岔了一路，就这样过了。

宋子悠走在医院的走廊里还在想，陆纬该不是故意的吧，他平日也没这么"欠招儿"。

再看陆纬，人高马大，走在她旁边，身材笔挺，表情淡漠，那走路姿势一看就是军人出身，头发剃得短短的，看上去很扎手，沿路有的小护士和年轻家属一直在瞧他。

瞧这模样，又不像是会知道用心思跟她插科打诨的样子，大概是她多心了。

2

两人来到病房，艾小娴已经在了，见到宋子悠的刹那，笑容微微一顿，却又非常自然地滑了过去，转化成惊讶。

“子悠，你今天也来了，怎么也没告诉我一声？”

“我来看我哥，不知道你今天也来。”

艾小娴听了，便扫了陆纬一眼，原来陆纬没说她也来?

这篇很快翻了过去。

宋子悠在病房里嘱咐了护工两句，就去见主治医生，陆纬和艾小娴留在病房里。

宋子悠来到主治医生刘新锋的办公室。刘新锋给她看了一份检查报告，上面清晰罗列着各项数值。

宋子悠的眉头渐渐皱了起来。然后，刘新锋又给宋子悠看了宋子安的片子。

刘新锋指着片子说：“你也是医生，相信不用我多说，你也能看明白，子安的肠子有局部溃烂，我已经给他用药了，过几天等各项指数都恢复到稳定状态，我会给他安排进行手术，你有没有意见？”

宋子安肠子有局部溃烂，是因为长期卧床的原因。

宋子悠其实早就料到有这一天了，无论是像宋子安这样植物人状态，还是那些脊椎受损瘫痪在床的病人，都是一样的。无论是体温、肌肉都和常人有异，各个脏器也会逐渐衰退，再年轻也不会好到哪里。

没有人是可以一动不动这样长寿下去的。

宋子悠点了点头：“好，我同意手术。”

聊完宋子安的病情，宋子悠的情绪有些低落。刘新锋后面那些安慰的话她都没听进去，类似的话她也和病人家属说过不少，换到自己身上，已经麻木了。

刘新锋和她也是旧相识，一起念的医学院，但是不同年级。

宋子悠知道刘新锋的能力，把宋子安交给他也放心，但是再多的放心、再好的医术，也无法阻止一个人的病情。

刘新锋晚上没有手术，他把宋子悠送到办公室门口，还问她要不要一起吃晚饭。

宋子悠摇摇头："我没胃口，改天吧。下回，我请你。"

"好，那就下回。"刘新锋转而回了办公室。

3

宋子悠靠着墙壁，独自安静了一会儿。

再一抬眼，宋子悠刚要往病房的方向走，却见到几步开外，陆纬双手插袋站在那里。两人的目光对上了。

宋子悠吸了口气，走上前。

陆纬问："怎么样？"

"肠子局部溃烂，过几天等指数稳定，要做手术，现在要先消炎……"

最后那两个字，几乎是咽下去的，尾音微颤。

陆纬的嘴唇动了动，想说什么，却没说出来。这会儿说什么都无用。

宋子悠脚下也忽然停了，站在那里，长长地吸了口气，又吐出来。

看得出来，她是在努力压制那些负面情绪。

陆纬也站住脚，安静地望着她，或者说，是给她时间舒缓。

宋子悠忽然说："我真的很希望他醒过来，没有什么比这个更好的。他醒过来，就有机会恢复健康，很多事情也可以弄清楚，我真不懂，他还要躺到什么时候。他头部的伤没那么重的，那些淤血已经散了很多，他有什么理由还继续睡下去。"

这大概是宋子悠在其他人面前第一次如此失态，因为宋子安的病情。此前，她一向隐忍、克制，她告诉自己一切都会好，不能急，急并不能帮上忙，也并没有用。

定而后才能慧。但现在，她还是急了，而且非常焦躁。

她知道，肠子局部溃烂，只是第一步。

这样下去，还会有其他并发症。

宋子悠的这些想法，很快就把她困住了，就关在她的脑子里，她出不来，她要疯了。她立在走廊中间，一动不动地站在那里，沉默地崩溃着。

她低着头，肩膀细微地颤动，但她一点儿声都没出。

陆纬不知何时来到她跟前，挨得很近，伸出双臂，将她拢进怀里，一手托着她的后脑，让她的脸埋进他的胸口。

胸前很快湿了，她的吐息之间有着热气，伴随着激动的起伏，贴敷着他胸前的衣料。

两人都没挪动，这个时间，这条走廊没什么人。

宋子悠宣泄得非常克制。陆纬也没作声。

他的体温略高，她的手是冰的，靠向温暖的本能驱动着她，无论是心里的渴求，还是生理的渴求。

宋子悠抬高双臂，圈住他的腰。

陆纬心里也跟着融入难言的情愫，墙的一角崩塌了。她的肩膀仍在细微颤抖，但已经渐渐趋于平缓。

陆纬的身体却没有挪开，大而厚实的手掌在她背上轻抚。

这样的感觉真的很奇妙。

宋子悠本以为，她要独自面对这一切，面对最后一个亲人用这样“沉睡”的方式离她而去，一点一点地带走她对这个人世间最后的期盼。她知道，总会有这么一天。

但她想不到，陆纬出现了。

他不是一个路人，不是一个同事，也不只是一个男人。

他们知道彼此的过去，他了解宋子安，他明白她的痛，他明白她。这一刻，宋子悠心里是庆幸的。真的庆幸。

有陆纬在，宋子安并不只有她一个人在乎他，她也并非一个人在默默承受。

宋子悠又吸了一口气，将那最后一点儿小情绪收拾好，她抬起手，擦了擦脸，然后退开半步。

宋子悠看到陆纬胸前湿了一小块，她轻轻抚了抚，说："对不起，把你衣服弄湿了。"

那只手很快被另一只大手攥住。

"你的手怎么这么凉。"

宋子悠并没有抽手，也没有抬头，情绪收拾好之后，转化出一丝尴尬。

"我先去洗把脸，你回病房等我吧。"

陆纬却没动。宋子悠等了几秒，终于抬起头。

陆纬轻叹了一口气："我回去给你倒点儿热水。"

"嗯。"宋子悠率先转身，往洗手间的方向去了。

陆纬站了两秒，也转身往病房的方向走，拐过第一个拐角，脚下却是一顿。艾小娴就立在拐角后，一言不发地看着他。

那一瞬间，艾小娴脸上滑过很多复杂的情绪，交织在一起，好像脱闸的猛兽被放出来，但不过一瞬间，又散开了。

陆纬面无表情地看了她一眼。

艾小娴忽然问："你和子悠……在一起了？"

沉默了几秒，陆纬和艾小娴都没说话。

但艾小娴问都问了，索性就看着陆纬，想看他怎么回答。

下一刻，就见陆纬冷漠的面容上划过一丝讥诮，唇角弯了弯，却没有丝毫笑意。

那讥讽仿佛是把她看透了似的。

艾小娴脸上流露出难堪："不管怎么说，我和子安的情分摆在那里，我将来可能会和子安、子悠成为一家人，我也有义务关心一下她。毕竟……毕竟你和子安当年是撕破脸的。子安现在昏迷不醒，我只好替他关心一下他的妹妹。"

借口铺垫完了，艾小娴也没声了，看着陆纬。

陆纬却抬起脚："原来你还记得和子安的情分。"

艾小娴愣在原地，脸上温度越来越高，五官也扭曲了，她站在那里一动不动，身体轻颤着，恼羞成怒。

这之后的整个下午，艾小娴的情绪都不高，但她尽量没有表现出来，一直观察着在病房里照顾子安的宋子悠和陆纬。

宋子悠和陆纬交谈不多，各自忙活着自己的事，偶尔会有一些眼神交流，比如宋子悠需要拧一条热毛巾给宋子安擦脸擦手，眼神刚走到那里，人还没过去，陆纬就先一步拿起毛巾去浴室冲洗。

这些无声的默契在空气中缓缓流淌着，两位当事人却好像没有觉察，好像已经习惯了这样的交流方式。

可是这一切艾小娴看在眼中，却是无比地扎，像是有刺长在眼球里拔不出去了。

艾小娴心里一阵酸一阵疼，一阵不甘一阵气愤，她的心态是扭曲的，但她根本控制不了。这么多年了，她的心情就没平复过，她无法获得平静。

这时，艾小娴手机响了起来，她出去接了电话，回来时就说："子悠，我这里有些公事还没处理完，公司喊我回去一趟。"

宋子悠说道："好，那你先回吧，小娴姐。"

艾小娴勉强笑了一下，又看向陆纬："那，你们两个待着吧，我先走一步。"

陆纬没什么表情，只是扯了下唇角，连笑意都没有。

艾小娴心里堵了一下，很快就离开病房了。

4

艾小娴清楚地记得，在她上大学以前，家里的生活有多么地可怕，简直就是一场灾难。

艾小娴的母亲名叫方晓，方晓和艾小娴的父亲艾伟成结婚二十年，日子过得一直不算富裕，辛辛苦苦攒了一些钱，却一点儿都不敢挥霍，那些都是养老的钱，连病都不敢生，更不敢生大病。

屋漏偏逢连夜雨，艾伟成身体上摊上一些小毛病，不是什么大事，但这种经年累月的慢性病只能日日靠吃药维持着。

方晓那时候工作也不顺利，还要经常抽出时间去医院给艾伟成拿药，也就因为如此，遇到了以前的同学宋建。

宋建当年在大学里就是风云人物，不仅长得人高马大，样貌英俊，而且情商高，会说话，学习好，体育也好，可以说是那个年代的白马王子、风云人物。

宋建有一双很会说话的眼睛，桃花眼，看着谁，就会令那人误以为自己很重要。那是一双会说话的眼睛，尤其是青春期的女生特别会脑补。

方晓自然也喜欢过宋建，那是她的少女时代唯一的一点儿惦记，也因为她对那样一个优秀的男人动过心，而在那段时光上平添了一点儿色彩。但方晓也知道，像是她那样条件一般，长相一般，家世一般，又没有高智商、高情商，甚至没有什么性格的女人，宋建是不会注意到她的。

这也就是为什么，当宋建得知方晓因为看病的钱发愁而出手相救时，方晓的心里是多么地感动，甚至是悸动。

那些钱对于宋建来说不是什么事，不过是同学间的举手之劳。可是对于方晓而言，大家毕业了二十多年，宋建还记得她，甚至愿意借钱给她，那样的举手之劳已经在她心里掀起滔天巨浪了。

那段日子，宋建也经常去医院，是他当时的妻子要做手术，宋建要张罗很多事。因为如此，方晓跑医院也就更勤了。

方晓每次见到宋建，和他聊的都是两人各自家里的事，聊她的丈夫艾伟成，聊宋建当时的妻子等。

从方晓口中，艾伟成也逐渐被描述成一个懦弱、邋遢，扶不上墙的烂泥。

方晓有意无意间也将这些年因为生活的拮据和不堪而一直压抑在心里的苦闷，一股脑儿地向宋建诉苦。

二十几年不见了，如今的宋建依然英俊，身材保持得也好，比同龄人看上去年轻七八岁，而且说话风趣，身上还有着成熟男人的魅力。这样一个男人突然出现在生活没有一丝指望、未来只有灰暗的女人面前，任何女人都抵挡不了。何况这个男人还是方晓放在心里的初恋。

只是回到家里，方晓看到的又是那个中年发福、皮肤粗糙、说话嘴里有着烟臭味儿，身体还经常有点儿小病痛不爱洗澡的丈夫艾伟成。没有比较就没有伤害，方晓对艾伟成的容忍也渐渐变成了不耐烦和厌恶。

后来，方晓又在医院里看到了宋建当时的妻子。

那个女人比宋建和方晓都要小五岁，很会保养，皮肤好，身材瘦弱，有一种我见犹怜的气质，身上有着书卷气，一双手很细白，一看就是没怎么操持过家务。

方晓一下子就自惭形秽起来，恨不得找个地缝钻起来，她的心态和性格也在那个时候发生了巨变。

经过一连串的刺激，方晓终于看透了，也看明白了，更豁出去了。方晓拿了家里大笔的存款去美容院办了卡，用来捯饬自己，还拿了一笔钱买了护肤品和颜色鲜艳的衣服、鞋子。

二十多年了，方晓省吃俭用，从没有如此挥霍过，女人的青春转瞬即逝，她连尾巴都没抓住，它就不见了。

不到一个月，方晓就像是年轻了好几岁，她染了头发，遮盖住那些冒出来的白发，她瘦了五六斤，有了腰围，连皮肤上的纹路好像也变少了。

艾伟成见到妻子突然像是变了一个人，全部心思都放在穿着打扮上，对自己也没那么不耐烦了，艾伟成起初还觉得高兴，到后来也渐渐发觉不对。方晓外头肯定是有人了。

这个时候，艾小娴刚刚上大学，一个礼拜只能回家里一次，她发现母亲的转变也觉得诧异，却也没多想。

直到有一天，艾小娴在家里的邮箱发现几个银行寄来的信封，信封里是账单。

艾小娴觉得奇怪，把账单拿回家问她爸艾伟成是怎么回事，是不是家里经济有困难，怎么都办起信用卡了。

艾小娴记得很清楚，艾伟成和方晓都不办信用卡，他们还说不相信那东西，不能随便办理，没有那么大的胃口就不要吃那么多，省得撑死自己。

艾伟成看到账单，又想到连日来方晓的变化，挣扎了一会儿，还是把账单拆开看了。一看之下，艾伟成傻眼了。

那些账单上欠了足足七万多块钱，都是方晓刷的。

艾伟成心里拔凉拔凉的，脑子都蒙了。他还从柜子里翻出来几件衣服和几个包，递给艾小娴看，问她认得出来牌子吗，知道价格吗。

方晓买的那些衣服艾小娴猜不出价格，但是那几个包，艾小娴当时就跑到品牌的官网上查看了，每一个都要一万多。

那天下午，艾伟成和艾小娴父女俩是什么样的滋味，是怎样度过的，艾小娴永远都忘不掉。

也是同一个下午，方晓一直没有回家，还发了一条信息回来，说晚上公司有应酬，就不回来吃饭了。

艾伟成告诉艾小娴，她妈方晓外头恐怕是有人了。

艾伟成还说，家里的钱一直都是方晓在管着，现在家里还剩下多少钱、剩没剩下钱，或者是欠了多少钱，他都不知道。

艾小娴告诉艾伟成，无论如何要把他的工资卡要回来，攥在自己手里，不能把那些钱变成名牌包。

艾伟成也答应了艾小娴，并告诉她，让她好好上学读书，家里的事他会处理的。

转眼，又过了两个月。艾家慢慢恢复了平静。

艾小娴不知道艾伟成是怎么和方晓谈的，她以为父母相识多年，自有一套沟通方式。总之那件事之后，艾伟成就告诉她，已经和她妈谈好了。

在这之后的两个月里，方晓也开始收敛了，下班了就尽快回家，照顾艾伟成，定期帮他去医院拿药，打扮、穿着也收敛了，只是美容院的卡消不掉，她还是定期要去做护理的。

至于信用卡上的欠账，也正在一点一点地还清，方晓还对艾伟成保证，说还清之后就把卡销掉。

也因如此，艾伟成和艾小娴都放心了。

可是变故，也就是发生在两个月后……

那是一个周四下午，艾小娴刚好没课。

原本周五上午还有半天课，可艾小娴想着，不如请病假早点儿回家，这样可以在家休息三天。

艾小娴没和家里人打招呼，周四下午就坐车回到家里。

刚进家门，就看到她的父母艾伟成和方晓面对面坐在桌前，桌上摆着户口本，一些家里的账本、房产证、存折，还有离婚证书。

艾小娴傻了。也正是在这一天，艾小娴记住了一个名字——宋建。宋建，这是仇人的名字。

艾小娴怎么都搞不明白，自己的母亲方晓脑子里到底在想什么，竟然会因为一个和她没有发生任何实际关系的男人而和自己结婚二十几年的男人离婚？！

艾小娴的精神一直处于崩溃当中，方晓花了半个小时时间跟她讲清楚离婚的始末，当时只有二十出头的艾小娴也在试图消化理解。方晓握着女儿冰冷的手，苦口婆心地告诉她说："闺女啊，这次的事的确是妈妈做得不对，妈对不住你和你爸，可是人这一辈子就活这么一次，我要是对得起你和你爸了，我就得对不起我自己。妈妈是自私，到了这把年纪突然说离婚，只想着自己，我也不奢求你能原谅、体谅妈妈，我只希望你能记住妈妈今天的话——女人一定要学会爱自己。"

方晓说，她喜欢宋建，可宋建不喜欢她，甚至不知道她喜欢他。但是这都不要紧，她没想过宋建能看得上她，为她抛弃现在的生活、妻子、儿子。但是因为宋建的出现，她过去二十年的浑浑噩噩总算是醒了。

方晓还劝艾小娴，艾小娴还年轻，正值双十年华，又遗传了父母身上的优点，长得好看，皮肤白，气质清纯，又正在上一类本科，智商上也比父母强，将来好好努力，多做一些自我提升，是有机会改变自己的命运的。

但是有一点非常重要，就是在挑选男人方面，一定要用心、上心，绝不能找一个只对自己好，却不够上进的男人。毕竟男人在恋爱的时候都会对女人好一点儿的。但他如果不上进，将来结婚了就是让这个女人陪他一起吃苦——就像艾伟成。

方晓和艾小娴说了很多，到最后离开这个家，带走了她的衣服、护肤品和包包，当然还有一小笔存款和几张信用卡。

5

艾小娴不知道方晓离开这个家之后如何生活，怎么生活。后来好几年艾小娴都没有听到方晓的消息，也几乎没见过面。

再后来，方晓跟了一个大她十岁的美国男人，一起去了美国。

自然，这都是后话。

就在方晓和艾伟成离婚的时候，艾小娴刚上大一。艾伟成的身体因为这件事一落千丈，陪艾伟成到医院看诊的重担就落在艾小娴身上了。

方晓离开之后，家里又少了一个人的经济来源，艾小娴还找了两份兼职，是按小时计算的，每个小时只有二十块的收入。

家里余下的那点存款根本经不住花，艾小娴还要计算来年的学费和书本杂费，她的人生一下子就从彩色的变成了灰色的。也因为这一连串的变故，艾小娴的心境也在短短一年中发生巨变。

一开始，艾小娴回想起来方晓狠心离开时的样子，她心里全是恨意。她气恨方晓说走就走，把这个家的糟心事都扔在女儿身上。

到后来，艾小娴又在心里开始埋怨起艾伟成，所谓久病床前无孝子，当艾伟成哼哼唧唧，整天被病痛折磨，将家里的钱一点一点地扔到医院里的时候，艾小娴看着那些烂账，怎么可能不怨恨艾伟成呢。

再往后，艾小娴才渐渐明白了方晓离开时的那番苦口婆心。

艾小娴看着自己因为这一年的家务和劳累，已经变粗糙的手；看着镜子里那张年轻的充满着胶原蛋白却透出一股沧桑的脸；看着如此精打细算，连买个菜都要和人家算计斗心眼的自己，这一切的一切都让她觉得厌恶和恶心。

正如方晓说已经预见了未来几十年的可怕生活——如果她继续和艾伟成生活的话。

如今的艾小娴也预见了同样的自己。

不用几十年，只要十年，艾伟成就会把艾小娴拖垮，她不可能找到合心意的男人结婚。人家看到艾伟成这样的状态，看到他们家这个家境，就会退避三舍了。

然而，就在艾小娴计算着未来十年该怎么改变命运的时候，艾伟成也突然出了事。

艾伟成发生意外的时候，艾小娴刚升上大二，距离开学还有几天时间。艾伟成出了车祸，还没送到医院就去世了。

艾小娴遭到巨大打击，但打击过后，她除了伤心，也松了一口气。

没几天，艾小娴就发现了一份保单，是人身意外险，受益人写着艾小娴的名字。

艾小娴拿着保单去兑现，但是这之后很长一段时间，保险公司都在调查意外有无人为的成分。

直到几个月后，艾小娴拿到了保险金，那不是一笔天文数字，但是对当时的艾小娴来说，已经是巨款了。

艾小娴将这笔钱详细做了规划，还拿出几千块钱给自己买了衣服和护肤品，为自己改善生活。

然而就在这时，艾小娴刚刚从过去的噩梦中挣脱出来，她就和学校里的风云人物陆纬有了纠葛。

艾小娴其实一直知道陆纬是谁，对他印象也很深刻，那是学校里数一数二的帅哥，所有女生都认识他，而且他身材高大，气质冷漠，对谁都是淡淡的，那样谜一样的气质更加吸引女生们。

最开始记住陆纬这个人的时候，艾小娴的家里正处于兵荒马乱的状态，她自己焦头烂额的，哪里还顾得上暗恋人家。但现在不一样了。

艾小娴参加了年级组织的露营活动，大家AA制，她还被分配到和陆纬一组，原本还无暇思考的那些少女心事，一瞬间就像泡泡一样冒出来了。

艾小娴知道自己长得漂亮，身材也不错，气质也属于清纯的，平时她的话也不多。在很多男生眼里她是那种文静可人的女生，学校里也有不少男生对她表达过好感。

那之后露营的路上，艾小娴一路上都在观察陆纬，试图和他多一些交流，多一点儿接触。

到了晚上，艾小娴的室友还给她带回来一瓶药酒，艾小娴以为是陆纬托室友带回来的。

因为陆纬，艾小娴又一次想到母亲方晓临走前的那些忠告。

女人这一辈子，绝不能浪费青春，更不能将青春浪费在不值得投资的男人身上。但是陆纬是值得的。

陆纬不仅长得帅，身材好，身体健康，能文能武，还是学校里的高才生，他是学结构的，将来一定是进建筑业。

这不，大家还在上大二，陆纬就已经有机会跟教授一起做项目了。艾小娴琢磨着，凭着自己的家底，也不太可能找一个富二代，就算找到了，地位也不平等，还不如提前瞄准一个值得投资的潜力股，比如陆纬这样的。

结果，就在艾小娴经过一番精打细算之后，和陆纬挑明的时候，陆纬却委婉地表示了，他对她没有那方面的意思。

艾小娴无语了，她不能相信，也无法接受自己表错情，会错意。

这样的打击，不只是在艾小娴原本就脆弱的自尊心上的又一个重创，更是一次幻灭。艾小娴先是觉得丢人，进而就有些恼羞成怒。可她没有表现出来，她强忍着这份屈辱，不能让自己丢人丢到家。

她还故作大方地告诉陆纬，以后还是好同学。

陆纬只是扯了下唇角，并不在意。

从这以后，艾小娴连续好几天情绪低落。

这期间，有女同学拉她去参加聚会，说是和别的系的男生联谊，要是别的系的不成，还可以联谊外校的，都是有能力有才华的帅哥。

可是艾小娴怎么都想不到，会在一次联谊聚会上遇到宋子安。

宋子安，也是学校里的风云人物，和陆纬是同一个宿舍的好同学、好哥们儿，也是校草级的人物，不仅人帅而且嘴甜，先后交过几个女朋友，最后都和平分手，没有撕破脸，而且他还生着一双桃花眼，很少有女生可以抵抗。

宋子安一出现在联谊聚会上，所有女生的目光就都被吸引了过去，艾小娴也不例外。

可是艾小娴心里也清楚，像宋子安这样的男人一点儿都不好把控，一个闹不好，只会被他玩进去，就算他是值得投资的潜力股，也绝不属于一个女人。

那天晚上的联谊，艾小娴一直和建筑系的另外一个男生聊得很投机。

6

陆纬是万里挑一的金子，宋子安就是王子。

对于艾小娴来说，她一定会选金子，而不会选王子。

像是这些建筑系的男生，将来出社会未必做这行，可是学校里那些尖子生，做这行的概率比较高，一旦成为建筑工程师，基本工资起码是白领的中等水准，对她来说已经非常好了。她将来可以辅佐这个男人，只要到了年头，成为有经验的工程师，她的日子也会好过一点儿。

所以，在艾小娴刚刚遭受到陆纬的拒绝之后，她手脚忙乱地修复了心里的裂痕，很快就把自己的状态收拾好，去挖掘下一个潜力股。

这天晚上，艾小娴一直在和建筑系的一个资优生聊天，全场女生只有她没有频频看向英俊帅气的宋子安。

宋子安是男人，自然也懂得欣赏美女，艾小娴是这里最漂亮、最有气质的，他又不瞎，自然也看到了。

直到联谊聚会的后半场，宋子安看到艾小娴打开手机里的计算器和一个笔记本，趁着身边没人的时候在记账，她把今天联谊聚会的份子钱写了下来，那个本子上记得密密麻麻的。

宋子安一屁股就坐到艾小娴的旁边，跟她主动搭话。

艾小娴吓了一跳，很快合上笔记本，有些受惊过度地看着宋子安。

宋子安故意道："看你记账这么认真专业，不知道的还以为你是会计系的。"

艾小娴说道："我还以为记账是每个人都应该养成的好习惯。"

宋子安微微一笑，那双桃花眼不仅深邃而且深沉，衬着那浓眉和高鼻梁，瞅着艾小娴的模样，散发着致命的吸引力。

艾小娴的心在那一刻动了。

宋子安通过和艾小娴聊天，大概知道她在校外还有两份兼职，父亲之前去世了，现在就她一个人。

宋子安也是出于好心，很快就给艾小娴介绍了一份待遇更好的兼职，艾小娴没有理由拒绝，她不会和钱过不去。

也因为这份兼职，宋子安和艾小娴的关系又近了一步。

但宋子安和艾小娴心里都很清楚，艾小娴突然对一个聚会上的他讲述自己的家庭，自己在做兼职，自己有多么辛苦，这些行为原本就是在博取同情的手段。

这段同学关系原本就应该止步于一个利用、一个愿意被利用的基础上，这一锤子买卖之后就点到为止了，毕竟大家不在一个系，平时不刻意见面也不会遇到。

结果，就在一次学校活动上，艾小娴忽然见到了一个中年男人——宋建。

艾小娴就像是被一道惊雷劈中了，就站在那里一动不动地看着那次活动中出现的宋建。那张脸，那五官，那气质，她绝对没有认错，就是她从方晓的旧物中翻出来的照片上的那个男人，只不过年纪大了点儿，成熟了些。

然后，艾小娴直勾勾的目光里，又突然出现了另一个男人。

哦，与其说是男人，不如说是男生。宋子安来到宋建跟前，一老一少两个男人笑着站在那里聊天。

也是到了这一刻，艾小娴才发现，他们惊人地相似，简直像是一个模子里印出来的。

艾小娴这才明白，为什么她对宋子安一直没什么好感，还有些排斥。原来宋建，就是宋子安的父亲。

从那天开始，艾小娴就频繁出现在宋子安的面前，制造各种机会和他巧遇，她是真的豁出去了。

她现在无亲无故，孑然一身，对事业和未来生活没有远大的目标，对自己的婚姻和恋爱没有丝毫期盼，她活着也不知道为什么。但是宋建却在这个时候给她找了个奋斗目标——报仇。

严格来说，宋建并不是介入方晓和艾伟成婚姻的第三者，更不是破坏两人婚姻的罪魁祸首，可是要不是宋建的忽然出现，方晓会突然“开窍”吗，会像是疯了一样，一夜之间性情大变吗，会抛夫弃子吗，会只想着自己，而把原本属于她的烂摊子扔给自己的女儿吗?

都是宋建的错!

既然宋建破坏了艾小娴的家庭，那么艾小娴可以想到的最好的报复方式，就是反过来去破坏宋建的家庭。

当然，怎么破坏是要讲究策略的，艾小娴知道自己不可能跑去勾引宋建，他们生活上根本没有交集，这件事不现实，那么就只能朝宋子安下手了。

宋子安一开始觉得很奇怪，为什么艾小娴突然就频繁地出现在他面前了？但是这些奇怪，很快就被宋子安对自己的自信解释过去了。

艾小娴要找一个潜力股，这原本就没有错，整个学校能符合这个标准的人也不多，他宋子安绝对是头一个，大概是艾小娴想明白了吧？后来相处下来，宋子安渐渐也开始喜欢艾小娴了。

这姑娘性格不错，也没什么大脾气，不会无缘无故地使性子，更不是个作女。不仅如此，她还很勤奋，很努力，除了学习就是兼职，但只要一有时间，就会来陪他。

最主要的是，为了迁就宋子安的个人兴趣，艾小娴还买了好多书回来看，明明是她不感兴趣的建筑方面的东西，她也跟着学了一点儿皮毛。

7

男人和女人的交往，就算再顺利也会经历其他爱慕者的插足，会经历争吵，性格磨合，甚至是分手。

宋子安和艾小娴也经历过这些，还分分合合了好几次。

但是每一次分开，宋子安都更加喜欢艾小娴一点儿，最终还是要复合，舍不得她和这份感情。

宋子安也想不到，自己会和一个女人交往这么多年，如果没有其他意外的话，大概就会结婚了吧？

在宋子安和艾小娴交往将近十年的时间里，他们也曾聊过结婚的事，但是每一次都因为其他事而耽搁了。

比如，宋子安的父亲宋建去世。

比如，宋子安的母亲去世。

比如，宋子安面临事业上的重大考验，需要离开原来的设计单位，到设计事务所开拓疆土。

比如，艾小娴的工作也上了轨道，她开始频繁出差和加班。

其实两个人心里都很清楚，结婚就是去民政局登个记，最多只占用半天时间，要是真想结婚，怎么会抽不出半天时间呢？

但是每一次，他们都会商量婚宴的事，一想到要抽出那么多精力操持，就没有动力了。直到宋子安出意外。

宋子安的头部有血块，虽然第一时间送到医院做了手术，取出了部分血块，余下一点儿由于靠重要神经太近，而只能暂时留在头颅里，需要靠宋子安自己的能力化瘀。

宋子安的意识时有时无，昏昏沉沉，脑海中也经常浮现出一些片段，耳朵里会听到一些声音，但是那对于一个处于混沌状态的昏迷病人来说，是很难分清楚现实还是梦境的。

尤其有些认知，和宋子安清醒的时候知道的不一样，所以宋子安便一直以为那些是在做梦。

比如，宋子悠带了一个男人一起来看他，那个男人是陆纬。

宋子安根本想不到宋子悠会和陆纬有牵扯，还一起来医院。

比如，艾小娴许久不曾出现在病床前，好不容易来了一次，也是和陆纬一起来的，艾小娴还非常亲切地和陆纬说话，那声音听上去一点儿都不像是她。

比如，宋子悠和陆纬一起在病房里聊着他的病情，说他要做一个小手术，还说他的肠子有局部溃疡。

那个时候，艾小娴不在病房里。

陆纬对宋子悠说话的声音很低，也很温柔，无论是他们的用词还是语气，都透着两个人的关系不一般。

这些事情，都在无形中成为了对宋子安的一种刺激。

也正是这种刺激，令宋子安不想再这样睡下去了。

第十四章　节外生枝

1

宋子悠和陆纬一起离开病房，临走之前，宋子悠和男护工交代了一些事，还提到过几天要给宋子安安排手术的注意事项。

宋子悠还说这几天会经常过来跟进，其他的一切照旧。

男护工总算把心放肚子里了。

可是刚才那个在病房里还非常淡定冷静的宋子悠，一走出医院，整个人就颓了。

宋子悠瘫坐在副驾驶座上，看到陆纬发动车子，这样说了一句："哦，对了，我不回队里了，我要回自己家一趟收拾收拾，那个，我自己叫车吧。"

宋子悠说完，就要解开安全带。

可是她的手刚刚按下去，手背上就落下一股温热的力道。

宋子悠一怔，看向陆纬。

"我送你回去。"

话落，陆纬果断地发动车子，往宋子悠家的方向开去。

宋子悠问："你队里的事处理完了？"

"嗯，放心吧。过几天做手术，我过来陪你，要张罗很多事，你一个人忙不过来。"

“好，如果到时候没有任务要出，你也不忙。”

“我和青云打过招呼了，有他看着，出不了大事。”

宋子悠皱皱眉心，不由得想起张青云脊椎的伤。但她最终还是没有说什么。

车子在路上行驶着，宋子悠的脑袋瓜子也没停止过，她一直在想着接下来要忙的事，包括宋子安的手术、刘创跟队的工作，还有宋子安和陆纬当初为什么闹掰，之前宋子安在火场里到底出了怎样的意外等。

想着想着，人也累了，不知不觉就在车上睡了过去。

宋子悠醒过来的时候，车子已经开到了她家楼下，陆纬没有立刻叫醒她，他就坐在驾驶座上，默默看着窗外，车窗打开了一道缝，有微风吹进来。

宋子悠半睁着眼，没有动，只是用这个角度看着陆纬的侧脸。

因为他面向着他那边的窗户，脖颈的线条微微绷紧，肌理分明有力，透着男性魅力，身上的气息也非常好闻，有阳光和沐浴液的味道。宋子悠眨了一下眼，抬手间也没有过脑子，就直接伸出手指，轻轻碰了一下他的脖子。

陆纬的身体明显一震，躲开的同时，一把抓住那个袭击他的始作俑者。

陆纬一顿：“你醒了。”

“嗯。”

被宋子悠碰过的皮肤蹿起了一阵麻痒，但陆纬没有去碰，而且那感觉像是从皮肤表面往肌理深处，甚至是骨头里钻，一直钻到心里。

宋子悠毫无觉察，她拿着包，推开车门先下车了。

陆纬坐在驾驶座上安静了几秒，吸了口气，又沉沉地吐出，这才跟着下车。

两人一前一后上了楼，宋子悠一进门就刷开手机，问陆纬晚上打算吃点什么。

陆纬应了一句："我都行。"

宋子悠却陷入了选择恐惧症，盯着手机上的APP研究半天，眉头皱着，头低着，露出后脖颈光洁白皙的皮肤。

陆纬就站在那里安静地看了片刻，目光缓缓滑过那截雪白。

他吸了口气，走上前拿走宋子悠的手机。

宋子悠诧异地看向他。

"不用点了，我去楼下超市买点儿半成品回来，我来做。"

"好，那你去吧，我先收拾屋子。"

"嗯。"陆纬转身出门，很快下楼。

小区外就有一个超市，麻雀虽小五脏俱全，不仅有蔬菜肉类还有生鲜速冻，还有半成品和零食。

陆纬快速选了几件，结账，又沿着原路上楼。

宋子悠给他开了门。

陆纬直接拎着东西进了厨房，开始在里面翻找那些厨具。

宋子悠没理会陆纬在厨房里做什么、怎么做，反正那个地盘暂时交给他了，她就抓紧时间进屋收拾东西。

宋子悠还盘算着家里的东西，仔细地考虑过，是不是要把这套房子租出去。就她自己而言，个人物品最多就两个大行李箱。

现在这套房子，只有三个小柜子里装满东西，其余的柜子都空着，宋子悠经常用的东西都带去了消防队，这房子空着也是空着，还不如换点租金。

宋子悠想到这里时，手里也没有闲着，就按照这个突然蹦出来的想法执行，直到从厨房里传来阵阵香味。

宋子悠将收拾了一半的东西扔下，来到厨房门口一看，陆纬已经开始炒菜了。

炉灶前立着一个高大的身影，他个子很高，头已经高过了油烟机安放的高度，垂着眸子，将案板上切好的菜扔进锅里。火苗喷了出来。

直到陆纬调好味道，将菜出锅，又将锅放到水池里冲洗，准备洗好锅再去炒下一个菜。

趁着水流涌进炒菜锅的时候，陆纬扫了门口的宋子悠一眼。

陆纬扯了扯唇角："看什么？"

"你很会做饭。"

"只是一些基本的家常菜，太复杂的不会。"

宋子悠看着那盘青菜炒肉："已经很好了。"

陆纬很快又去炒第二个菜。

宋子悠看了片刻，就别开脸，拿出许久不用的碗筷洗干净。

水流冲在她的手上，她也不觉得凉，闻着西红柿炒鸡蛋的味道，好像身体里所有感官都被嗅觉和食欲激发了。

也是到了这一刻，宋子悠才意识到，她两次让陆纬来到她的家里，来到属于她的地盘，这个私人小空间里意味着什么。

要是换作其他男人，她会让进门吗?

恐怕，连地址都不会给吧。

没多会儿，两道菜和一道汤都出锅了。宋子悠盛出来两碗米饭，和陆纬一起坐在桌前。

这顿饭两人几乎没什么交谈，宋子悠太饿了，一直盯着那些菜，陆纬也累了一天，胃口不小，却还有空一直往她碗里夹菜。

宋子悠要努力咀嚼才能跟上他夹菜的速度。吃到最后实在太撑了，宋子悠直接端着碗躲开了。

陆纬筷子上的菜差点儿落空，不由得一顿。

他随即一笑，不介意地放到自己碗里，将最后一口菜招呼到肚子里。宋子悠又喝了小半碗汤，坐在椅子上开始放空发呆。

宋子悠听着厨房传来刷碗的哗哗水流声，转而去做了一壶水，准备煮茶。

等到水开了，宋子悠翻来找去，只从柜子里找到一盒玫瑰花茶，也不知道陆纬喝不喝得惯。

宋子悠正在想，厨房的水流声停了，陆纬走出来，见到她站在那里发呆。

“怎么了？”

“家里只有玫瑰花茶，你喝吗？”

“我喝白水就行。”

宋子悠“哦”了一声，把茶叶盒扣上，倒出两杯白水放到桌上。

宋子悠一时有些尴尬，为着接下来该聊些什么，为她刚才脑子里那些胡思乱想。但陆纬并没有注意到。

陆纬看了一眼冒着热气的水杯，没有碰，只是问她：“收拾得怎么样了？”

宋子悠转而往屋里走：“我是想，趁着今天有时间，干脆把我的个人物品都打包，明天叫辆车带回队里，其余的能卖就卖，或者捐掉，或者送人，这套房子只留家电家具，再交给中介公司租出去。”

宋子悠走进房间，将收拾了一半的纸箱子打开，还有半个是空着的，她又将旁边的衣服一件一件放进去，没有让双手停下来。

宋子悠的意思是，她打算留下来收拾东西，陆纬可以先回队上，可是又不好直接把这话说出来。

但显然陆纬没有领会到这层意思，他没有提先回去的事，只是双手环胸，环顾了一圈她的房间，目光又落在那些杂物上，将这屋子里的空当和宋子悠的局促尽收眼底。

“不用叫车了，今天晚上还有些时间，我和你一起打包，明天一早我送你回队上。”

宋子悠愣住了，好一会儿没反应过来。

陆纬却没给她拒绝的时间，直接蹲下身来，看着箱子里的东西说：“衣服卷起来打包更节省空间，像是你这样一件一件摊开叠放，会浪费很多地方。”

陆纬将里面的衣服一件件卷好，又放进去，给宋子悠做了示范。

宋子悠问："你说你帮我一起收拾？"

"两个人分工协作，速度会快一倍。"

宋子悠皱皱眉心道："等收拾完了恐怕要凌晨了，现在已经八点多了。"

"凌晨就凌晨。"

"收拾完之后你打算住哪里，那么晚再开车回队上？疲劳驾驶不安全。"

陆纬没吭声，唇角勾了勾："我可以找代驾。"

这个人是存心让她过意不去吗？

"你要是不介意，可以在客厅的沙发将就一下，我家里有多余的被子褥子。"

宋子悠说完，正在想着第二套方案，比如楼下的快捷酒店。

就在这时，陆纬应了一声："嗯，也好。"

宋子悠一愣。她这才意识到自己刚才提出了什么样的要求，孤男寡女共处一室……

"我没有别的意思，就是怕你太晚回去太辛苦了。"

"我知道。"

可是不知道为什么，这三个字一落下，宋子悠的脸更热了，没有来由地还有些气恼，直接横了他一眼。

2

陆纬唇角笑意渐浓，稳稳地接下了宋子悠的小眼神。

然后他转过头，就开始收拾起来，把宋子悠放在箱子里的衣服一件件卷好，动作训练有素，有条不紊，嘴里也没闲着，还告诉宋子悠先收拾什么东西，后收拾什么，还要留下一些衣服，用来包裹那些易碎的物品等。

宋子悠逐一照办，一边收拾一边鄙视自己。

“你很会收拾这些东西，你经常搬家吗？”

“我家里搬过几次，上大学也需要收拾内务，做了消防员每一次去外埠出任务，都是争分夺秒。”

宋子悠没再吭声。

直到陆纬说：“你在外面念了几年医学院，我还以为这些你都很熟练。”

“刚好相反，正是因为把大部分时间都放在念书和实习上了，所以生活上的事才不会处理。不仅是我，我的那些同学也是一样，宿舍里乱得一塌糊涂，没有人会把时间浪费在收拾上，但凡有几分钟空闲也会用来看书和睡觉。”

过了一个多小时，已经收拾出来十个大小不一的纸箱子，余下的都是随身物品，可以直接放在宋子悠的背包里。

陆纬站直身子：“看来还是要叫一辆车，我的车放不下这么多东西。”这话落地，他就看向宋子悠，却见她皱着眉头，有些震惊和不可思议。

“怎么了？是不是还漏掉什么？”

“哦，我只是很诧异，自己竟然有这么多东西，我还以为只要两个行李箱就能放下了。”

“你的估计差得有点儿远，不论怎么看，也不可能是两个行李箱的事啊。”

宋子悠没吭声，横了他一眼。

陆纬笑道：“其实一个人只要在一套房子里住久了，哪怕只有一两年，东西都会超过你估计的数量，很多东西是在不知不觉间累积的。”幸好刚才收拾的时候，已经在每个箱子外面用碳素笔写上里面装了什么，宋子悠扫了一眼，心里大概有数。

有几个箱子装的都是书和杂物，她一时半会儿用不上，可以先留在这套房子里，明天先把要紧的东西搬去宿舍。

宋子悠说道："这样一来，最沉的几个箱子暂时不用管了，那几个比较轻的都是衣服之类的，你的车应该装得下。"

陆纬点了下头："那这些书你打算留到什么时候，如果有合适的租客，也许这里很快就能租出去。"

"或者，我先放到我哥的房子里。"

陆纬看了她一眼："要是有一天子安醒过来了，不会希望看到自己的房子被当成仓库的。正好我家里有一个小仓库，还有一半空间空着，你可以先放在我那个小仓库里，你随时需要，随时可以过去拿。地址距离消防队也不远。"

宋子悠一怔："你家有个小仓库？"

"嗯，明天先把需要的东西搬上车，你把这里的钥匙给我一副，我稍后就会把余下的运到仓库里。"

宋子悠歪着头想了想，又看了看陆纬，随即点了下头。

等箱子的去留都商量好，宋子悠才想起来看一眼手机上的时间，已经快凌晨了，她再一转头看向沙发，上面还堆了一些杂物。

宋子悠立刻说："今天就这样吧，你要不要先去洗漱，我去找一床被子出来，还有换洗的衣服给你。"

宋子悠边说边将沙发上的杂物拿开。

陆纬问道："你这里有我能用的换洗衣物？"

"有啊，我妈在世的时候嫁过三个男人，他们穿过的衣服大部分都不在了，还留下几套新的，你要不要试试？"

"好。"

宋子悠很快在柜子里找出一床没用的新被子，一套XL的男用T恤衫和休闲短裤，一双大码的男士拖鞋。她将这些东西递给陆纬，让陆纬先去洗漱。

陆纬也没跟她客气，转而来到洗手间，将身上粘了尘土的T恤换下来，放在洗衣篮里。

这时，虚掩的门就从外面响起叩叩两声。

宋子悠的声音钻了进来："我还找到了新的牙刷、牙膏、毛巾……"

她边说边推开门，不疑有他，视线却猝不及防地撞上门里那副光裸的胸膛。

陆纬的身材自然不会差，他整个人看上去虽然瘦，该壮的地方一块肌肉都不少，皮肤颜色偏向古铜，身上还有大大小小象征着救死扶伤的功勋章，宋子悠先前给他上药的时候就见过了。

但像是现在这样在她家的小浴室里，他这样光着，居高临下地看着她，那流淌在狭小空间里的意味整个都变了。

陆纬接过牙刷牙膏和毛巾，说道："谢谢。"

宋子悠连忙收回眼神，只撂下一句："左边是热水。"

不一会儿，浴室里就传出哗哗的流水声。

宋子悠吸了口气，片刻不停地开始收拾沙发，将新的被褥铺上去，还找出一条薄被。

几分钟后，水声停了。又过了几分钟，浴室门开了。

宋子悠给自己倒了杯水，咕噜咕噜喝着，平白无故地感到紧张。

只不过是陆纬在她家里洗了个澡，待会儿要睡在沙发上，她干吗要胡思乱想呢?

思及此，宋子悠才平静下来。

陆纬一边擦着头一边走回客厅："你家的水管有点儿漏水，明天早上我帮你看看，家里有没有工具箱?"

宋子悠一怔："哦，有，明早再说吧。"

宋子悠指了一下沙发，又说道："你早点儿休息吧，明天还要早起。"

"嗯。"

陆纬走到沙发那里刚坐下，宋子悠已经走向浴室，看到了洗手台上多出来的牙刷牙膏和漱口杯，以及洗衣篮里的衣物。

那些衣物已经叠起来了，明天起来陆纬肯定还要穿。

宋子悠却想也没想，捡起他换下来的衣服扔到小洗衣机里，调好模式，开始快捷清洗。

客厅那边很安静，半晌没有动静。

宋子悠就在浴室里待了十分钟，等衣服洗好，她拿出来摊开放在插电的干衣架上，打开烘干模式，不用到明天早上就可以晾干了。

等宋子悠回到客厅已经是二十分钟以后，客厅里灯暗着，只从她的卧室里透出一点儿亮光，沙发上有一道起伏的人影，陆纬就躺在上面，呼吸均匀，多半已经睡着了。

宋子悠轻手轻脚穿过客厅，回到卧室，关上门，这才轻轻喘了一口气。

她看着空荡荡的卧室，将窗帘拉上，很快也躺下入睡。

3

到了凌晨两点多的时候，楼道传来一阵脚步声，还有楼上开门关门的声音，楼道里的声控灯也跟着亮了。

到了三点多，住在宋子悠上层的那户人家开始有挪动家具的动静，也不知道是不是椅子的腿没有做防磨处理，椅子腿在地板上摩擦的声音时有响起，偶尔还伴随着重物掉在地上的响动。

宋子悠睡眠本来就浅，加上人在睡眠中禁不得吓，每一次出现椅子腿摩擦地板的嗞嗞声，或是东西掉在地上的声音，都像是直接响在宋子悠的耳边。

她睡的时间不长，却醒了好几次。

到了四点多，楼上那户人家开始吵架。

吵到五点钟，那个男孩终于忍无可忍吼了一句："你再说信不信我抽你！"

然后便是椅子被扒拉到地上的咣当一声，很重，刚好就在宋子悠床头的正上方。

她瞬间打了个激灵，心脏突突地跳。

宋子悠沉吟两声，从床上起身，披上居家外套，打开卧室门。

沙发上却没有陆纬的身影。他这么早去哪儿了？紧接着，浴室里就传来细微的响动。

宋子悠走到浴室一看，陆纬正蹲在水管前修理。

宋子悠诧异道："你怎么起这么早？"

陆纬一顿，回过头："住在你楼上那家一直这么吵？"

"哦，上面那家搬来没几个月，那家孩子在备考，他妈脾气比较暴躁，听邻居说三不五时就会大吵一架，而且时间都很晚。"

"没有人投诉？"

"应该没有，要不然也不会一直这样了。"

"那户人家的业主联系方式，你有吗？"

"加过微信。"

"你稍后推送给我。"

"你要去跟业主提意见？"

陆纬拧好水管，站起身，一手撑着洗手台："楼上这么吵法，而且不分时间，已经构成了扰民。你说没有人投诉，说明周围几户都是一样的心理，认为虽然自己没有去说，但是其他住户一定也会觉得受不了，一定会有人站出来提意见的。正是因为所有人都这么想，住在你楼上的母子俩才会变本加厉地选在半夜吵架。”

陆纬将工具收拾好，走出浴室，继续道：“这种事一开始也不好报警，最好的办法就是跟业主打个招呼，那是他的租客，只有让他和中介公司去约束才不伤双方的面子。”

“算了，反正我要搬走了，不用麻烦了。”

“你这套房子不是要租出去？楼上这么闹，将来你的租客也会找你去说理，还不如提早解决问题。对了，你的浴室除了水管漏水，房顶也在渗水，是从楼上流下来的，待会儿联系业主，要让他们尽快解决浴室的防水问题，应该是楼上地下的防水层坏了，需要修补。”

陆纬只是来了一个晚上，就发现了这套房子里很多问题，而且只花了半个早上的时间就解决了。时间过了七点，陆纬就联系上楼上那户的业主，把问题说了一遍，对方承诺今天之内就会解决。

这个时间，宋子悠也煮好了一锅粥，端了出来，还叫外卖送了小包子和油条。吃过饭，两人将需要搬到宿舍的纸箱子送上车，便一起赶回队上。

宋子悠一宿没有休息好，很快就在副驾驶座上睡过去。

陆纬趁着红绿灯的时候，拿起后座的外套盖在她身上，宋子悠感受到暖意，便下意识地往外套里钻。

陆纬望着她，不由得笑了。

要不是昨晚在宋子悠家里将就了一宿沙发，他都不能相信，原来在生活里宋子悠是这样一个“白痴”。

倒不是她不懂得生活自理，而是她的处事方法和态度，简直和她在队上判若两人。

处理队上的事情，她很果断，也很坚决，有自己的原则，也谨守规章制度，对刘创犯下的那些错误自有一套方法处理。还有安排宋子安住院的那些事，所有流程她都很熟悉，做起来得心应手。

可是到了生活里，宋子悠却只有两个字——“凑合”。

这个女人，丝毫不懂得如何照顾自己。

4

陆纬彻夜没有回到队上，却在第二天一大早开车送宋子悠回来，还打包了几个箱子，这件事很快就在队上传开了。

宋子悠这边倒是很淡定，医务室里还没人敢开她的玩笑，她自己也不觉得有什么，更没必要和任何人解释。

到了当天下午，宋子悠接到陆纬发来的微信，说已经回过她家，把那几个装书的箱子送到仓库去了。

陆纬还把仓库的地址发给她，说稍后把钥匙给她配上一副。

房子搬得差不多了，留下的就是家具、家电和厨卫设备，最多还余下一些锅碗瓢盆。

宋子悠没事的时候把房子情况递交给附近的中介公司，也接到那边业务员的电话，称大约一个礼拜就能租出去。

了却了一件事，接下来就是宋子安做手术的安排。

宋子悠下午请了假，去医院陪宋子安做检查，到了傍晚，结果出来了，数值基本都算稳定，再挂一晚上的吊瓶，如无其他意外，第二天就可以做手术了。

宋子悠便通知了艾小娴，艾小娴说明日一定请假过来。

宋子悠原本还犹豫要不要告诉陆纬一声，这时宋子安的主治医生刘新锋来找宋子悠，和她提到手术的事，宋子悠就把这茬儿忘了。

宋子悠和刘新锋在办公室里聊完术前术后的注意事项，本想离开医院回队上，没想到刘新锋今天也是提早下班，说要和宋子悠吃顿饭。宋子悠想了想，也没理由拒绝，他毕竟是宋子安的主治医生，又是她的校友，是应该搞好关系。

宋子悠将吃饭的地点定在消防大队外那家餐馆，距离刘新锋的家也不算远，开车方便，门口还有停车位。

这一顿饭吃得还算和谐，刘新锋也很健谈，从头到尾都是他在说，宋子悠偶尔搭个话，笑一笑。

晚上七点多，宋子悠收到陆纬微信："医院的事忙完了吗，在哪儿？"

"完事了，正在大队附近吃饭。"

这条回复之后，陆纬没声了，宋子悠也没在意。

等刘新锋回来，宋子悠已经结好账，刘新锋猝不及防一怔。

其实一顿饭的工夫，宋子悠也看出一点儿端倪，刘新锋对她有点儿意思，可她不想接纳，又不能直接点破，便只好保持距离，希望以刘新锋的聪明可以明白她的用意。

两人离开餐馆，刘新锋去取车。

宋子悠说："那你早点儿回去吧，我就不和你一起去停车场了，这条路我顺着走就是消防队。"

刘新锋又是一怔："远吗，需不需要我捎你一段？"

"不用了，就两分钟的路。"

"哦，那好……"刘新锋有些失望，转身去了停车场。

宋子悠往另一个方向走。

只是还没走两步，她就站住了。陆纬不知道什么时候来了，就站在几步外，靠着墙，双手插兜，瞅着她。

宋子悠愣了两秒："你怎么来了？"

陆纬不动声色地打量她一眼，又扬了扬下巴，指向刘新锋的方向："那是你朋友？"

"是我哥的主治医生，今天他忙了一下午，我请他吃顿饭。"

陆纬站直身体，和宋子悠一起往消防队走。

“难怪现在医生都这么忙，原来对每个病人都这样亲力亲为，做完分内事还要吃家属一顿饭。”

宋子悠一怔：“当医生的当然不可能这么闲，也不可能贪图病人家属请的一顿饭。”

陆纬挑了挑眉，瞅了她一眼。

“刘医生是我的校友，我们以前就认识。”

“原来是校友叙旧。”

“明天我哥做手术，今天只不过是……哎，随便，你说是叙旧就是吧。”

撂下这话，宋子悠就不再吭声，直接回到消防大队。

两人一前一后穿过操场，宋子悠要回宿舍，一路上都没搭理陆纬，最多当自己和他是顺路。

陆纬也没主动搭话，一贯地保持着自己的步调，不紧不慢地走在宋子悠旁边。

两人的影子被路灯拉得很长。

宋子悠在心里默默想着，等走到宿舍就头也不回地进去，省得再被这个阴阳怪气的男人怼。

结果，就在距离宿舍楼还有十几米的距离，陆纬突然站住了。

“明天子安手术，我会尽量抽时间过去，队上有事，不能请一天假。有什么情况，随时和我联系，不一定要自己解决。”

宋子悠怔住了，侧身看他。

她对上那双深眸，漆黑有神，望着她，好像可以把人吸进去。

“好，有事情随时联系。”

陆纬的眉宇这才微微舒展，好像还有什么想说。

宋子悠索性直接问道：“你还想说什么？”

“给子安手术的事，你今天怎么没有早点儿告诉我？”

宋子悠这才想起来，之前本来想告诉他的，却被刘新锋把话题岔开了。

“原本是要告诉你，后来被别的事情耽搁了。”

陆纬拿出兜里的手机，说：“这个消息还是艾小娴先告诉我的，可我一直在等你告诉我。”

宋子悠顿住了。没由来的，她突然有些惭愧。

以他们现在的关系，其实就差一句话的事，的确应该和他交代一声，而不是让艾小娴先说。更重要的是，为什么这样的事艾小娴总会想着先告诉陆纬?

“下次，我会先告诉你，不会让别人代劳。”

这话一出，陆纬的神情渐渐缓和了，连唇角也微微翘起，像是满意了。

宋子悠又补了一句：“不过话说回来，为什么艾小娴什么事都要跟你知会一声？你们这样真的只是不熟的大学同学吗？”

也不知道为什么，听到这话，陆纬笑意更深，好像被什么取悦了一样。

宋子悠也觉得脸上微热，她横了他一眼，转身就走。

下一秒，她的手肘就被他拉住了。宋子悠站住脚，却没回头。

直到陆纬握着她的手肘，将她转过来，低声道：“我想你应该知道，有时候别人会对你有一些会错意的想法，但这并不代表你也要附和那人。不管艾小娴是如何看我的，我看她不过就是子安的女朋友，一个不熟的校友。如果不是因为子安，就算在街上遇到她，也不会打招呼，或许连名字都记不起来。”

宋子悠脸色总算不绷着了：“所以，只是一个不熟的校友？”

“最起码，不会坐到一起吃饭叙旧。”

宋子悠的耳朵跟着就红了，她瞪着陆纬：“你这篇是翻不过去了是吧？”

"怎么，只许你吃艾小娴的醋，不许我吃你的？你这毫无道理。艾小娴通知我，我可没有回她，你和那位主治医生却共进晚餐。"

"那是我哥的主治医生，我总不能冷冰冰的。"

"没有人让你冷冰冰的，只不过下次再有这样的饭局，不妨叫上我。"

"叫你？做什么？"

"你看上去很聪明，怎么关键时刻这么不开窍了？下次再有这样的事，你如果不好意思拒绝，又不知道该怎么应对，就叫上男朋友坐在旁边，不用你介绍，人家自然就明白了。尤其像是今天这样，为的是子安的事，我更应该在你旁边，一起请子安的主治医生吃顿饭。"

隔了几秒，宋子悠才轻声道："我可还没有答应呢，你不要急着对号入座。"

陆纬又是一声轻笑："今天别睡得太晚，早点儿休息，明天我这边一完事就去医院。"

"嗯。"宋子悠回到宿舍，心情比白天出门的时候要好。

她从洗手间洗漱出来，看到堆在角落的几个箱子，也没力气收拾，索性准备上床睡觉。

正准备关灯，手机上就传来提示音。

宋子悠翻开手机一看，是陆明发来的消息："子悠，子悠，你快告诉我，我哥是不是有情况？"

"什么情况？你这没头没脑的。"

"哎，我听说啊，我哥昨晚没回队上睡觉，可他也没回家里啊，他就是今天白天的时候，突然开车回了一趟家，放了几个箱子就走了。问他是些什么东西，他只说是帮一个朋友搬家收拾出来的，暂时帮朋友保管……"

宋子悠听着陆明发来的语音，一愣一愣的。

怎么回事？陆纬说的"仓库"就是他家里？

陆明说："我寻思着吧，我哥外头一定是有人了，而且他现在正在追，还挺喜欢人家的，要不然也不能这么起劲儿，这么上赶着，这么体贴。你说，他一晚上没回队上睡，也没回家，总不能是去酒店了吧，多半啊就是在那个姑娘的家里，还帮人家收拾东西，都把东西放到自己家里来了，一来是对人家好，这二来嘛……你说是不是也有点儿那个意思？"

宋子悠好不容易找到话："什么意思？"

"嗨，就是先把人家姑娘的东西扣下，这不就不怕人跑了吗？"

宋子悠心里也不由得想着，难道陆纬也是这么盘算的？

很快，陆明就把话题绕了回来："哎，别光我说啊，你快告诉我，我哥什么情况？"

宋子悠说："我住的宿舍楼和他们不在一起，他们那边什么情况我也不得而知啊，不过像是你哥这个年纪，也老大不小了，找个对象是很正常的。"

"是正常啊，这不我舅舅、舅妈关心吗，就托我来打听打听。其实啊，我一开始还怀疑这个神秘的姑娘就是你呢！"

"为什么？"

"哦，就是因为你现在也在我哥的大队上工作啊，一个消防员一个队医，都是救死扶伤，简直绝配啊！而且上次我哥去参加前女友的婚礼，也是带着你，说明在某种程度上，我哥是信任你的。我也想了想，我哥队上好像也没什么大美女，就你一个，他怎么可能放着近水楼台跑去外面找姑娘？"

宋子悠越发心虚，她半晌都没接话。

直到陆明说："可惜啊，事实证明我哥就是个榆木脑袋，不开窍，有你在队里都不下手，还真跑去外面找，还给人家姑娘搬家，鞍前马后当司机，还把自己家里借给人家当仓库，可见这姑娘要不就是貌比天仙，要不就是手段刁钻！"

和陆明通完微信，宋子悠坐在床头想了又想，最后还是决定跟陆纬打个“招呼”。

陆纬刚好洗完澡从浴室出来，看到手机屏幕亮了，翻开一看，是宋子悠的微信：“陆明刚才来跟我打听你的‘近况’。”

陆纬便问道：“因为我昨天帮你搬家，把你的书搬到我家仓库的事？”

“我还没问你呢，你为啥说把我的书放在你的仓库了，明明是你父母的房子，有没有给叔叔、阿姨添麻烦？”

“这怎么叫麻烦，一点儿小忙，你太见外了。”

是啊，她是很见外。可她也不知道不见外是怎么个相处法，从没有人教过她，她在这方面还是个幼儿园小朋友。

“我是怕打搅他们二老。”

“不会，他们很高兴。”

宋子悠脸上一阵热。

虽然这只是简简单单五个字，但里面的含义和暗示却不言而喻，尤其是刚才陆明的那番打听。

宋子悠安静地坐在床头，突然就有点儿气恼。

怎么她和陆纬还没开始，这段关系就变得人尽皆知了？

队里大家这么说，陆明这么说，艾小娴也这么说，现在连陆纬父母都……

这要是换作之前，宋子悠一定会心里不踏实，还会问陆纬，要是最终咱俩没有在一起，你父母会不会空欢喜一场？但是放到现在，宋子悠却不问了。

她和陆纬的发展，她心里有数，而且很笃定，他们都不是小孩子，看待彼此也不是玩票兴致的，都是认认真真的。

宋子悠在微信上又和陆纬聊了片刻，很快就睡了。

5

翌日一早，宋子悠先去医务室处理了几件杂事，接着就去了医院。宋子安的手术是第二台，宋子悠一直等在手术室外，其间艾小娴来过，却是带着笔记本，一边处理公事一边等手术。

艾小娴仿佛很焦虑，也很浮躁，她起来好几次，心情仿佛很差，说是要出去透口气。

艾小娴还接了几个工作上的电话，也不知道是哪里不顺，还和电话里的人吵了几句。

宋子悠就一直安静地坐着，却敏感地注意到艾小娴似乎形色有异。宋子悠也不是故意要听艾小娴的电话，只不过艾小娴在情绪激动时，一时没压住，音量高了些。

艾小娴那句话的大概意思是，为什么这个项目一直磕磕绊绊，为什么如今会出这么大的事，不就是你太贪了吗，差不多就得了，这种事常来常往，不要过分。

电话里的人也跟着扬高了声音："老子有你贪吗！"

这六个字从手机里溢了出来，钻进宋子悠的耳朵里。

艾小娴下意识看了宋子悠的方向一眼，见宋子悠依然坐在原位，靠着椅背，一动不动地好像在发呆，很快就捂着手机走远了。

等艾小娴走开，宋子悠才缓缓看向她的背影，琢磨着刚才两人对话的意思。

宋子悠还记得，艾小娴是在一家地产公司工作，因为她也是建筑学校毕业的，初入社会刚好又有机会学以致用，便一直做下去。

地产公司的项目楼盘一定会找合心意的建筑师来负责，宋子安所在的建筑事务所刚好就是艾小娴所在的地产公司的合作方。

但在具体合作上，具体怎么操作，宋子悠却不清楚，只是大概知道牵头项目的地产公司属于甲方，而承接项目的设计事务所是乙方，在这样的合作上，甲方是强势的，乙方是服务甲方的。

上次陆纬也曾提过，当设计图出炉之后，就会投入建设，这时候会有工程公司来接管，这里面还要牵扯到机电工程，然后是找人来估价楼盘。

宋子悠想着这些，渐渐入了神，一时也没注意看时间，直到艾小娴回来。

艾小娴的情绪似乎已经管理妥当，见到宋子悠在发呆，便问："子悠，子悠，手术怎么样了？"

"哦，还在做，没有跟台护士出来过，再等等吧，没这么快。"

艾小娴笑了一下，坐到宋子悠旁边，瞅着她。

宋子悠觉得艾小娴的眼神有点儿怪怪的。

"怎么了，干吗这么看着我？"

"没什么，只是忽然发现，你最近好像变漂亮了。"

"有吗？"

"会不会是因为谈恋爱了？"

宋子悠顿住了，没吭声。

"据我所知，你好像还没真正谈过一场恋爱呢，倒是最近看你和陆纬一起……怎么说呢，你们那样相处，你们看对方的眼神，真的很像是当年的我和子安呢！"

艾小娴话音一落，宋子悠的心里就涌上来一股反感。

原因很简单，现在宋子安还在里面经历着一场手术，是否顺利，术后护理是否会有并发症，这些都是未知数。

在这样的紧要关头，艾小娴关心的根本不是宋子安的身体，最多问了一句"手术怎么样了"，问的却不是"子安怎么样了"，竟然还有闲情逸致跟宋子悠打听她和陆纬有没有在谈恋爱。

宋子悠压抑住那涌上来的反感，说："小娴姐，我现在没有心情去想那些事，我哥的身体才是我心里第一位的。"艾小娴这才意识到自己选了一个最不适宜的时间打听别人的隐私。

"也是。"隔了几秒，艾小娴又道，"不过子悠啊，我大你几岁，和子安也好了这么多年了，站在一个过来人的角度上，我也想好心地劝你一句，要是有适合的对象不妨发展看看，倒不用被自己父母的婚姻影响，不要害怕成家。"

宋子悠没吭声，转开了目光。

艾小娴咬了咬牙，一鼓作气地说："站在我个人的角度，我是希望你幸福的，有个好男人照顾你、爱护你，不然在这个世界上，你一个人撑着，实在太辛苦了。不过，如果这个人是陆纬的话……"

艾小娴说到这里，故意停顿了几秒，还意有所指地看了宋子悠一眼。宋子悠下意识回望艾小娴，自然好奇她后面的半句。

"如果是陆纬的话，怎么？"

"我只怕接下来说的话，你会介意，但我也是出于一片好心，不愿看到你走冤枉路，被人骗……当然，如果你听不进去我的话，也无所谓，反正这个恶人我做了，都是为了你好。"

听听，艾小娴已经把所有后路都铺垫完了。宋子悠在心里冷笑一声，面上却没动。

"小娴姐，你说吧。"

"子悠，不知道你还记不记得，上次咱们一起在咖啡馆，你问我陆纬和你哥的事，我是怎么回答你的？"

宋子悠自然记得，虽然未必记得全部，却有几句记得很清楚，也是因为艾小娴的那些话，她心里别扭了几天。

宋子悠不动声色地回答道："嗯，我大概都记得，你说吧。"

"哎，咱们女人啊和男人不一样，男人拼事业，女人拼家庭。你说，就算你事业做得再好又如何呢，还不是消防队的一个队医吗？你这口饭要走一线，拼的也是体力和年纪，过些年做不动了，还是要换岗，所以啊，我和你哥都希望你能找到一个靠谱的男人，不求大富大贵，但求对你真心实意。”

隔了一秒，艾小娴继续道：“既然要找一个对你真心实意的男人，那么这个男人是谁就很重要了，并不是谁都可以的，有的男人一心在事业上，有的男人却知道疼女人……只不过我觉得，陆纬并非那个人。”

宋子悠笑了一下：“是吗，小娴姐对他评价好像不高。我记得上次你好像也说了差不多的话。”

“是啊，子悠你都记得。”

宋子悠笑了下，同时一个念头也在心里盘旋——与其每次都被艾小娴的三言两语挑拨，倒不如给她一个顺水推舟，让艾小娴把想说的话一股脑儿地吐个干净，这样一来，艾小娴以后也就没话可说了。

思及此，宋子悠说：“小娴姐，我虽然记得你说的每一句话，但是具体到底发生了什么事，你为什么会这么看不上陆纬，我却一点儿都不知道。”

艾小娴一时间神情古怪：“那都是以前的事了。”

“是吗？可是对我来说却是现在的事。毕竟现在陆纬和我是同事，不管是在公还是在私，我都应该对他这个人多知道一点儿根底，你说对吗？”

“不管是在公还是在私？”

“对啊，在公，他是我的同事，以后是要打配合的，我只有了解了这个人的人品、行事风格，我才知道如何与之相处啊。至于在私嘛……”说到这里，宋子悠故意话锋一顿，瞬间就捕捉到艾小娴神情有异。

“你不是说你对他没意思吗，你还说你俩没事，不可能发展，怎么又……”

见艾小娴已经把注意力全都放在这件事情上了，宋子悠的心里也渐渐有了数，原来之前她的种种怀疑都不是自己太过敏感，比起宋子安来，艾小娴更加关心陆纬。

宋子悠心里顿时寒了，暗暗吸了口气，决定将后面几步棋落实。

“我这不是怕说出来了，你会担心吗？其实小娴姐，在你给我提过醒之后，我已经很注意小心了，因为也没发生什么事，所以也不想节外生枝。事情是这样的，陆纬的确对我表示过好感，也有追求我的意思。他那个人啊，工作起来太认真，很执着，对待个人生活也是，一旦确立了目标，就一定要执行到底。所以最近啊，我除了烦我哥的事之外，也在想办法对付他。最近又太忙了，一直想找个时间好好问问你，听听你的意见，可你工作也忙……刚好，现在咱俩都有空，不如你就和我说说你们在学校的事，让我心里有个底，将来也知道怎么拒绝他。”

宋子悠这番话乍一听没什么重点，但里面却暗藏着心机，她相信艾小娴一定能听得出来，甚至可以脑补出更多的内容。

艾小娴琢磨完宋子悠的话，整个脸色都不对了，她很快就想到许多画面，比如陆纬是如何追求宋子悠的，多么强势，多么坚定，多么一往情深……

艾小娴心里是清楚陆纬的为人的，而且她对陆纬一向有幻想，所以脑补出来的剧情自然深情，而且……让人忌妒。

是的，就是让人忌妒。忌妒心会让一个人做错决定，也会让一个人失去正确的判断。

艾小娴说道：“好吧，既然你这么想知道，我也不希望你上当受骗，那么我就把当年的事一五一十地告诉你吧。”

宋子悠笑了。

很快，艾小娴就开始讲述她那个版本的“故事”。

艾小娴说，当初上大一的时候，她的家庭经历了剧变，母亲跟人跑了，父亲病逝了，她挽回不了父母，只能艰难地活着。

艾小娴要挣学费，生活费还要辛辛苦苦地积蓄，直到大二生活有了一些好转，她好不容易能喘口气了，就在这时和陆纬有了交集。

那次交集是一次同学们集体的露营活动，大家分成两两一组，一男一女。艾小娴当时和陆纬同组，她心里有很大压力，因为知道这个男生高冷，不好相处，也不够细心，他们之间也没有搭配过，不知道这个男生会不会觉得她拖后腿，转身就走。

结果，那之后一路上山，陆纬都很照顾艾小娴，虽然他话不多，却准备很充分，一切都靠行动表现。

比如艾小娴渴了，陆纬包里有水，还有话梅；比如艾小娴累了，陆纬包里有一本书，会拿出来给她垫着坐下；比如艾小娴热了不舒服，陆纬就会找一块阴凉地，两人休息片刻，不着急赶大部队。

路程走了三分之二时，艾小娴把脚扭了，陆纬就一路扶着她上山。艾小娴还特意说道，原本陆纬是要背着她的，而且很坚决，可是艾小娴拒绝了，因为她觉得两人根本不熟，要是就这样让陆纬背着上山，那怎么跟同学们解释呢?

就这样，陆纬搀扶了艾小娴一路，艾小娴的脚伤越来越严重了，和他们一起上山的另一对男女同学也帮了不少忙，那个女生是艾小娴的室友。

艾小娴好不容易上了山顶，回到房间里，累得都不想动了，那女生出去了一趟，还拿回来一瓶药酒，说是陆纬给的，还说很有效，擦了第二天就能好大半。

艾小娴起先还觉得不好意思，后来还是用了，觉得也没必要和自己的脚过不去。

果然，到了第二天，艾小娴的脚已经好多了。

但是为了让她尽快痊愈，陆纬特意向组织活动的同学请了假，要求他们小组留在营地里处理伙食。不过虽说要留在营地里，陆纬却没让艾小娴做重活儿，基本上都是他大包大揽了，他一个人的战斗力足以顶三个人。

留在营地的其他同学都说，陆纬就是喜欢艾小娴，要不然干吗这么鞍前马后的，再说两人无论是学习还是颜值都非常郎才女貌啊，也许等回了学校就能传出好消息了?

这些流言蜚语很快就在营地这边传开了，慢慢地还传到了校园里。艾小娴起先是不知道的，直到回到学校后，听到很多同学问起这些事。

那些同学不但问了，还说他们都去找男生和陆纬打听过了。陆纬那边的意思是的确很喜欢艾小娴啊，也知道她家里的困难，她的遭遇，特别怜惜她，希望能好好追她，对她好，照顾她。

但艾小娴对此却没有一点儿意思。

故事讲到这里，艾小娴又接了个电话，急忙走开了。

宋子悠心里非常不是滋味儿，坐在那里皱着眉头。

宋子悠自然是有自己的判断力的，尤其是当艾小娴故事里的“陆纬”和她所认识的那个陆纬完全是两个人的时候，她就知道艾小娴说的几乎全是假话。

到了这一刻，宋子悠对艾小娴残存的那一丢丢好感也几乎荡然无存了。也不知道宋子安到底看上艾小娴什么，会和这个女人纠缠这么多年。

宋子悠不相信宋子安是个大笨蛋，他那么精明一个人，智商情商都很高，又交往过很多女朋友，前前后后什么样的女人没见过? 怎么可能被艾小娴迷惑?

宋子悠胡思乱想了一堆，艾小娴接完电话回来，说道：“不好意思，子悠，我手头的工作还没处理完，所以免不了要去接几个电话。”

"没事。"

"哎，刚才说到哪里了？"

"你说到露营回来了。"

"哦，露营回来之后，谣言就传开了，我想着这么下去也不是办法，就去把陆纬约了出来，打算和他好好谈一次。"

艾小娴所谓的和陆纬好好谈一次，指的就是在教室那次。

艾小娴说，那次谈判很糟糕，也很失败，她说的每句话都能被陆纬堵回来，她也说不过陆纬。

陆纬问她到底对他有哪里不满意，为什么不同意交往，艾小娴列举了几个理由，都没能说服陆纬。

艾小娴也很无奈，到最后只好说："总之我不喜欢你，你别纠缠我了。"

谁知陆纬听到这话，却激动起来，一把抱住艾小娴，跟她保证了很多事。艾小娴害怕极了，只顾着挣扎，又怕把陆纬惹急了，令他反弹。结果就在这时，有同学推开了教室门，看到他们二人的纠纠缠缠。艾小娴说："后来实在没办法了，找他谈判换来的却是更大的谣言，我只能用别的招儿。"

宋子悠问："你的意思是，拒绝一个男人最好的办法，就是和另一个男人开始？"

"是啊，而且要找一个不比陆纬差的男人，才能将他挡住。"

"这么说来，你和我哥……"

"哦不不，我和你哥是意料之外的事。我原本打算是那样的，但是没想到会在那个节骨眼遇到你哥，我并没有利用他，我是真的喜欢他啊。"

宋子悠又沉默了。

"可能我和你哥真的是缘分吧，我也没料到会在那个时候和你哥有交集，我们两人还来电，还开始了。后来的交往和相处都很顺利，我们的性格很合拍。只不过也因为这件事，令你哥失去了一个好哥们儿。其实陆纬这个人对朋友还是不错的，你哥也是个特别仗义的男人，他们因此不能再做朋友，我也有责任。这事过了以后，我也很愧疚，我也希望能找个机会让他们和好。但是你哥却说，我就是一块试金石，刚好考验了一下他和陆纬并不适合做哥们儿这件事，至于关系，也不用着急修复，一切随缘，因为对你哥来说，我对他更重要……”

听到这里，宋子悠已经在心里飙起了脏话。

第十五章　手术成功

1

宋子悠先前也做过心理建设，无论艾小娴怎么挑拨离间，她都不动气，因为艾小娴说的那些事都不是真的。

可是宋子悠想不到，艾小娴竟然会把宋子安一起拉下水，把自己放在一个无辜的受害者的位子上，把责任全都推卸给陆纬和宋子安。

所以尽管宋子悠心里已经暴走了，表面上仍是没露声色，只是看着艾小娴说："小娴姐，按照你这个说法，那这个陆纬的确不是什么好人。"

艾小娴笑了："子悠啊，你是知道的，我很关心你，我是怕你吃亏上当。如果你将来要正式谈一次恋爱，一定要找一个好男人，绝不能毁在陆纬的手上，到时候我还可以帮你参谋的。"

"但是小娴姐，话说回来，陆纬当年也没有对你做过很过分的事。他无非就是死缠烂打一番，这也不是什么大恶大奸，要说'毁在他手上'也不至于吧？"

眼见宋子悠轻巧地就把话题拨了回来，艾小娴决定下一剂重药，反正话都说到这步了，收是收不回去了，她必须咬死了，一定要把宋子悠和陆纬的好事搅黄了。

"陆纬虽然没对我做过什么，我却一直很庆幸当初没有被他死缠烂打地追到手。因为就在那件事之后不久，陆纬就捅了娄子，那件事也直接证明了此人心术不正，人品不端。”

——在那件事之后不久，陆纬就捅了娄子?

宋子悠立刻明白艾小娴指的是哪件事，多半就是陆纬退学的事。

“小娴姐，你说的是哪件事? 是不是和他离开建筑学校有关? ”

“是啊。子悠，你想想这事奇怪不奇怪，他陆纬高考成绩那么好，考上建筑学校，念结构，还是同期里学习最好的，怎么突然念到一半就走了呢，还跑去做了消防员? 其实啊，当初学校也是考虑到他成绩不错，年纪也轻，所以只是劝退，并没有给陆纬任何处分，以免让他的档案不好看，反正他将来也不会在建筑业混了。”

宋子悠很快想到之前陆纬和她说过的话，一个建筑师要想出名靠自己的设计作品，但是一个结构师要想出名除非是他做的房子倒了。

“到底陆纬做了什么事，竟然会被学校劝退。按理说，如果只是小打小闹，没有闹出人命的话，一般学校都不会追究得这么严重。”

“哎，就是因为闹出人命了啊……”

宋子悠脑子里嗡的一声，断了一根弦。

“人命? 怎么，陆纬杀人了? ”

“不能说是直接，但是也构成间接了。”

艾小娴见宋子悠的注意力已经全都放在这里了，想着自己的目的已经达成了一半，便决定再加最后一根稻草。

“子悠，你不是建筑业的，做我们这行有些规则你恐怕也不太清楚。子安呢是建筑师，负责出建筑设计图纸。我呢现在是在地产公司，是负责做项目的。通常来讲，我们这里出了楼盘项目，就会去找那些建筑事务所啊，建筑设计总公司啊，或者是其他建筑设计单位来接项目。你哥做好图纸，就会交给结构师去处理结构。一栋房子的设计是不是好看，能否让我们地产公司满意，靠的是你哥；但是一栋房子是否结实，内部结构是否合理，这需要的是结构师来把关。陆纬学的就是结构，那么你想想吧，陆纬要犯事被学校劝退，还能是因为什么呢？”

宋子悠皱了下眉头：“那这么说来，是陆纬参与的项目出了事，而且事情是出在结构上了？”

“说的就是啊。”

“但是他当时还只是个学生，按理说是不可能参与这种项目的，怎么可能会牵扯进去？”

“原本呢，无论是陆纬还是子安，以他们当初的能力是不可能接到这些私活的，不过建筑学校里有的老师接私活，老师一个人也完不成，是需要学生当助手帮忙的。”

“那你的意思是，当年是陆纬在一个老师的项目里捅出了娄子？”

“是啊，当时我们学校有一位老师接了个项目，他找了几个学习尖子过来帮他，刚好我也被叫了过去，不过我只是负责一些统筹啊文书工作。那位老师很喜欢子安和陆纬，刚好他们俩还是一个宿舍的，一个是建筑一个是结构，无论是在宿舍还是在小组里都可以搭配，关系也近，默契也有。”

从这以后，宋子悠不再插话，只听艾小娴把故事讲完。

原来，当年那个小组开始进行配合的时候一切都很顺利，宋子安和陆纬都很细心，性格和脾气都算好。

宋子安也懂一点儿结构，并不会在配合上犯低级错误，不像现在的很多建筑师，结构学得不好，或者不了解，就会在设计中犯错，给结构师找麻烦。

宋子安当时的专业还不算成熟，建筑是需要学习五年的，就算他再聪明也有很多弱处，幸好当时的主要负责人是那位老师，老师虽然是建筑出身，却也懂结构，既能教宋子安也能教陆纬。

宋子安和陆纬在这个项目中都获得不少经验，成长很快，尤其是陆纬。

艾小娴当时在小组里听得很清楚，那位老师夸奖陆纬，说他将来一定会成为很出色的结构师。

只是好景不长，在最后出图的时候，出了一点儿小岔子。

老师的作业小组交了图出去，很快就接到审批意见，希望结构改几个地方。老师那时家里刚好有事，需要他赶紧回一趟老家，就在临走前把几个需要改的地方具体应该怎么改告诉了陆纬。

陆纬修改后，按照老师的嘱咐把图交了出去。

在施工期间，工程公司是需要和负责项目的结构师沟通的，比如为了节省材料哪里需要小修，哪一堵墙可以拿掉等。

一般来说，只要结构师不允许修改，工程公司是不能擅作主张的。偏偏这次的工程公司老板是个不靠谱的，一天到晚为了偷工减料的算计来找陆纬。

当时陆纬和对方磨合了很久，怎么都不同意改图，但是后来也不知道怎么的，工程公司那边也不来找麻烦了，有人说陆纬已经把图改了等。再往后的事，就是一场悲剧。

因为偷工减料的问题，工程刚进行到一半，就发生了塌陷事故，当场死亡十几个民工。

这件事在业内很轰动，但地产公司有关系有门路，及时把消息封锁了。

因为这件事，地产公司急坏了，好不容易把这个坑填平了，该赔偿的也赔偿了，工程公司又开始补救工作，一切又重新回到正轨。

可是即便如此，这件事也需要找个替罪羔羊。

工程公司的负责人责无旁贷，但他知道自己逃脱不掉干系，还想拉个人下水，比如负责结构的人。

老师称他急忙回了一趟老家，把最后收尾工作交给了学生陆纬。陆纬最后修改的图已经通过审核，按理说是不可能出问题的。

就在这时，工程公司的负责人却说，在施工期间，有几个地方他们希望修改，是陆纬同意的。但工程公司的负责人口说无凭，就只是靠红口白牙。

原本这件事如果是放在正常程序里，处理起来也不难，先查图纸的问题，图纸没问题再查施工方的问题。只要查了图纸，证明陆纬没有修改过图，更没有批准工程公司修改，这件事工程公司就栽赃不了。但偏偏就在那个时候，调查小组调查到一份修改后的图纸，足以证明陆纬需要负责。

这件事震惊了整个小组的同学，大家都不敢相信陆纬真的有责任，紧接着就有风声传出来，说陆纬拿了工程公司的红包。

总之，这件事陆纬已经择不清楚了，调查小组的调查工作也告一段落，最后证明是工程公司和负责结构的陆纬都有责任，工程公司那边需要安抚去世的工人家属，赔了一大笔钱。

陆纬也被学校问责，经过校方开会讨论，考虑到事情没有发展到一发不可收拾的地步，而陆纬也还年轻，所以就以劝退处理。

陆纬抗争过，争取过，辩解过，但最终一切都是徒劳……

2

听到这里，宋子悠心里真是五味杂陈。

整件事情的疑点实在太多，而且复杂，乍一听好像是合理的调查，但仔细一想，又好像哪里不对。

“我不懂，既然图纸经过审核确实无误，为什么后来又有一份修改后的图纸呢？按理说，陆纬只是一个学生，是没有权力直接修改已经定案的图纸吧？”

艾小娴说：“详细的情况我也不了解，不过当时大家都在传，是陆纬和工程公司私下里说好了偷偷改，后来被查出来了……”

宋子悠没说话。

无论是她的直觉还是理智，都在告诉她，这件事与陆纬无关，一定另有隐情，最大的可能就是工程公司的栽赃陷害。

艾小娴说：“现在我把一切都告诉你了。子悠，你应该明白了吧，这个男人的人品真的很有问题，你一定要和他保持距离啊。”

“保持距离？小娴姐，就算这件事是陆纬的责任，可是你看，我和他都在消防队，我们在工作上每天都要接触，我怎么保持距离呢？”宋子悠看着她。

“要不你就从那里出来吧，以你的能力，去哪家医院不行啊，再不然我这里还有关系，可以帮你介绍到市里的三甲医院。”

宋子悠笑了：“小娴姐，关系门路我自己也有，我有多少能力我也清楚，不是我找不到工作，而是……”

“而是什么？”

“怎么，难道你忘记了吗，我到消防队的目的？”

艾小娴怔住了。

“不过话说回来，小娴姐，也多亏了你把当初的事告诉我，我想问问，我哥和陆纬是不是也是因为这件事闹掰的？”

“是啊，工程出了问题，子安特别生气，他也是第一个去质问陆纬的人。但是详细的经过你哥没有和我说，只是后来我问起，他才说他简直无药可救。”

宋子悠一个字都不信。

“哦，那么按照这件事来分析的话，陆纬既然能和工程公司同流合污，那么也有可能会在火场里攻击我哥了。这样的话，我就更不能离开消防队了，我必须要调查到底，给我哥一个公道。”

此言一出，艾小娴又一次怔住了。

艾小娴很快就升起不好的预感，她皱了下眉头，追问宋子悠道：

“你要调查到底？你打算怎么调查？”

宋子悠没说话，只是笑了一下。

“小娴姐，好了，你就不要担心我了，我自有我的一套办法调查这件事的。反正不管是谁伤害了我哥，我都不会放过他的。”

两人的对话刚刚到此，就见走廊尽头走来一道高大挺拔的身影。

这条走道是手术室专用通道，除了在这里等候的家属和来往医生以及运送病人的病床，就没其他动静，所以当陆纬走来时，坐在椅子上的两个女人都在第一时间看到了。

陆纬也看到了她们，走上前问：“手术怎么样？”

“还在进行，看来还要等。”隔了一秒，宋子悠反问，“你怎么这个时候过来了，队上的事情处理好了？”

陆纬轻轻颔首，随即在宋子悠旁边坐下。

“如果你觉得累了，就眯一会儿，我会盯着。”

宋子悠笑了笑。

两人的互动被艾小娴尽收眼底，她默默看着，并没有出声，心里却像是万箭穿心，无比刺痛。

艾小娴很快就离开座位，又去接了个工作电话。

宋子悠看着她的背影消失，久久都没有收回视线，径自盯着那个方向发呆出神。

陆纬低声问道：“在想什么？”

宋子悠看向陆纬，他坐在旁边比她高了半个头，从这个角度看他，刚好看到了那刚毅的下巴上有一道细细的红痕。

宋子悠挑了下眉：“这里怎么弄的？”

“早上刮胡子，走神了。”陆纬又把刚才的问题拉了回来，“你还没有回答我，在想什么？”

“有些事情发生了，有些人在我的认知里变了，我正在消化这些转变，也很想从中找到我要的答案。”

陆纬安静地望着宋子悠，半晌不语。

宋子悠却歪了一下头说道：“你不好奇我说的是什么事，什么人吗？”

“我更在意的是你的转变。”

“我哪里不一样了吗？”

“换作以前的你，当我问你在想什么的时候，你会做出的反应多半会说‘没什么’，或者沉默。”

宋子悠不由得抿嘴：“照你这么说，现在的确不一样了。”

“我想着你现在这种‘不一样’只是因为问话的人是我，是因为你我的关系不同而转变，心里就觉得高兴。”

宋子悠一顿，一个字都说不出来了。

她很快白了陆纬一眼，转过头，垂下眼皮。

就听到陆纬问她：“对了，你刚才说有些人变了，那个人指的是不是艾小娴？”

宋子悠安静了两秒：“你是怎么猜到的？”

“这很容易猜，我来的时候只有你们俩在，你的脸色不太对，再加上我过去对艾小娴的一些认知，基本上不作他想。”

“你刚才说，你过去对艾小娴的一些认知是什么？”

“有些事，还是要等你自己看明白，想清楚。”

陆纬不愿说，宋子悠也明白，毕竟现在艾小娴还是她哥宋子安的女朋友，宋子安还在接受手术。在形势没有乐观之前，陆纬的确不方便说什么。

宋子悠点点头，没有追问——陆纬说得对，有些事她一定要自己看明白，想清楚。

这时，艾小娴回来了，她脸色不佳，坐到宋子悠的另一边，半晌没有吭声。

气氛一时沉默，三个人都太安静了。

幸好这样的气氛没有持续多久，手术室上面的灯灭了，宋子悠注意到，立刻站起身，走向大门。陆纬紧随其后。

不久，手术室的大门就打开了，医护人员推着病床出来了，病床上躺着宋子安，他好像睡得很踏实。

宋子悠迎向刘新锋："我哥怎么样？"

刘新锋摘下口罩："放心，手术很成功，接下来三天就是观察期，需要注意什么你也知道。"

宋子悠忙不迭地点头："好，好，真是太感谢你了，真的……"

3

从这以后，宋子悠的全部注意力都放在宋子安身上，她无暇顾及其他，只忙着去办理手续和陪伴宋子安。

也不知道是什么时候，艾小娴不见了。

宋子悠后知后觉地发现了，还是因为手机上的一条微信："子悠，很抱歉，我必须要出一趟差，立刻就要去机场，幸好子安没事了，我很快回来。"

宋子悠一个字都没有回。

等到所有手续都办妥了，宋子悠才在走廊里坐下来，松了口气。

陆纬也不知道什么时候走的，几分钟前他还在。

宋子悠仰着头吁了口气，这时陆纬就回来了，他手里还多了一杯热奶茶，香甜的味道瞬间就打败了宋子悠的味蕾。

宋子悠闻到香味，等陆纬坐下来后，说："你干吗给我买这个，这个喝完了会很罪恶的。"

"如果怕胖，你就喝一半，留点肚子，晚点咱们到门口去吃饭。”宋子悠接过奶茶靠到嘴边，小心翼翼地吹了吹热气，这才喝了一小口。

紧绷的神经也在这一瞬间松懈下来，她轻轻靠向陆纬的肩膀。

接下来几天，是术后观察的关键时期，宋子悠基本上是消防队和医院两头跑，不敢完全交给护工。幸好宋子安的体质不错，总算平安度过，然后便是漫长的恢复期。

宋子悠一有时间就去找刘新锋，询问下一步的注意事项。其实她心里也很清楚，着急是没用的，人的身体无论是吸收还是恢复都需要一个周期，并不是一蹴而就的事。

但是经过了这次手术，宋子悠心里真的是怕了，她短期内都不想再听到任何坏消息，或是再承受一次唯一的亲人“可能”出现的危机。直到那个周五，刘新锋把宋子悠叫到办公室，告诉了她一个消息。刘新锋说，宋子安有可能会醒过来。宋子悠有些难以置信，又有些期盼，但是却不敢放任那期盼滋生发芽，她小心压抑着它，谨慎地追问刘新锋，这样的诊断有几分把握。

刘新锋将宋子安的脑扫描图拿给宋子悠：“可能是因为这次手术的关系，直接刺激到他，或许他也很想醒过来看看，我到底从他身上拿走了什么。总之，他脑中残留的血块比之前看更小了，而且也从原来的神经上移动开，他醒来的可能性也比原来高了几倍。”

宋子悠盯着脑扫描图，的确，她也看到了新的希望，宋子安脑中的血块比之前小了很多，几乎快要完全消失了。

“那接下来你打算怎么办，是加重药量，还是……”

刘新锋却收起了笑：“这就是我接下来要和你商量的事，现在有两种方案，一是加重药量，但是加重之后能否完全帮助他消解血块，多久才能消解，那些药量会不会对他身体造成负担，这还需要用药之后进一步观察。还有一种方案是等到你哥的身体恢复到一个数值，我可以为他安排一次微创手术，将血块彻底清除。”

宋子悠怔住了。

“你也知道，我们医院的神外很有名，我一定会帮你安排最好的医生来主刀。而且你也知道，原来一直没有通过手术方式完全将他的血块清除，正是因为那个血块压住了主要神经，手术的危险很大，成功率很低。但是现在血块不但变小了，还从主要神经上移开了，这绝对是做手术的最好时机。”

宋子悠闭了闭眼，攥紧手心，但她只沉默了几秒，就做出了决定，抬起头看向刘新锋：“好，我同意手术。”

无论如何，这次手术的意义不同于上一次，这恐怕也是宋子安能醒过来的最佳机会。

4

宋子悠决定让宋子安接受脑部的微创手术之后，第一时间把这个消息告诉陆纬。

陆纬感到很诧异地问：“短时间内做两次手术，他的身体能受得住吗？”

“当然是要身体各项指数都允许的情况下才可以。这段时间刘新锋会密切注意他的情况，如果条件勉强是不会安排的。而且照目前的情况来看，我哥越早醒过来，对他的身体越有利，整天躺在那里，再健康的人也会躺出病来。”

还有最主要的是，有些事只有宋子安醒过来了才能搞清楚。那天在火场里到底发生了什么事？他头上的伤是怎么造成的？艾小娴所看到的他和陆纬之间的推搡又是因为什么？这一切都会弄清楚。

这之后的一个星期，宋子安的身体恢复很快，伤口愈合也很好，刘新锋给他安排了几项检查，那些数值都足以说明他有苏醒的希望。

在此期间，宋子悠不管工作到多晚，都会抽一点儿时间去一趟医院，哪怕坐在床边陪宋子安说说话。

周五的傍晚，陆纬开车去医院接宋子悠。

宋子悠上了车就说："我刚和刘新锋谈过了，他说打算下周就帮我哥安排手术。"

"那好，如果到时候需要我，我会尽量安排时间。"

两人有一搭没一搭地聊了一会儿，话说到一半，宋子悠渐渐没声音了。

陆纬看了一眼才发现她不知不觉地睡了过去。连日来的两头奔波，起早贪黑，已经快要将宋子悠的精神透支光，她的身体已经发出疲倦信号。

陆纬无声地笑了一下，趁着红灯时将外套脱下来盖在宋子悠身上，并将冷气关小。这时，手机突然响起。

陆纬是秒接的，同时侧头看向宋子悠，见她只是皱了一下眉，并没有被吵醒。

手机里传来陆母的声音："小纬啊，周末回不回家里来吃饭呀？"

"好，我周六晚上回去。"

"什么，小纬你说什么？哎，你呀工作有责任心是好的，为人民服务也很让我和你爸爸为你骄傲，可你也要尽量抽出点时间回来看看，最主要的是爱惜自己的身体，不要以为一点儿小病痛没什么，就不当回事。妈知道像你们做消防员的，经常擦伤扭伤，但是我们看到了会心疼嘛……"

陆母一打开话匣子就没完没了，陆纬好不容易找到了一个空隙："妈，我没事，我周六回来陪你和爸吃饭。"

"哦哦，那就好，那我多做几个你爱吃的菜！"

陆纬淡淡笑了："好。"

陆母又想起另外一茬儿："对了，小纬啊，上回你拿回来的那几箱书的主人，妈妈明天会不会见到她啊，还是说你打算哪天带人回家给我们见见呢？"

"她啊，比较害羞，我们最近才刚刚确定关系，我怕现在就提这件事，会把她吓到。"

"哎呀，是一个内向的女孩子吗？妈妈还以为你会喜欢活泼一点儿的。"

"内向倒不是，应该说是有性格的女孩子。"

"那……你给我们看看照片也好啊！"

"妈，她现在正在睡觉，我怕吵到她，回头给你找一张？"

"睡觉！你们……你们都那个了？"

陆纬轻笑出声："没有，我在开车，她有些累，睡着了。好了，我们快到队上了，晚点儿给你回电话。"

陆纬挂上电话，将车子拐了个弯，就回到消防大队。

车子驶到停车场，停稳，陆纬将车子熄了火，准备叫醒宋子悠。

谁知这一转头，却对上一双眼睛。

陆纬先是一怔："醒了多久了？"

宋子悠依然维持着刚才的姿势，侧着头看着他，身上盖着他的外套。

"你刚才在跟谁讲电话？"

"我妈。她让我明天晚上回去吃饭。"

"听你们说话，可以感觉到你们家的感情很好，你有一个幸福的三口之家。"

陆纬一顿，随即就想到宋子悠和宋子安的出身和背景。

他扯了下唇角，抬起一手，轻轻拨开宋子悠面颊旁边的碎发，别到她的耳朵后面。

"其实这样温馨的家庭，并不是那么难以得到。比如，如果你明天能抽出一点儿时间，你就可以亲眼看到，还可以融入其中。”

陆纬的声音很低很沉，还带着一点儿引诱小白兔掉入陷阱的企图。

宋子悠有些怔愣，有点儿不相信自己的耳朵。

“你希望我明天和你一起回去吃饭？”

“不止，还可以顺便见见我父母。”

宋子悠安静了一会儿，然后从位子上坐直身体，刚睡醒，脑子还有点儿不清楚，现在清醒了，才后知后觉地意识到什么。

见她一脸纠结，陆纬也不催促，只是坐在那里看着她。

直到宋子悠转过头来，试探性地问：“咱们才刚开始，我就去你家吃饭，会不会太快了点儿？”

陆纬煞有其事地点点头：“以你我的进展速度，这样的确是三级跳。”

宋子悠一噎。

陆纬突然问：“在你看来，你和我交往是不是只打算玩玩？”

“当然不是。”

“我也不是。”

一阵沉默。

宋子悠看着他，抿着嘴唇。

直到陆纬拉起她的手：“这段关系我很看重，也很认真，我不是一个轻易会开始的人，我也从来没有追过人，所以我这次踏出这一步，是经过慎重考虑的。”

宋子悠点了下头：“我知道。”

“那么，既然你是认真的，我也是认真的，也就是说，见家长这个环节是迟早的事。咱们都没有打算见过家长之后再说分手，更加没有要和家长解释分手原因的可能性，那么既然早晚都要见，为什么不把时间稍微挪前一点儿呢？”

到了这一刻，宋子悠才明白陆纬的意思。

“你很希望我去？”

“如果我说是，你可以帮我达成愿望吗？”

宋子悠垂下眼皮，说：“我不太会和长辈相处，我从小长大的环境比较特殊，我没有经历过父母都在身边的生活，也没有体验过被长辈爱护的感觉。他们活着的时候，我对他们也不够礼貌、尊重，我也没有机会去练习……我怕，我会做不好。”

听到宋子悠的话，陆纬轻叹一声：“你什么都不用刻意去做，不用讨好，不用迁就，你只管做你自己。你是我喜欢的人，你身上有很多优点，只是你没有发现，只要是我喜欢的人我父母也会喜欢，他们一向很相信我的眼光。”

“真的？我只需要做我自己？”

“真的。不要刻意表现，我怕你表现得太好，我父母会觉得我配不上你。”

宋子悠这才笑出声来。明明知道他说的是假的，可心里还是放下不少。

5

这天晚上一夜好眠。

宋子悠一觉睡到天亮，吃过早饭就去了医务室。

她要处理一些日常琐事，到了十点钟的时候，副队张青云会过来跟她拿药，上一次的镇痛药差不多要用完了。

十点之前，宋子悠特意把刘创支开。

张青云来得很准时，但他脸色不太好，有些苍白。

宋子悠看了张青云一眼，让他坐下来先把脉和听诊。

宋子悠一边把脉一边问："你很疼？"

张青云点点头，好像用尽了全身力气，他咬紧颌骨，承受着常人难以想象的疼痛。

宋子悠把完脉，让他趴在看诊床上。

张青云很费力地爬上去，让宋子悠检查脊椎。

宋子悠只是按了一下，他就疼得倒吸一口气。

宋子悠的脸色也很沉重，她觉得不太乐观，随即拿出一支止痛针，动作利落地给他注射。

注射之后，张青云又在看诊床上趴了一会儿，几分钟后他的眉头渐渐舒展开，好像没那么难受了。

宋子悠已经将镇痛药拿出来，放到他挂在外面椅子上的外套兜里，折回来时，张青云正准备起身。

宋子悠却阻止他说："你刚打过针，需要卧床休息，我给你开半天的假条，你今天不能参加训练。"

"我已经不疼了。"

"你感觉不到疼，并不是你病情缓解了，而是那剂止疼针将你的痛觉神经麻痹了。也就是说，你现在还是很严重，虽然你不疼，可你的身体却很虚弱，你也使不上力。要是现在你跑回去训练出了岔子，被别人看出端倪，他们还是会把你送到医务室来的，到时候你希望我怎么跟他们解释？"

宋子悠也没打算给他机会申辩，转而将看诊床的帘子拉上，说："如果你执意要走，我不会拦你，但是镇痛药我会收回。"

话落，宋子悠就走到外间，打算给张青云几个小时睡眠时间。

谁知，宋子悠刚从里间出来，就愣在门边。

外间的椅子上不知何时多了一道高大的身躯，陆纬就坐在那里，双手环胸，神情肃穆，斜飞入鬓的浓眉皱着，一双漆黑的眸子直直地看着她。

宋子悠心里一咯噔，不知道他什么时候来的，大概是张青云刚才进来时把门虚掩了，陆纬应该是跟着张青云来的，想瞧瞧他的情况。那么，陆纬到底来多久了，他有没有听到她和张青云的对话，听到了多少？

宋子悠抿了抿嘴唇，正打算随便找个理由搪塞。

这时，陆纬就先一步站起身，走到门口，意思是——出去谈。

宋子悠意会，也没出声，跟着他一前一后出了门。

两人来到走廊，四周没有其他人。

陆纬的样子很严肃："青云是怎么回事？"

宋子悠说："如果我告诉你他现在没事，只是需要休息半天就没事了，你也不会相信的吧？"

"你应该知道，消防员的身体健康有多重要，如果身体机能出现问题，哪怕只是一点儿扭伤，都有可能会在紧急行动中造成不便，影响任务，甚至拖累他人。"其实陆纬已经很克制自己的情绪，但他的声音听上去仍是很冰冷。

宋子悠的语气也非常糟糕："我是学医的，我也在消防队工作这么久了，我绝对清楚一名消防员的身体有多重要，而且在这里我是最了解你们身体情况的队医，我刚刚才给张副队检查过他的问题，我也给他打了止痛针，还给他开了半天的假条，这是在我的专业范围内对他唯一能做的事。我这么做，目的就是不希望他在行动中造成不便，影响任务，以及拖累他人。"

宋子悠话音落地，两人一起陷入沉默。

楼道里飘荡着浓浓的火药味儿。

陆纬眯起眼睛，绷着下颌，双手环胸地立在那儿。

宋子悠也毫不示弱，微微扬着下巴，面无表情地盯住他。

直到陆纬率先开口："刚才是我没搞清楚情况，我不是在责问你，我只是想了解我的队员情况。”

宋子悠也不好再冷着了：“他现在正在恢复体力，到晚上就没事了，以后我也会帮他稳定情况，但是真正能帮他解决问题的只有做手术。”

“他的情况很严重？”

“是脊椎。”

陆纬的嘴唇抿了起来。

“你也知道，脊椎手术可大可小，是有一定概率醒不过来，或是瘫痪的。至于比较好的情况，手术成功后他可以通过休养和复健过着和正常人一样的生活，也有可能会导致轻微的瘸腿。但是无论如何，他都不可能再回来做消防员。”

陆纬终于有了动作，他缓缓靠向后面的墙壁，一腿屈起，微微低头：“他是因为怕给队里带来负担，所以才没有去做手术？”

“不止如此，我见过其他类似的病人，他们也没有张副队这么强的责任心，但是也不愿意轻易接受手术，第一反应就是询问医生有没有可能靠药物支撑。作为医生，我们会告诉患者，只有手术是根治的方法，可是手术也会带来其他风险，最终的决定还是要病人自己做的。”宋子悠看着他。

陆纬不再说话，他闭上眼，深沉地叹了一口气。

过了一会儿，陆纬抬起头，再度看向宋子悠。

“所以，他打算拖延多久？”

“他说，只要过了今年就会去接受手术，到时候队上也可以培养出一个适合顶替他位子的副队。他这个位子有多重要你知道，副队不仅要配合你的工作，还要肩负队长不在时统管队员的责任。这个位子承上启下，马虎不得。而在这一年中，我能做的就只是用镇痛药帮他稳定情况。”

宋子悠话音落地，医务室里突然传来一记响声。

楼道里两人同时一怔，对视一眼，随即不约而同地往回走。

宋子悠进屋后率先走到里间，看到张青云已经挣扎着爬起来，正准备下地。

她上前斥责："我已经说过了，你要休息半天……"

就在这时，一道高大的身影就率先越过她，来到看诊床旁边，一把按住张青云的肩膀。

张青云愣住了："队长。"

陆纬没什么表情："既然宋队医让你休息，你就休息半天。"

张青云脸色很白："其实我……"

陆纬却把他打断了："好了，不管什么事，等你恢复体力以后咱们再谈，这件事我暂时不会和任何人说。"

"可是……"

"这是命令。"

这之后一整个下午，张青云都在医务室里休息，快到傍晚时，他的脸上已经渐渐恢复血色，人也精神许多，可以自己下床走动了。

宋子悠叮嘱他几句注意事项，张青云应了，就离开了医务室。

宋子悠也收拾好东西，走到操场。

那边训练已经收队了，但陆纬却没离开，坐在大树下。

宋子悠走过去，说："如果你心情不好，我今天可以不和你回去见叔叔阿姨。我想，你或许也需要一点儿时间消化。"

陆纬站起身，笑了："我没事，半个小时后咱们停车场见，我先去洗个澡。"

宋子悠欲言又止，但最终只是说："好。"

宋子悠回到宿舍，换上一条蓝色的裙子，又稍微在脸上化了一点儿淡妆，这才拿起包和手机走向停车场。

陆纬比她到得更快，他靠着车身，胯部斜坐着，面向夕阳，也不知道在想什么。他的影子被拉得很长，印在被夕阳打成淡橘色的停车场地面上，像是一幅油画。

宋子悠走上前："我好了。"

陆纬的头发还有些湿漉，他侧过头，看着美丽动人的子悠露出一个笑容："我妈刚才来电话说，做了最拿手的红烧肉，今天咱们有口福了。"

两人上了车，陆纬打开电台，随便选了一个歌曲节目，将车里的气氛交给电台DJ处理。

直到车子快到目的地时，节目告一段落，陆纬也跟着开口："我父母很好相处，也不挑剔，我带个女孩子回去，他们很高兴，等见到他们你不用太拘谨，也不需要帮他们干活。"

宋子悠看向陆纬："我知道，你让我做我自己。"

"嗯。"

一直沉寂的气氛终于渐渐缓和。

"你昨天还说，只要是你喜欢的，他们就喜欢。"

"是啊，怎么？"

"要是叔叔阿姨突然问你，你到底喜欢我什么，或者问我，我喜欢你什么，你会怎么回答，我又该怎么回答呢？"

"照实说，实事求是。"

宋子悠也跟着笑了，说："可问题是，我怕叔叔阿姨不能理解你所谓的事实啊。我刚来队上的时候，和你相处真的很糟，每次和你说话都要吵几句。难道你要告诉他们，你就喜欢会和你吵架的女人吗？还是让我告诉他们，我就喜欢这么刺激的相处方式？我怕他们听了会担心的。"

"原来你是想先和我串好口供，以免过一会儿露馅。"

"那你的意思呢？"

"如果他们问我，我会告诉他们，我喜欢宋子悠，是因为她善良却不失个性，她知道自己在做什么，也热爱自己的职业；她很关心自己的亲人，对周围的同事也很负责。最主要的是，我们性格相投，相处默契，我第一眼见到她，就印象深刻。我实在想不到有其他任何女人会比宋子悠更好。”

陆纬一点儿磕绊都不打，一口气说完。

宋子悠听得愣住了：“原来在你眼里，我有这么多优点？”

“或许是你自己没发现。”

“你说你第一次见我就印象深刻，是哪个第一次？是你抓到我和陆明一起卖考试答案那次，还是我第一次来队上，在操场那棵树下讥讽你那次？”

“说实话，两次的印象都同样深刻，那时候如果不是知道你是子安的妹妹，我甚至会怀疑你的品格。当然，我那时候也不会想到自己未来的另一半会是你。”

宋子悠故意呛他：“什么未来的另一半，我有答应过什么吗？”

说话间，车子已经开到一个小区的地下停车场。

陆纬将车子停好，熄了火，这才淡淡说道：“已经晚了，今天丑媳妇要见未来公婆了。”

第十六章　命悬一线

1

宋子悠原本还以为这顿晚饭会很拘谨，甚至是煎熬，毕竟她过去和长辈相处的经验都很不愉快，无论是她的父亲还是母亲。次数多了，便令她有一种“其实真正不可爱的人是我”的错觉，以为不会有长辈喜欢她。

谁知，一顿饭吃下来不仅气氛融洽，而且相处和谐。正如陆纬所言，他的父母都非常好相处，不仅和善而且能言善道。

陆纬的父亲全程笑脸，态度慈祥，陆纬的母亲一直在张罗给宋子悠夹菜，生怕招待不周，反倒弄得宋子悠不好意思。

宋子悠吃的比平时的晚餐多了一倍，她吃到撑，终于快吃不下去了，正准备告诉陆母时，没想到却被陆纬先发现了，直接让她把盘子里剩下的那块红烧肉递给他。

宋子悠趁陆母起身去盛汤，陆纬的父亲在看电视的工夫，飞快地把肉放到陆纬的盘子里，然而一抬头，就看到陆纬的父亲朝这边看了一眼，还笑了一下。

幸好没多久陆纬就说要回到队上，陆纬的母亲见时间也晚了，就嘱咐两人回去时开车要小心，还将剩下的一大块蛋糕装进饭盒里，让宋子悠带回去。

陆纬的母亲把两人送到楼下，看着两人上车，车子开远了，才眉开眼笑地回家，而且一回去就迫不及待地跟陆明分享。

而就在陆纬的母亲讲电话的时候，宋子悠也在车里昏昏欲睡。

她真是吃得太撑了，上车之后整个人松懈下来，没几分钟就困了，终于向周公投降。直到车子开回到消防大队，停稳熄火儿，宋子悠才醒过来。

陆纬唇角挂着笑，瞅着她说："请问宋队医，每次你坐我的车都睡得呼呼的，你到底是不想面对我呢，还是队医的工作真的很忙？"

宋子悠坐直身子："说真的，你这个副驾驶座真的很好睡，我在宿舍的那张床上都没睡得这么好过。"

"听你的意思，你晚上经常睡不好？"

"偶尔会失眠，有时候会到凌晨才睡着，有时候半夜会醒来一次。我一向不是个睡眠深的人，大概是做医生久了吧，只要听到风吹草动就立刻清醒。你呢？"

"我都是一觉到天亮。"

宋子悠叹了一声："真羡慕你的睡眠质量。"

"不过如果半夜遇到紧急情况，不管睡得多沉，都要立刻出队。"

宋子悠忽然问："你有没有想过转行呢？"

"没有，怎么这么问？"

"也没什么，就是有时候想到我哥，想起那些我在急诊室的时候遇到的那些患者，就会感叹水火无情。我知道，遇到灾难时，人们的第一反应都是逃跑。但像是武警、消防员和救援队都是明知山有虎偏向虎山行，灾难面前冒着生命危险冲上去。"

"你觉得我现在的工作太危险了？"

"老实说，是的，但我也知道你很热爱这份工作，所以我不会劝你转行，我就是好奇问一下。"

"转行的事我暂时没有考虑，不过将来年纪大了就不得不转，在那之前我还有时间帮队里多培养几个人才出来，正是因为灾难无情，才更需要有更多的人冲到一线。”

2

转眼，就到了周一，宋子安的脑部微创手术开始了，时间持续了七个小时。

宋子悠等在手术室外，没有上一次那么焦虑，也不像上一次那样有艾小娴在旁边，这次宋子悠没有通知艾小娴。比起话不投机，她宁可一个人安安静静地守着宋子安。

宋子悠等待期间，还靠着椅子眯了一会儿。等到中午，陆纬发来微信，说是刚结束上午的训练，问她进展如何，需不需要他过来。

宋子悠一看时间，也没多久了，就没让陆纬跑一趟。

幸好陆纬没有请半天假，因为刚过午饭时间，队上的警报就响了起来，要出任务了。

转眼又过了三个小时，宋子安被推出手术室。

医生说：“手术很成功，后续我们会送病人去加护病房观察。”

宋子悠松了口气：“好，谢谢医生。”

接下来四十八小时是观察期，只要这段时间内不出现并发症和不良反应，宋子安清醒甚至康复的机会就会很大。

又过了十个小时。

宋子悠在加护病房外一直守到半夜，正坐在椅子上打瞌睡，头一点一点的，眼瞅着就要歪到一边。

这时，她的耳边突然多出来一只温热的大手，及时将她抱住。

宋子悠一下子醒过来，困顿地抬起眼皮，看向来人。

陆纬一脸好笑地在她身边坐下："我就知道你会固执地守在这里，其实医院对面就有一家快捷酒店，你去开一间房休息几个小时也很方便，就算这里有事需要你，也能随传随到。"

宋子悠揉了揉眼睛："我就是怕一离开，这里就需要我。"

"要观察四十八小时，你能撑这么久不睡？"

陆纬让出自己的肩膀，让宋子悠靠着。

宋子悠打了个哈欠："你有没有那种经验，就是坐在椅子上，总会犯困，可是一躺下来准备睡觉呢，人却越来越精神。"

"你这种反应很像是那些读书困难症的学生，只要上课就困，下课就精神。"

"我这几天基本上都是这样，精神实在太紧张，每天晚上睡觉，躺在床上都觉得好像还有很多事没有做，控制不了自己的脑子一直在想事情，就算身体休息了，可是脑子没有。也许，等我哥的情况好转了，我才能真正好好睡一觉。"

陆纬没接茬儿。

宋子悠话落，陆纬就站起身，还顺手拉了她一把。

宋子悠跟着陆纬走了几步，诧异地问："怎么了，你带我去哪儿？"

陆纬边走边说："其实我刚才已经在快捷开了一间房，你有几个小时可以休息到天亮。放心，我可以给你上个闹钟，就算你要五点就起床都没问题。"

"你在快捷开了房？现在几点了？"

"快要两点了。"

"你这么晚跑过来就是为了看着我睡觉？"

"因为我猜到你一定会在这里死撑，偏偏你又不是十七八岁的小年轻，熬整宿都没事，结果还真让我猜对了，幸好我先去开了一间房。"

“等等，你让我去睡觉，那你呢，这么晚了你不会还要赶回去吧？”

说话间，两人已经穿过医院前的小马路，来到快捷酒店。

陆纬直接拿着房卡，和宋子悠一起乘电梯上了三楼。

酒店里实在太安静，两人这一路上都没说话，等开门进了屋，陆纬将房卡插在墙上的卡槽里，这才开口：“你先休息，我去医院守着，天亮了我会给你电话。”

陆纬边说边拉开门，正要出去。

没想到宋子悠却一把拉住他的胳膊，说：“行了，你也别回去了，这么晚了应该不会有事，再说就算有什么需要，从这里赶过去也来得及。”

陆纬脸上有一丝惊讶，但他很快反应过来，说：“也好，那我再去柜台开一间。”

宋子悠却没有松开手，而是有些好笑地看着他：“这间屋子有两张床，你睡你的，我睡我的，你干吗还要再开一间，浪费。”

此言一出，陆纬愣住了。

“你是让我留下来？你就不怕我趁机做点什么？”

“你和我都累了一天，你还有这个力气。你有我可没有，我真的太困了，先睡了，你负责关灯。”

宋子悠也不等陆纬反应，就径自转身走向里间，然后来到床边，将外套扔在床尾，转而就掀开被子钻了进去。

陆纬犹豫了一秒，轻声将门板合上，走进来一看，里面的床上已经多了一个鼓包。

宋子悠几乎刚刚沾床就睡着了，呼吸声很均匀。

陆纬轻声轻脚地上了床，用床头上的操作按钮关上所有的灯，随即用手机上了一个闹钟，这才仰躺在床上。虽说不是第一次和子悠共睡一室，但这次是宾馆，心里总有些异样的感觉。他侧身看着子悠，那样香甜地睡着，那样美丽的一张脸，他忍不住下床轻轻抚了抚她的脸庞，轻吻了一下才重新躺下。

3

半夜，暴雨突至，下得不仅急而且大，一直持续到早上五点半，闹钟响起，雨势转小。

因为职业的关系，陆纬和宋子悠都已经训练出一身只要听到一点儿风吹草动就会醒来的本事。尽管陆纬按掉手机闹钟的动作已经很快了，可宋子悠还是察觉了。

陆纬率先起身，昏暗中就听到宋子悠问："几点了？"

"五点半，不用急，慢慢来。"

宋子悠应了一声，随即掀开被子起床，陆纬已经先一步到浴室洗了把脸，然后拧开牙膏牙刷。

宋子悠拨了拨头发，来到浴室门口，见到陆纬已经靠着台子开始刷牙，洗漱台上还放了另外一个蓄好水的杯子，杯子上架着挤好牙膏的牙刷。

宋子悠笑了一下，拿起牙刷放到嘴里，开始机械性地刷牙。

一时间，浴室里只能听到窸窸窣窣的刷牙声，两人对视一眼，都觉得有些好笑。

等两人都漱好口，宋子悠也洗了把脸，出来时说道："这可是第二次。"

"什么第二次？"

"第二次睡在一个房间里。"

陆纬也笑了，露出一口白牙。

正值清晨，窗帘打开了一半，微光透进来，落在两人身上，虽然都有些睡眠不足，却也透着清爽。

宋子悠说："孤男寡女，两次共处一室，却什么也没发生。"

说话间，陆纬拿起房卡，和宋子悠一起出了门。

直到两人走进电梯，陆纬突然冒出来一句："下次就不会这样了。"

"什么？"

但隔了一秒，她就反应过来，笑着摇摇头。雨水稀稀拉拉，两人在一楼退了房卡，就一起穿过马路，走向医院。

宋子悠说："像是这样只在小旅馆里穿着衣服凑合睡几个小时，闹钟一响就立刻起床，分秒必争地洗漱，真像是以前和救援队一起参加紧急救援行动。"

陆纬问："我知道你以前跟着救援队上过一线，还不知道都是哪几次。"

"一次高速路上连环大撞车，一次铁路事故，一次地震。这三次任务之后，都接受了一段时间的心理辅导，到现在还心有余悸。"

陆纬看了一眼天，又看了眼手机上的天气预报，神色有些凝重。

宋子悠一下子就明白了："是不是担心昨晚的那场雨？"

"下雨不怕，就怕又急又凶，我要早点儿回队上。"

"好。"

两人来到加护病房外，宋子悠和医生沟通过后，得知宋子安的情况稳定，虽然一般来说要观察四十八小时，但是第一天手术后的晚上是最危险的，宋子安能挺过来，后续也不会有太大问题。

宋子悠松了口气，看了眼时间，便让陆纬先回队上。

宋子悠陪陆纬来到停车场，陆纬打开车子的后备厢，从里面拿出一条薄毯递给她。

"我知道你很固执，宁可坐在外面傻等，也不会去对面躺几个小时，夜凉如水，这个你留着用。"

宋子悠笑着接过，刚要说点什么，这时就听到陆纬的手机响起。

陆纬接起来一听，神情立刻变了，浓眉皱起。

宋子悠见状，就知道出事了。

手机里是张青云焦急的声音："队长，有大任务。列车坠桥，情况紧急！"

听到张青云的声音，两人心里同时一紧。真是怕什么来什么。

陆纬飞快道："把地点发给我，我从医院出发，你带队整装，咱们在事故地点会合。"

"是！"

电话切断，陆纬看向宋子悠："我今天赶不过来了。"

宋子悠也一脸严肃："我知道，我和你一起去。"

陆纬没有多言，只是点头，说："好，先上车。"

两人快速上车，陆纬的手机上也传来一条事故地址。他将自己的手机递给宋子悠，让她开导航。

陆纬的车开得很快，沿路上两人也没有多说一句废话。张青云将他接到的第一手信息发给陆纬，宋子悠就充当他的眼睛，顺便了解情况。宋子悠还抽空联系了救护车上的刘创，除了他还有另外一名队医。经过上次的教训，这一次刘创可以说是严阵以待，不敢有丝毫的马虎大意，何况这次还是大事故。

宋子悠和刘创交代完几个注意事项，就挂断电话，给刘新锋发了一条微信："有紧急情况，我要出任务，帮我照看我哥，谢谢！"

刘新锋也很快回了："医院里也接到通知，急诊室已经派人过去了，注意安全。"

宋子悠没有回，转而翻开手机，细看消防队发来的详细资料。

这次的事故来得很突然，陆纬有丰富的一线经验，当他接到电话的那一刻流露出来的肃穆神色，一下子就令宋子悠意识到事情的严重性。她别无选择，更加不可能在那一刻选择回到加护病房外守着宋子安。而事实证明，她当时的判断是对的。

就在宋子悠和陆纬走到停车场的十分钟以前，城郊一辆准备驶入城区的列车运行到石立江大桥上时，石立江桥因为水害突然发生倾斜。意外来得太突然，两节车厢立刻悬吊在河面之上，情况十万火急。但庆幸的是，这辆列车的司机是有过五十万公里行驶经验的老司机，他第一时间感觉到情况不对，立刻采取紧急停车措施，那几乎是靠身体的本能反应做出的决定。

得知这个消息，陆纬和宋子悠都稍稍松了口气，起码情况并不如想象的那么糟糕，车上七百多名乘客，生存概率还很大。

宋子悠喘了口气说："还好这个列车司机反应及时。"

陆纬一边加速一边说："列车司机都有一本'司机手账'，上面会清楚记载着发车前铁路部门的调度命令，昨晚那场暴雨，应该也有记录在内。每年到了汛期，各部门都要去参加应急演练和竞赛，列车司机也是人手一本《非正常情况下的行车办法》和《汛期安全行车手册》，目的和警队、消防员、医护人员的培训目标是一样的，就是为了让安全意识化为身体的本能反应。"

"以咱们现在的位置和速度，应该会比队上要更快到达现场，现在时间已经过了二十分钟。"

"再给我五分钟，一定赶到。"

"如果是经验丰富的列车司机，那么在这二十分钟里应该可以做很多事。"

"通知车长，下车检查情况，将情况通知给乘务员，乘务员根据日常训练立刻组织乘客撤离，如果乘客配合，遵守秩序，二十分钟足够了。"

这边，陆纬刚刚话落，手机里就传来张青云接到的信息。

"队长，刚接到消息，在石立江桥下悬空的两节车厢，里面的大部分乘客已经安全撤离，还有小部分因为撤离时现场混乱，在后车厢挤成一团，错过了宝贵的时间。现在车厢继续往桥下坠，随时会掉进石立江。”

陆纬脚下踩实油门：“我和宋医生马上到。”

说话间，车子拐过最后一个弯，陆纬和宋子悠视野大开，终于见到了事故现场。

4

列车K174横在石立江桥上，因为下面水流湍急，桥柱已经不堪负重，摇摇欲坠，其中两节车厢就挂在下面。

站在外面的人可以从列车的窗户看到那两节车厢和车身相连的部分，有几个人正抱在一起，其实他们距离车身没有几步了。如果是正常情况下跑过去很容易，但眼下形势危急，掉在外面的车厢随时会因为一点儿风吹草动而掉进河里。

但是反过来说，如果这几个人不在车厢掉进河里之前跑到相对安全的车身里，他们就会和车厢一起掉进河里，那就是九死一生的事了。还有，因为大部分乘客正在陆续从车身下桥，飞快地穿过桥身，赶到安全的陆地上，这个过程也需要一点儿时间，桥身能支持多久也是未知数。

总之，此时此刻，千钧一发，根本不容犹豫。

陆纬和宋子悠看清形势，几乎同时跑向桥身。

雨水比刚才下得大了一点儿，两人身上的衣服很快就湿了，陆纬边跑边喊：“先照顾伤者！”

宋子悠已经来到最近的一名乘客跟前，对着后面的人大喊：“请大家加快脚步，桥身随时会断，不要拿行李了，逃命要紧！”

桥身上一直有乘务员在帮忙疏散，宋子悠跑到其中一名乘务员跟前，说：“我是消防队的队医，有没有人受伤？”

乘务员立刻说：“有，那边有位乘客说心脏不舒服，你快去看看！”

宋子悠顺着乘务员看向陆地，果然见到一棵树下有两三个人在躲雨，其中一个人躺平了，正在痛苦地喘气。

宋子悠立刻跑上前。

与此同时，距离最近的派出所警车也开到了，七八名民警飞快下车，赶往事故现场，一边帮忙疏散人群，集中伤者等待消防车和救护车的到来，一边还有民警拿了榔头冲到桥身上。

宋子悠来到躺在大树下的乘客面前，很快给他做了检查，并大声问是否有心脏病史。

那乘客艰难地点头，还说他原本带了速效救心丸，但是放在他儿子那里了。他儿子看他年纪大，手脚慢，就让他先出来，他自己却困在最后，腿上还受了伤。

勉强说完这些，男乘客的神情就一阵扭曲，好像承受着莫大痛苦，很快就昏了过去。

宋子悠立刻探查男乘客的呼吸、脉搏和心跳，男乘客心跳骤停。

旁边目睹了一切的女乘客不禁叫出声。

宋子悠喊道：“让开！”

说话间，她一把扯开男乘客的衣服，一手掌心按在他的心脏处，另一手用力向下砸。

救护车还没来，但她已经隐约听到了鸣笛声，可是就在这个时候男乘客经历生死一线，必须用心前区叩击术。

宋子悠重复了动作五次，再去摸脉搏，还是没有，于是又转用心脏按压术，同时还用人工呼吸。

宋子悠手上按压着，忙不迭地向四周看了一圈，喊道：“有没有人会人工呼吸？”

周围的人都傻愣愣地站着，还有人茫然地摇头。

幸好这时消防车和救护车都赶到了，有人冲进人群，对宋子悠喊了一声："宋医生！"

宋子悠没有回头，她听出来是刘创的声音："刘创，病人需要人工呼吸！"

话音刚落，刘创已经来到跟前，开始给男乘客做人工呼吸。

隔了几分钟，宋子悠又一次按向男乘客的脉搏，终于松了口气："脉搏和呼吸恢复，患者必须立刻送往医院。"

男乘客被送上救护车，宋子悠冲上去拿起备用的医药箱，又跳下车，片刻不停地朝桥身冲去。

而就在宋子悠开始抢救男乘客的那几分钟里，陆纬也穿过逃难的人群，冲向挂在桥身外的两节车厢。他手里没有任何工具，便随手捡了一块石头。

他来到断裂的地方，可以从车窗看到里面抱作一团的七八个人，有男有女，幸而没有老人和孩子。

陆纬喊道："里面的人听着，我现在砸开窗户，你们从这里出来！"他的喊声惊动了那几个人，也给他们带来了一丝希望。

说话间，陆纬已经用石块用力砸向车厢，一下、两下、三下，大概到了第六下，车窗碎裂，很快就形成一个可以让一个成年人出入的口子。

抱作一团的几个人立刻有人动了，但是因为太着急，动作太大，引起车厢的一阵剧烈震荡。

大家又尖叫出声。

陆纬出声喝道："都冷静，听我的，先让体重较轻的女士过来，男士要稳住，不要着急，都能出来！"

尖叫声渐渐安静下去，几个人你看看我，我看看你，很快推出来一个身材娇小的女人，她已经吓得泪流满面。

女人颤抖地说："我不行，我不敢……"

陆纬放低声音，说："你可以的，来，把手给我，只有你先出来了，其他人才能出来。"

女人深吸一口气，终于下定决心，把手递给陆纬。

陆纬的力气很大，几乎是一抓到女人的手，就将她半个身体拎出车窗外。等女人反应过来，她已经站在桥身上了。

陆纬又将手伸向下一个乘客，同时对那女人说："向前跑，上陆地，快！"

就这样，还不到十分钟，陆纬已经救出来四个人。

在此期间，车厢经历了三次晃动。每一次晃动，它都有往桥外掉的趋势，和车身相连的通道已经过不去了，车窗这道口是唯一的出路。大概是意识到此时已经到了生死一线，被困乘客的行动力也变得迅速起来，潜能被激发，原本看上去很难的动作竟然很快完成了。

直到剩下最后两个人，其中一个年轻男人腿上在流血，但他比别人都要高壮一点儿，所以留在最后。那些血已经渗出裤管，流到地上。

这时，陆纬看到了，问："你的伤怎么样，能走吗？"

另一个人顺着看过去，吓了一跳："你受伤了！"

年轻男人脸色苍白，有些虚弱："我开始也没注意到，太紧张了都忘记了疼，现在好像有点儿感觉了。"

就在这时，桥身上跑过来两道人影，一是宋子悠，一是陈放。

宋子悠更快一步，来到陆纬身边。

陆纬神情肃穆，气急败坏："你来做什么！"

宋子悠没理他，透过窗口看向里面，说："这个流血量必须立刻止血，这是止血绷带，你先绑在小腿肚上。"

不然，就算救出来了，也很难存活。

陆纬一听明白了，很快接过止血绷带，递给年轻男人。

年轻男人已经虚弱至极，他将绷带绑在小腿上，几乎用尽了最后一点儿力气，然后他就往地上一倒，眼前一阵阵发黑。

陈放这时跑了上来，他身上带着救生绳索："队长！"

"绳索给我，让消防车准备。"

"是！"陆纬二话不说，将绳索绑在自己身上，同时小心翼翼探进车窗，将已经半昏迷状态的年轻男人绑住，和自己连接在一起。然后他用手臂上的力气，将男人用力托向车窗。

陈放立刻接住年轻男人。

可还没等陆纬迈出车厢，车厢就又一次发出剧烈震动。

大部分乘客已经逃到陆地上，在那边视野清晰，很多人发出了惊呼声。

原来是掉在桥身外的两节车厢已经几乎要和车身脱节，勉强连接的部分发出吱吱呀呀的声音。陈放身上绑着绳索，用力抓住车身，用自己身体的力量支撑住陆纬。

事实上，陆纬此时脚下已经悬空，如果陈放松手，他将和车厢一起坠入河底。

陆纬深吸一口气，向上看去，见到陈放和宋子悠担心苍白的模样，然后他说："桥马上要塌了，宋子悠，先把伤者送上陆地！"

宋子悠咬住嘴唇，只有一秒的犹豫，就撑起年轻男人，掉头就走。与此同时，她还不顾一切地喊道："陆纬，你给我活着回来！"

陆纬一手揪住绳索，仰头看着努力支撑的陈放，听到这话微微笑了，然后又对陈放说："我数一二三，就往上爬，你用车身借力，把我拉上去。"

陈放一个字都说不出来，他只能点头。

这时又上来几个消防队员，一个接一个，用身体当纽带，连接着救生绳索，直到连接到最后一个关卡陈放身上。

陈放对陆纬说："队长，好了。"

陆纬喘着气，闭了闭眼，随即睁开，数道："一、二、三！"

"三"字刚落地，陆纬就用力向上，一把抓住窗口。

陈放也在第一时间伸出手，握住陆纬的手腕。

陆纬反手抓住陈放，陈放大喊了一句："拉！"

后面的队员就一起用力，很快就将陆纬的半个身体拖出窗口。

也几乎是同一时间，那两节摇摇欲坠的车厢也终于发出最后一声嘶吼，勉强和车身连接的部位终于断裂，两节车厢坠入河水。

陆纬被陈放拽上桥身，两人都被车厢坠河激起的浪花溅了一身。

因为车厢坠河的动静太大，持续震荡，还影响了桥柱，整个桥身都因此开始震动。

陆纬大喊道："桥要塌了，快跑！"

陈放在内的几名队员几乎同一时间做出本能反应，向后转，如同离弦的箭，朝岸上跑去。

岸上的乘客们一个个揪着心，有人捂着嘴，他们都看到了最惊心动魄的一幕，几名消防员在即将倒塌的桥身上狂奔，短短一百五十米的距离，却像是一条漫长的生死路。

陆纬只听到身后不停地传来落水声。他的脚下非常颠簸，每踩一下都好像会将这座桥踩塌，整个桥身已经不堪重负，朝他们发出最后通牒。有那么几步他踩下去，甚至觉得脚下是空的，也不知道是飞起来了，还是身体已经悬空。

直到陆纬看到快自己几步的陈放已经上了岸，他跟着迈上去，不防脚下一空，真的踩漏了。

幸好陈放和其他已经上岸的队员早有准备，立刻拉住绳索，将陆纬拉住。这个过程还不到一秒钟，但陆纬却觉得心里结实地咯噔了一下。

当他的脚终于踩上地面，这才松了口气，回身看去，整个桥身已经完全掉进石立江。而在岸上，不仅有警察、消防员、救援队，还有附近临时加入进来的村民，另一边还行驶过来几辆大巴，准备转移受惊的乘客。

5

整个救援列车坠桥的行动一共出动了八百人，一方有难八方支援，众人齐心协力，躲过了一场灾难。

列车上所有乘客都安全逃离，没有人遇难，少数人受了轻伤，已经被送到就近的医院。

陆纬虚脱地坐在消防车的后车厢里，双腿悬空，人靠着车身，接过张青云递过来的矿泉水，一口气喝掉半瓶，终于喘上一口气。

直到这一刻，他才感觉到身体上的不适，手臂生疼。

张青云和陆纬简单交代了一下这次事件的后续，陆纬连一半都没听完，就抬了下手臂说："副队张青云听令！"

张青云立刻站直："是！"

谁知陆纬却笑了一下，说："我不管后面要打多少报告，要和多少人交代，总之这个任务我交给你了。我的手受伤了，短期内都不会拿笔，明白吗？"

张青云刚要关心地问两句，这时就听到身后传来一个女人冷漠的声音："只是受伤吗，我还以为你的手断了。"

两人同时看过去，正是宋子悠，双手环胸地站在那儿，一脸不善。

张青云又飞快地看了陆纬一眼，那是一个让他"自求多福"的眼神，随即轻咳两声，借故走开了。他俩的浓情蜜意全队人都看明白了。

宋子悠走上前，脸色冷得能冻死人，然后她抬起陆纬的手臂，转了转。

陆纬“嘶”了一声，绷住脸。

“肌肉拉伤，还好没脱臼。”

宋子悠当场确诊完，就打开她带过来的医药箱，从里面拿出冰袋，随即扫了陆纬一眼：“还等什么，把衣服脱了。”

陆纬动了动嘴唇，想说话，却又忍住了。

他也不是瞎子，自然看得出宋子悠的脸色有多坏，这次恐怕很难消气。

陆纬叹了口气，非常费劲儿地把外面的衣服脱掉，但是身上的T恤却脱不下来，他根本无力抬高手臂。

宋子悠见状，便放下冰袋，先拿出一把剪刀，直接把陆纬的T恤剪开，然后将冰袋贴上去。

整个动作，她几乎没什么表情，眼神冷得吓人。陆纬一手接过冰袋，按住扭伤的部位，看着宋子悠拿出一卷绷带。

“如果我当时不冲上去，最后留在车厢里那几个人，恐怕都活不成，尤其是那个腿部流血的伤者。”

宋子悠没吭声，只是看向陆纬。她的眼睛仿佛会说话。

陆纬问：“那个男人怎么样了？”

“抢救及时，已经送往医院了，应该不会有大事。”

“我只是肌肉拉伤，你不用太担心。”

宋子悠垂下眼，半晌没动静，直到她看了一眼手机上的时间，说：“冰敷得差不多了，我给你包扎一下。”

宋子悠将绷带缠上陆纬的手臂，每一下她都很用力，连吃奶的力气都使出来了。

陆纬忍着疼，但眉头却早已打结。

宋子悠累得气喘吁吁说："缠得紧一点儿，就是为了防止它肿胀，看你这个伤势，起码要等四十八小时才能解下来，然后再进行热敷，贴消肿药膏，搭配按摩活血化瘀。至于这礼拜的训练，你只能在边上看着了。"

宋子悠的话虽然不冷不热，但语气总算有些和缓。

等她缠好绷带，打上结，再一抬眼，看向许久没吭声的陆纬，却猝不及防地对上他脸上的笑容。

他一直在看着她，也不知道笑了多久。

宋子悠皱了下眉头："你不疼？笑什么？"

"我做消防员这么久，今年是我最开心的一年。"

宋子悠一怔，随即很快白了他一眼，将余下的绷带收回到医药箱里，盖上盖子，才说："有什么可开心的。"

陆纬用另一只没受伤的手轻轻握住她的手肘，带向自己："因为认识你。"

宋子悠垂着眼，听到这话睫毛微微颤动了两下，然后抬起："其实我一直都知道这份工作有多危险，不光是你，连我自己都是。上次酒楼爆炸，你非常严厉地警告过我，我一直都记得，只不过当时不太能体会你的心情……现在，我懂了。"

"这么说，你是不生我气了？"

"我生气有用吗？就像你说我，我不会听一样。我也知道我说了你也不会听，这就是你我的工作和生活，明知山有虎偏向虎山行。"

宋子悠边说边将陆纬的外套罩在他身上，替他擦了擦身上的水："你有没有看过网上的一则简笔画，画的是一个隧道，所有人都往隧道的一边奔跑，隧道和逃难的人都是灰白色的，唯有中间有一个消防员，身着红色的消防服，朝事故发生的地方逆行前进。这则简笔画名叫'最帅的逆行'。"

在灾难面前，人和动物的本能都是一样的，就是逃跑，是生存，那是大自然给所有生物最自然的条件反射。但是有些时候却是例外。

人类在经过训练后，可以做到不顾逃生的本能，而向灾难冲去，宁可牺牲自己的性命，也要换取大多数人的生存机会。

陆纬低声道："灾难面前，所有人都是渺小的，消防员经过了长期训练，还有特殊装备，也许面对灾难仍是不堪一击，可是比起那些需要帮助的人，已经是'超人'了。"

宋子悠坐在陆纬旁边，也不管边上有什么人，将头轻轻靠在他没有受伤的肩膀上。

刚才桥身坍塌的一幕，现在想起来还是心有余悸。

她握紧了陆纬的手，又听到他说："你有没有看过《动物世界》？"

"嗯，怎么？"

"我有一天看到这样一段视频，有一只母羚羊站在草原上，看着远方，它身边围着几只狮子，正准备对它下口，可它不跑不躲。因为它知道，以它的能力是可以跑掉的，但是它的孩子太小了，如果它跑了，它的孩子就会沦为狮子们的食物，所以它宁愿站在那里被吃掉，换取孩子的生存机会。"

宋子悠听到这里，心里一阵酸。

陆纬接着说："那些需要帮助的普通人，其实就和那只小羚羊一样弱小。如果连成年羚羊都不管它，它只有死路一条。相比之下，起码人类会比那只成年羚羊更有办法，不会只是站在那里沦为食物，人类面对灾难还有反抗的余地，一个人不成，有一百个人，一千个人。"宋子悠抬起脸，看向陆纬。

两人对视一会儿，忽然一起笑了。

"好了，我都说了不生气了，你就不要给我洗脑了。"

陆纬忽然调皮地问道："经历过这一遭，有没有更喜欢我一点儿？"

"你可真是个厚脸皮。"

只是话音刚落，陆纬的唇就挨了过来，不管不顾地压在她的嘴唇上。

宋子悠的呼吸瞬间就停了，闭上眼，沉浸其中。

隐约间，她听到周遭有人发出惊呼声，还有人倒吸一口气，但她一点儿都不想搭理。

她和陆纬就在消防车上，队里的人一定都看到了。但那又怎么样呢？

今年是陆纬做消防员最开心的一年，于她，也是！

第十七章　水落石出

1

收队之后，附近的医院急诊科挤满了因列车意外坠桥而受伤的病患。宋子悠也没有直接回到队上，离开现场之前，她先和刘创交代了一下回去要处理的事情，又看了一眼时间，交代刘创，如果有问题，就把文件放在她桌上，她晚点儿回去再做。

然而就在两人说话的时候，宋子悠的手机忽然响起。

宋子悠接起电话，里面是刘新锋的声音："子悠，子安有苏醒的迹象。"

宋子悠一愣，二话不说就赶回医院。

宋子悠进了加护病房，第一时间来到宋子安的病床前，旁边仪器上显示的数字一切正常，宋子安呼吸平稳，已经不再需要氧气罩了。

宋子悠小心翼翼地来到床边，轻轻碰了碰他的手。

但宋子安却没有一点儿动静，他依然躺在那里，一动不动。

宋子悠叹了口气，有些失望。

在医学上，也曾经有昏迷许久的病人突然出现苏醒迹象，但有的只是一个瞬间，有的是回光返照，真正清醒过来进而恢复健康的病人，还是极少数。

宋子悠低下头，握紧宋子安的手，闭上眼，让自己冷静下来，不要抱太大希望。

宋子悠安慰完自己，又静坐了一会儿，准备起身离开。

谁知她刚站起身，就感觉到手指突然被反握了一下。

宋子悠一怔，低头看了看，刚好看到宋子安的食指微微在动。

她差点儿以为是自己眼花，又定睛看了看，然后抬起头，不敢置信地看向宋子安。

宋子安的眼睛原本是紧闭的，这时眯开了一道细微的缝隙，他的眼珠子也在眼皮下动着，嘴唇也张了张。

宋子悠呆在那里两秒，上前喊道："哥！你醒了！是我，子悠！"紧接着眼泪就下来了。

宋子悠不敢耽搁，很快就去叫医生和护士。

接下来的大半天，宋子悠都是在激动的心情里度过的，她简直高兴坏了。

刘新锋和其他几位医生对宋子安进行了一次检查和会诊，检查结果是宋子安一切正常，虽然还很虚弱，需要做一段时间的复健治疗，但起码已经摆脱了"植物人"的状态。

宋子安刚苏醒，说话很费劲儿，不仅慢，而且是一个字一个字往外蹦的，加上他身体虚弱，说几句话就会很累，就连睁开眼睛看人都不能持续太久，过一会儿就会再度睡去。

虽然宋子安已经睡了很久，可他仍需要大量的睡眠时间进行自我修复。宋子悠坐在床边，握着他的手说了一会儿话，简单交代了这段时间发生的事。

宋子安虚弱地笑了笑，问宋子悠："小娴……呢？"

宋子悠的笑容停滞了一秒，随即说道："她在忙工作，我还没有通知她，待会儿我给她打电话，让她来看你？"

"不用……我……很好……"

"对，你很好，一切都好，其他的事都慢慢来。"

宋子悠走到病房外，先给陆纬发了微信。

“回队上了吗？怎么样？”

陆纬回道：“刚从队上出来，接下来的事都交给青云了，我来医院找你。”

“你的手不能开车，打车吧。”

“好。”

趁着陆纬来的路上，宋子悠先去帮他挂了个号，就坐在大堂里等。

陆纬来得很快，宋子悠笑着站起身，眼里是满满的喜悦。

陆纬问：“怎么了，你好像很开心？”

“我哥醒了。”

“子安醒了？”他眼底也有喜悦，唇角微微上扬，宋子悠看得出来他是真的高兴。

“那我先去看看他。”

宋子悠却将他拉住：“你要先让医生看看你的伤。”

“你不是看过了，也包扎好了。”

“我是看过了，也的确包扎了，不过现在正好在医院，让专科医生再看一眼，开点儿药带回去。”

陆纬无奈，被宋子悠带去了专科。

等两人出来，两人一起往住院部走。

进了大门，宋子悠有些欲言又止，直到上了电梯，来到宋子安所在的楼层，她忽然站住了脚。

陆纬见她神色有异，问：“怎么了？”

宋子悠皱起眉头，语气有些严肃：“我哥还不知道咱俩的事。”

“我知道，他现在身体虚弱，咱们过几天再告诉他。”

“不是这么回事，你没明白我的意思……我的意思是，我哥不知道你要来看他，我就这样把你带过来，我怕会……影响他的病情。”

那最后几个字，宋子悠很艰难地吐出，同时观察着陆纬的表情。

可陆纬非但没有一点儿不悦，反而有点儿惊讶："你怕我突然出现会影响他的病情？难道子安会跳起来打我一顿，怪我趁他昏迷的时候拐走他宝贝妹妹？"

她白了陆纬一眼，说："我没有和你开玩笑，要不，你先不要去看他了，等他过几天恢复力气了，我再慢慢告诉他？"

陆纬听了，神情一时变得高深莫测："你先告诉我，为什么你觉得子安看到我会影响病情？"

宋子悠一下子顿住了，一脸纠结。

可她不说话，陆纬就站在那里看着她，一副没有商量的模样，好像一定要弄出个原因。

宋子悠只好把牙一咬，心想着既然早晚都会让陆纬知道，倒不如早点儿说了。

"其实是艾小娴之前跟我说过，我哥在火场里出事那天，她亲眼看到你和他有点儿口角，但是不知道你们吵什么，只是看到你们还推搡了几下。"

陆纬一愣："这是艾小娴告诉你的？"

"嗯。"

"不可能。"

"不可能？你们没有吵架？"

"是吵了几句，不过艾小娴不可能看到。"

"什么意思？"

"详细的我回头再告诉你，走吧，咱们先去看子安。"

陆纬边说边拉住宋子悠，宋子悠却站住不动。

陆纬笑了一下："我保证子安看到我不会情绪激动，我的出现更加不会影响他的病情，至于那天的事情，等咱们看完他，我再告诉你。"

宋子悠想了一下，这才点头。

宋子悠和陆纬走进病房，宋子安正好清醒着，见到两人一起进来，有些诧异，但的确没有生气。

宋子悠小心翼翼地观察着宋子安的表情，来到病床前坐下说：“哥，你还记不记得陆纬？我现在也在消防队工作，和陆纬是同事。”

宋子悠生怕陆纬把他们的关系说漏了，索性先把“同事”坐实了，打算日后再解释。

陆纬听到这话，扬了扬眉，却没反驳，来到床前，淡淡笑道说：“醒来就好。”

宋子安也虚弱地笑了一下：“是你把我从火场里带出来的？”

“当然。要不是你当时那么执迷不悟不肯配合，也不会在这里躺这么久。”

什么意思？不肯配合，执迷不悟？

宋子悠一听就愣住了，下意识抬头看向陆纬。

陆纬也扫了宋子悠一眼，没等宋子悠发问，就对宋子安说道：“子悠一直很担心你，前阵子你还做过一次肠部手术，那次她真是吓坏了。”

宋子安听了，看向宋子悠，说：“我知道。”

宋子悠问：“你知道？”

“其实，我是有一点儿感觉的，好像还听到你说话，不过当时真的很累，想醒过来却没力气。”

宋子悠想了一下，好像宋子安被初步判定有可能会醒过来也是在那时候。

宋子悠笑道：“接下来除了例行身体检查，还要坚持做复健，要吃药，我会尽量找时间过来看你。”

谁知宋子安却没接这个茬儿，他看了看宋子悠，又看了看陆纬，眼神在两人身上转了两圈：“你们，是不是在一起了？”

两人同时怔住。

陆纬率先开口：“你怎么知道的？”

宋子安又是虚弱一笑：“我昏迷的时候，好像听到你的声音，你和子悠都在我床前，你们在说话。还有，我看你们刚才一起进来，你们之间那种感觉，一些细微的小动作，不像是一般同事。”

宋子悠低下头，轻叹一声，正准备开口，宋子安又冲陆纬说道：“不管怎么样，你要好好对子悠，不然我不会放过你。”

宋子悠一下子抬起头，直勾勾地看着宋子安。

——只是这样？没有生气，没有反对？他们之前不是有恩怨吗？

陆纬也低笑出声：“放心，我对她一定会比你对她更好。”

2

宋子悠和陆纬离开病房，先去了医院对面的一家小馆子吃饭。

按理说宋子安醒来了，宋子悠应该胃口大开才是，但她心里装着别的事，所以并没有吃几口。

反倒是陆纬，一直沉默地吃着碗里的菜，好像没有聊天的兴致。

直到饭吃了一半，宋子悠终于忍不住了，放下筷子。

陆纬余光瞄到，问：“你想说什么？”

“刚才你跟我哥说，那天在火场里，要不是他执迷不悟不肯配合，也不会躺在那里。这话是什么意思？”

“我就知道你会问这个。”

“那么，那天在火场里到底发生了什么事？”

陆纬双手环胸地靠着椅背，那双漆黑的眸子和宋子悠隔空对望，眼里滑过一些复杂的情绪。

宋子悠屏息以对，直到陆纬淡淡开口：“我可以告诉你那天都发生了什么事，不过我希望你先回答我一个问题。”

“你问。”

“艾小娴告诉你，她亲眼看到我和子安吵架，还推搡了几下，这些话是她什么时候告诉你的？”

宋子悠心里一紧，很快沉默了。

她垂下眼睛，咬着嘴唇，看上去不仅紧张，而且纠结。这一幕被陆纬看在眼里。

“你是不知道怎么回答，还是不会回答？”

宋子悠闭了闭眼，声音放轻：“是我来消防队以前告诉我的。”

“也就是说，你最初来到队上的时候，在态度上一直针对我，也是因为艾小娴的话？”

事到如今，窗户纸都捅破了。

宋子悠知道再隐瞒下去也没意义，何况陆纬也不是好糊弄的人。

“对。那时候在我眼里，你是我哥出意外昏迷前最后一个见过的人。而且艾小娴还说，你对这件事有责任，你们在大学时候就闹掰了，我很好奇这件事，我想弄清楚，态度上难免会有点儿迁怒。”

陆纬眯了眯眼，神情越发严肃：“你是想知道，子安出意外昏迷这件事，是不是和我有关？”

“对。”

这一天她其实早有预感，她也知道逃避不是办法，躲是躲不掉的。如果她和陆纬走到一起，迟早要交代这件事，不管是先被他发现端倪，还是她提前一步主动承认。无论如何，她当初的确是这么想他的。宋子悠话音落地，陆纬沉默良久。

再开口时，他说：“我猜，艾小娴和你说的话，一定带有很强烈的引导性，让你以为我和这件事脱不了关系。”

宋子悠没接茬儿，只是看着他。

“你也是因为这个原因才转来消防队？”

宋子悠点了下头，很轻。

“那么，和我开始这段关系，是意外，还是一早就有打算？”

宋子悠很快笃定地说：“我那时候没想过和你在一起。”

陆纬眼里总算有一点儿笑意，但是很快就消失了。

“好了，我的问题问完了，现在我来回答你的疑问。”

宋子悠一怔。

“那天在火场里，的确是我第一个找到子安，不过不是我把他带出去的。因为子安坚持说要我先找到艾小娴，她在另一个屋子里。”

宋子悠问：“于是，你就先去找了艾小娴？”

“我离开的时候，并没有让子安一个人留下，而是把他交给陈放和方义夫。当时安全路线已经规划好，子安距离比较近，按照常理，应该是先把他送出去。然后，我在另一个屋子里找到了艾小娴。”

“这么说，你们找到我哥的时候，他还是清醒的。”

“对，他获救之后都保持着清醒，后来是在救护车上陷入昏迷。其实就在我发现他的时候，地上已经有一些血渍，他的头应该在几分钟之前遭到过重击。”

“可是为什么艾小娴说，她亲眼看到你和我哥发生争执？”

“那是不可能的。她当时在另一个屋子，我找到她的时候，她已经因为吸入烟而陷入半昏迷。而且当时整个楼道里都是烟雾，视线不清，她不可能看到子安这边发生了什么事。何况找到子安的时候，我和陈放、方义夫在一起，如果我真这么不专业，不顾他的安全和我的职业操守去和他吵架，甚至推搡，陈放和方义夫也会制止我。”

听到这里，宋子悠终于松了一口气，尽管她之前就已经因为对陆纬的了解而做出过判断，认为他不可能做这种事，但是到了这一刻听到陆纬亲口澄清，还是有一种如释重负的感觉。

“其实，我之前有怀疑过艾小娴说的话。”宋子悠补了一句。

陆纬扬扬眉，却没接话。

宋子悠继续说：“以你的为人、专业，和你救人时的准则，你是绝对不会罔顾他人的生死而逞一时之快。再说，你也不是会和人随便吵架的，你没那么差的脾气。”

“我还以为在你眼里，我是导致子安昏迷的罪魁祸首。”隔了一秒，陆纬又说，“不过我也相信你刚才的话，要是你觉得我害了子安，你也不会和我在一起的。”

宋子悠顿时有点儿词穷。陆纬转开视线，看向别处。

过了片刻，宋子悠才开口说：“这么看来，是艾小娴在骗我，你和我哥没有任何事情发生。”

陆纬又转回来，严肃说道：“我和子安是有过口角，我们的情绪都有点儿激动，不过这件事不是在火场那天发生的，而是火灾的前几天。”

“你们有过口角？为什么？”宋子悠一惊。

陆纬垂下眼：“以前在学校的时候有些误会，一直没机会澄清。”

“所以那天，你们澄清了误会？”

“对。”

宋子悠张了张嘴：“那是什么样的误会？”

陆纬抬起眼皮，看着宋子悠。

“这件事，我不想再提。”

晚饭后，两人一起搭车返回队上，那一路上都没什么交流。

下了车，两人又一前一后地往宿舍那边走。

陆纬走在前面，宋子悠晚了一步，跟在后面。

昏黄的灯照在路上，将两人的影子拉得很长，宋子悠一直看着陆纬的影子，低着头，闷声不吭。直到陆纬突然站住脚，宋子悠也跟着停下来。

她抬头的同时，陆纬也转过身。

他背光而立，低头望着她，忽然说：“我知道你是受了艾小娴的引导和蛊惑，但是知道你曾经那么看过我，我还是有点儿生气。”

宋子悠吸了口气，飞快地解释：“我那时候对你不了解，是我错下判断，后来我也知道自己看错了。”

两人又一同沉默了。

陆纬问：“你是什么时候知道自己被误导的。”

“和你一起出过几次任务，亲眼看到你怎么救人。”

“那么，我是应该感谢自己的表现突出，还是应该说，是你懂得明辨是非？”

宋子悠皱了下眉：“陆纬，你别这样，我承认先前是我的问题。”

“我不希望你我第一次吵架是因为这件事，因一个闲极无聊的女人。”陆纬眉头紧锁。

宋子悠一怔。

陆纬又说：“我也希望以后你我之间能彼此信任对方。”

宋子悠顿时有点儿词穷：“以后我不会这样，对不起，这次是我的错……”

可宋子悠的话还没说完，身前就照下一道黑影，她被一副温热的怀抱包裹住。

陆纬的力气很大，紧紧地搂着她，宋子悠几乎要喘不过气。

宋子悠也圈住陆纬的腰身，闷着声音说：“对不起，你别气我了，我认错了……”

陆纬的嗓音自她的肩窝处发出：“是我不该迁怒你，是我的问题。以后别人的话不要再轻信了，你只管信我。”

宋子悠忙不迭地点头。

紧绷的氛围终于松弛下来，宋子悠的心里也没那么紧张，她安静地靠在陆纬的怀里许久，等他退开距离，她才抬起头。

“艾小娴误导我，贬低了你的人品，你气不气她？”

陆纬微微笑了：“她做什么事，我从来没有在乎过，不过我得说，子安的眼光真不怎么样。”

宋子悠一时竟然无言以对。

陆纬说：“不过有一件事很奇怪。”

“什么事？”

“你竟然不好奇艾小娴为什么误导你？”

宋子悠轻叹一声：“你还好意思说？如果不是因为她对你有意思，她为什么要针对你？”

这回，反倒是陆纬愣住了。

宋子悠看他这样觉得好笑：“她对你表达过好感的，可是你拒绝了，我猜是她面子上挂不住，所以用这种方式报复。”

“原来你知道这么多……可是这也说不通，只是好感被拒绝，犯不着过了这么多年还惦记着抹黑我。”

也是。

“也许她把你当作心魔了，对你特别执着，要不然就是她不能忍受被人拒绝，毕竟她一直很受欢迎。”

陆纬啼笑皆非地摇摇头，搂着宋子悠的肩膀往宿舍的门口走：“好了，她怎么想怎么做，和你我无关，不用费神去想了。”

“哎，你说得对，我哥的眼光可真不怎么样……”

两人对视一眼，都笑开了。

3

宋子悠很早就睡下了，一夜无梦，睡得香甜，心里的一块大石头终于落地，未来再发生什么样的事，她想她都不会再害怕了。

翌日一大早，宋子悠赶在早晨查床之前就去了一趟医院，和护工一起扶着宋子安在地上走了三圈，虽然只有短短几十步却累得宋子安气喘吁吁，感觉自己一下子老了好几十岁。

宋子悠安慰他说："毕竟躺了大半年的时间，现在你身体虚弱，就像刚开始学走路的小孩子一样，腿脚软绵使不上力，只要多练习就能恢复，之后还要去接受物理治疗，进行复健，不用几个月就能像过去一样了。幸好你原来的体质好，人又年轻，要是换作其他人，到现在都不能下床走路。"

宋子安累得靠坐在床头，看着宋子悠给他按摩腿部肌肉，喘着气说："你说得对，我现在双腿就是软绵无力，以前那么喜欢健身，现在却觉得自己的肌肉开始萎缩了。"

"你躺了不到一年，还不到萎缩的时候，你没看到那些躺了好几年的病人，手脚都变细了，不仅肌肉萎缩，连器官都开始慢性衰竭，免疫力丧失，还有人得了癌症。"

说到这里，宋子安忽然想起之前做的手术："昨天听你们说我接受过一次肠道手术，我对那次手术有点儿感觉，那是不是就是你刚才说的器官开始出现问题？"

"肠子里长息肉，肠梗阻，肠道出现局部坏死，这些还只是第一步，毕竟你在昏迷当中，不能像正常人一样进行排泄，毒素堆积在肠道里时间长了自然会不健康。不过现在一切都好了，手术很成功，你的伤口也在愈合当中，目前没有出现感染的现象，这之后半个月都要小心护理伤口，不要沾水，加上后面还有很多复健疗程在等着你，你的身体一定会越来越好。"

宋子悠边说边从包里拿出两个手掌大小的充气软球，递给宋子安，说："你没事的时候就捏着玩，一手一个，可以加快手部肌肉的恢复。"

宋子安看着有趣，接过来试了试，这两个球看似很软，却弹性十足，捏在手里好像很容易就捏扁，但是只要手指稍微松开，球体就会恢复原状。

宋子悠一边给宋子安按摩腿部肌肉一边陪他聊天说话，直到医生循例查房，她才离开，叫了辆车回到队上。

队里有报告要写，都是关于前一天列车坠桥的事件，宋子悠一上午都很忙，连喝口水的工夫都没有。

到了中午，媒体记者也跑到队上来，要求采访当日第一时间冲到现场的医生和消防员，指的就是宋子悠和陆纬。

两人当日的救人经过，已经被先一步逃到岸上的乘客用手机拍了下来，而且乘客们还不约而同地将视频发到网上，引起一阵热议。

列车坠桥事件也一度上了热搜，这样一听就让人觉得触目惊心的灾难，竟然没有一人死亡，只有少数乘客受了轻伤，网友纷纷感叹这是一个奇迹。还有不少网友在转发“一方有难八方支援”这八个字。

宋子悠还在刘创的安利下看了一眼那些留言，真是五花八门。

有人说，有医生和消防员能第一时间赶到现场，多亏了现在交通便利和网络资讯发达。听说这次有关部门向社会全面通报救援行动非常及时，而且公安局局长迅速启动了处置灾害事故一级应急响应预案，可见平日准备做得有多充分，真是养兵千日用在一时。

有人说，当时列车司机也是一位老司机，经验丰富，反应及时，要不是他在预感危险到来的瞬间迅速刹车，后果可能不敢设想。

有人说，这次事件真的是险象环生，环环紧扣，千余人与死神赛跑啊。哪怕只是其中一个环节出了岔子，都不会像现在这样平安收场的。

有人说，他当时就在列车上，他是后车厢的乘客，几乎是很后面才逃出车厢。其实就在事发的瞬间，车厢里就已经有人开始哭喊，不只是小孩子，成年人们也不知所措，乱成一团。幸好乘务员们都训练有素，让后面的乘客留在位子上先不要动，按照顺序撤离。要是乘客们不听乘务员的话，擅自行动，那么大家就会挤成一团，谁都出不去，还会因为拥挤震动导致列车更快坠桥。

还有人说，视频里出现的第一个到达现场的女医生和男消防员看上去有点儿眼熟，好像曾经在哪里见到过。

这个网友提出的问题很快被其他网友响应，于是之前发生过的酒楼爆炸事件现场视频，和宋子悠、陆纬一起上过的电视台录播节目，也都一一被网友们翻了出来。

一时间，话题的关注点分成了两拨，有一部分人关注的还是这次事件本身，但是有另外一部分人却将注意力放在宋子悠和陆纬二人身上，更因为两人每次都是同时出镜而引发脑补和讨论。

不少网友猜测两人是恋人关系，而且有记者还第一时间跑到医院去采访那个最后被救出来的男乘客，以及接受过宋子悠心肺复苏术的老人。这两人不仅是父子关系，而且都和宋子悠有过接触。

老人说，他当时一度陷入昏迷，有意识的时候就看到那个女医生在身边，可他还来不及感谢女医生，女医生就拿着医药箱冲上断桥。

老人依稀记得，在他昏厥之前曾经和女医生说过，他的儿子腿部受了伤，还被困在车厢里。

另一边，老人的儿子，也就是那个被困的男乘客也对记者说，他当时一直血流不止，体力透支，眼瞅着列车就要坠下河了，他都没有力气去拽住那个消防员的手，他当时真的以为死定了，没想到有个女医生赶过来，让他先绑住腿部阻止血液流通。那个男消防员更是探到车厢里，将自己和他绑在一起，还用全部的力量把他带出车厢。那一刻真的是千钧一发，如果再慢一秒钟，可能他就要死了，现在想起来还是心有余悸。

记者很快将这对父子的采访稿和视频发布出来，再度引起网友们的讨论。

不少网友都在感叹当时冲到现场的女医生和男消防员搭配无间，默契十足，千钧一发救死扶伤，而且颜值还都在线，真的是郎才女貌。难道现在医生和消防队的招人标准已经拔得这么高了吗？不仅要求身体和心理素质过硬，学习成绩优秀，专业素养过硬，还要求是帅哥美女？

还有少数网友人肉出来两人的姓名和工作单位，称两人都是在消防一大队工作，男消防员是消防队队长陆纬，女医生是医疗队的队医宋子悠。

更有人眼尖地发现，陆纬和宋子悠在之前录制的电视台节目上可是针锋相对的，两人观点不一，差点儿在节目上吵起来，但是对话内容非常有趣，绝对是言情小说里欢喜冤家的标配设定。

一些好奇的网友立刻把两人上过的那期节目挖出来看，还有人将片段剪辑了贴到网上，在视频里贴上“小爱心”图案，直接把这两人当成了此次事件的官配。

消防一大队的官方微博也在一天之内接到不少网友的留言和私信，询问要加入消防队有没有什么硬件条件，如果只是做办公室和后勤工作行不行。

消息热度持续了两个小时，就已经有人将消防一大队之前发过的消防队员集体照片翻了出来。

下面留言区是一大片女人的“尖叫声”，更有不少女网友当场开始认老公。

天哪，现在消防队选拔人才的标准已经和电影明星一个标准了吗？这是要和国际接轨的节奏啊，恳求消防局赶紧拍一部纪录电影吧，让消防员们本色出演！

4

就在网友们纷纷舔屏的时候，宋子悠和陆纬也被叫去会客室应付记者的采访。

两人事先没有任何商量，坐下来之后却不约而同地打官腔，好不容易熬过了十几分钟，离开会客室，两人又同时松了口气。

一阵沉默，两人站在楼道里相视一笑，随即一同朝操场的方向走。陆纬率先开口："你早上去看过子安了？"

"嗯，他的情况很稳定，但是术后还需要一段时间的护理，现在他的体质比较虚弱，又经历了两次手术，连多说几句话都会觉得累。"

宋子悠话落，又看向他的手臂，问："拉伤的肌肉感觉怎么样？有没有收缩？如果情况稳定，吃了午饭之后你来一趟医务室，我给你上药。"

陆纬淡淡勾出一抹笑。

"你笑什么？"

"昨天回到宿舍里虽然已经很晚了，可是队上那帮臭小子一个个都是夜猫子，一直等我回来过堂审讯，才肯让我睡觉。"

宋子悠先是一怔，刚要问"他们审讯你什么"，转眼就忽然明白了："那你是老老实实地招供呢，还是垂死挣扎了？"

"坦白从宽，抗拒从严，我从来都不撒谎，当然是有什么就说什么啦。"

"你可是堂堂陆大队长，下面人造反，你也不管教，还纵容他们。"

"管教？我怎么管？已经铁证如山，容不得我狡辩了。"

"什么铁证如山？"

陆纬低笑出声："你忘了，在列车坠桥的现场，其他没有受伤的消防员、民警和救护人员都在积极救援，列车的残骸要打捞上来，大批乘客需要转移，可是我因为受伤了不能参与行动，然后你过来给我包扎伤口……后来发生了什么，你想想。"

宋子悠这才想起来，脸上一热。

"哎，当时陈放还偷偷给咱俩拍了照，让咱俩留作纪念。"

宋子悠登时愣住了，气道："他们拍照了，岂有此理，你快让他们删掉！"

"你觉得他们真会删掉吗？"

"那怎么办，不管，这都赖你管教不严，明知道那是公开场合，你还亲我……"

那最后两个字几不可闻。

陆纬的笑声却越发清晰低沉。

第十八章　真相背后

1

宋子安已经苏醒一个礼拜了，宋子悠每天早上都会按时来医院看他。宋子安经历两次手术之后需要大量时间卧床休息，每天会有三次下地行走练习，当然都需要护工和宋子悠的搀扶。

宋子安头部上的微创伤口愈合得很顺利，刘新锋让护士给他换过药，看过缝合伤口，只要经过一段时间休养就能愈合。

到了第三天，宋子悠才把手机还给宋子安，之前一直怕他会因为长时间用手机而影响休息。

宋子安也是拿回手机后才知道，在他昏迷期间，宋子悠已经帮他妥善安排好每一件事。

宋子安昏迷前曾在一个建筑设计事务所里做建筑师，发生火灾意外的地点就是事务所租赁的办公大楼，幸好起火点不在事务所的楼层，事务所因此也有一些损失，但是损失不大，火灾后已经搬离大楼。宋子悠去了几次事务所，帮宋子安办好离职手续。

从这以后，宋子安在昏迷期间经历过几次非常危险的时刻，每一次都是宋子悠守在身边，不离不弃。那时候宋子安还在私家医院，宋子悠就在那里工作，给宋子安换到一间VIP病房，就近照顾。

再后来，因为宋子悠和那家私家医院的小开产生了矛盾，便决定将宋子安转到公立医院，交给她医学院的同学刘新锋照顾。

前前后后大半年的时间，宋子悠都不知道自己是怎么熬过来的，宋子安听了整个事情过程也是一阵唏嘘，简直难以想象。

原本，宋子安还以为宋子悠依然在某家医院里任职，她比较擅长的是急诊室的工作，直到宋子安拿到手机之后，刷开网上的新闻一看，愣住了。

怎么回事，宋子悠去了消防一大队了？

宋子安前两天还觉得奇怪，怎么宋子悠突然和陆纬重逢，两人还一拍即合走到一起成为情侣？后来他想了想，可能是宋子悠又接到什么前线任务，跟着医疗队或是救援队在执行任务期间遇到了陆纬，这才因此相识。可是现在一看，宋子悠根本就是辞掉了医院的工作……

为什么？

任何一个专业医生都会希望在大医院有所作为，消防队的主打不是医疗，不仅设备不如大医院，就连病患种类也有局限。消防队的队医平日不是处理烫伤烧伤扭伤，就是进行简单的伤口包扎和局部推拿，就算真遇到大展拳脚的机会也是在一线做一些紧急处理，为病患争取送医就诊的宝贵时间。

宋子悠当年在急诊科可是表现最出色的医生，主任和副主任都在夸她，说她前途无量，怎么会说离开就离开呢？

宋子安百思不得其解，又在网上搜了一些关于宋子悠和陆纬的新闻，这才发现原来宋子悠到消防队已经有大半年的时间了，就在他出意外之后的两个月内。

就在前不久，宋子悠还被牵扯进一件酒楼爆炸事件，该事件当中有一名重度烧伤的患者，刚好就是宋子悠先前工作的私立医院的小开。宋子安还看了宋子悠在爆炸现场救人的视频，心里咯噔咯噔，虽然这件事已经过去许久，宋子悠安然无恙，可他这个当哥哥的现在看着仍是心惊肉跳。

接着，宋子悠和陆纬还一起上了节目，两人在节目上唇枪舌剑，火花四射，宋子安是明眼人，一眼就看出来这两人的关系和别人不一样，或许那时候还没有在一起，但绝对已经来电了。

为了了解妹妹宋子悠更多消息，宋子安连午觉时间都牺牲了，在床上刷了两个小时的手机，直到护工第N次来督促宋子安放下手机。

宋子安叹了口气，问男护工："网上那些新闻你看了吗？"

男护工说："看了呀，宋医生可真棒！列车坠桥那天，当时有个乘客心脏病突发，要不是宋医生及时赶到，恐怕那个乘客是等不到救护车赶到了。哦对了，就是你醒来那天，宋医生从石立江桥那边回来，你就醒了。"

宋子安回忆了一下，后来他不仅见到了宋子悠，还见到了陆纬，陆纬的手臂上有伤，还缠着绷带。

"我看网上都在说，当时是子悠和陆纬一起赶过去的？"

"对，第一个赶到的消防员就是陆先生，他呀可真厉害，已经来医院看过你好几次了，不过你都在昏迷。"

宋子安了解完情况，放下手机，又和男护工闲聊了两句，准备眯着眼躺一会儿。谁知这时，门口就响起敲门声。

2

男护工去开门，来人不是别人，正是许久不曾出现的艾小娴。

两人的说话声也清晰地钻进屋里。

"哎，艾小姐你来了。"

"是啊，好久不见，子安最近怎么样了？"

"好，宋先生挺好的，你还是自己进去看看吧。"

艾小娴不疑有他，直接拿着包进了门，谁知一进内间，脸上的笑容便瞬间僵住。

艾小娴就站在和病床相隔几米的地方，有些呆愣地看着靠坐在床头正睁着眼看着她的男人。

是的，宋子安的眼睛是睁开的，而且气色不错，见到她时，他还微微扯了下唇角，像是在笑。

男护工跟着进来，兴奋地说："哈哈，艾小姐，吓你一跳吧！宋先生一个礼拜前就醒过来了！"

艾小娴这才如梦初醒，随即掩饰着脸上的茫然和尴尬，将手里的水果和包放在桌上，转过身看向宋子安。

两秒的沉默，艾小娴问："你……精神怎么样？"

宋子安笑道："恢复得不错。"

"我看你头上缠着绷带……之前发生了什么事？"

"一个头部的微创手术，把残余的血块取出来了。"

艾小娴有些恍然："哦，原来如此……这件事子悠也没通知我，我都不知道。我之前出差了一段时间，有个工程很着急，所以……"

只是艾小娴的话还没说完，就被宋子安不紧不慢地打断了："没事，我不介意，我知道你工作忙，你尽管忙你的，不用担心其他。"

宋子安说得很轻巧，艾小娴却听得脸色大变。

艾小娴吸了口气，转而对男护工说："我想和宋先生单独聊几句，你先去忙你的吧。"

等男护工出了门，门板合上，艾小娴又吸了一口气，转而坐到床边的椅子上，看向宋子安："子安，之前的事是我不对，我跟你道歉。"此言一出，屋里陷入良久的沉默。

宋子安非常平静地看着艾小娴，这和他昏迷前的性格简直判若两人。在艾小娴的记忆里，宋子安从来没有用过这样的眼神看她，好像她是个陌生人，或是个无关痛痒的客户。

艾小娴见状，又补了一句："我是认真的，以前的事是我做得不对，我这几年也很后悔，我也想补救，可是这个世界上没有后悔药……我现在只希望你能原谅我，好吗？"

宋子安微微一笑，忽然开口："这大半年，我虽然在昏迷，但其实很多时候我都是有意识的，我好像知道周围发生了什么事，似乎也能听到你们说话。"

艾小娴一怔。

"这段时间我在梦里也仔细反省过自己，想过一些改变，梦到过去的一些片段。我长这么大，还是头一次拿出这么长的时间去思考人生。"

艾小娴勉强笑了一下："是吗，那你一定有很多体会。"

"而我和你的事，我也仔细想过，我还梦到了第一次见到你时的场景，你答应做我女朋友那天的事，还有后来咱们一起毕业，你去了地产公司上班，而我则到建筑事务所面试。那时候，咱们互相鼓励，遇到问题了也一起承担，当时真的很单纯，以为在工作上出了点儿岔子，面试被人盘问两句就是挫折了，现在回想起来真是不可思议，比起那些面试几十次都找不到工作的人，我和你的事业真的可以说是一帆风顺。"

艾小娴一时接不上话，主要是她实在不懂宋子安突然提起这些的用意，是在缅怀，还是在告别？或者是警告？因为他知道她太多事情了。艾小娴坐在那里胡思乱想着，宋子安却仿佛没有看到她脸上游移不定的神情："以前是我太年轻，做错过很多决定，看错过很多事，也错待过很多人。要不是这次出了事，我也看不到自己有这么多问题，兴许还一直因为过去那点儿成绩而沾沾自喜。其实之前事业上的那些成就和现在比起来，根本不值得一提，要是人没了，生前的事也就变得不重要了。"

宋子安又是一笑，自嘲地说："人啊，非得经历过一些重大变故，才会脱胎换骨。”

然后，宋子安微微抬眼，看向脸色发白的艾小娴：“小娴，你还记不记得在我出意外之前，你和我吵了一架。”

艾小娴先是一怔，连忙说：“那天是我情绪太激动了，我说了很多不应该说的话，对不起。”

“不，你说的话都很在理，更何况人只有在情绪激动的时候才会吐露真言。你的话虽然很难听，但都是你的心里话。”

艾小娴一下子词穷了。

“我想，你一定还记得你我已经谈到了分手。”

“我……”

“我想咱们的缘分是走到头了，就这样分开吧。”

艾小娴也不知道自己是怎么离开病房的，她只觉得手脚冰冷，脑子里乱成一团。

其实在宋子安昏迷之前，他们的感情已经走到了谷底，那次吵架也等于撕破了最后的脸皮，如果不是那场意外，分手是一定的。

但这大半年时间的沉淀和缓冲，也让艾小娴有了一个思考的空间。她回想过去，她对宋子安是有感情的。她也想过自己说的那些难听的话，她是有些后悔的，所以她才会在宋子安一醒来就第一时间道歉。

艾小娴低着头走在医院的走廊里，也不知道走了多久，直到迎面有人叫她的名字，她才站住脚。抬头一看，来人正是宋子悠。

宋子悠看到艾小娴出现，有些诧异，而且艾小娴的脸色很不好，仿佛遭到过什么打击。

“小娴姐，你怎么了？哦，对了，我哥醒过来了，你知道吗？”

“嗯，我……我知道，我刚才去看过他了。”

“是吗，可我看你好像脸色不太好，他醒过来了，你不高兴吗？”宋子悠奇怪道。

艾小娴勉强笑了笑："高兴，我当然高兴，不过我和你哥有一点儿小口角，是我的不对，我不应该在他醒来以后就……哎，先不说了，我还有一些公事，要先回公司，等晚些时候再过来看子安。"

宋子悠挑了下眉，那表情几乎和宋子安如出一辙。

艾小娴心里一紧，很快走了。

宋子悠没有挽留，但心里却觉得奇怪，转而往病房走去。

另一边，宋子安已经重新躺到床上，并让男护工把床头调低。

他闭上眼，却根本睡不着，脑海中一直不停地回荡着过去的片段，很多事都和艾小娴有关。

宋子安也是到了这一刻才发现，在他人生中最美好的十年里，艾小娴几乎参与了每一件他值得高兴的事。

大二，他们相识，在一起开始交往，然后毕业，同一时间找工作，前后脚找到工作，彼此第一次接到建筑工程案，第一次顺利完成，第一次合作，成为甲方和乙方，第一次为了案子产生意见分歧，第一次和解，第一次互相体谅，第一次发生争吵，第一次埋怨对方工作太忙，太久时间没有见面……还有第一次撕破脸，第一次说分手。

人这一辈子有几个十年，又有多少机会将自己的十年拿出来和另外一个人分享?

宋子安不得不说，他和艾小娴的情分是非常深厚的，在说"分手"的那个瞬间，他心里非常痛，那是一种自己用刀割下来一块"过去"的痛。

可有些事必须要去做，并不会因为心里的痛而留恋。他和艾小娴，是真的走到头了。

3

宋子悠推门进病房时，宋子安就保持着平躺的姿势，闭着眼睛回顾过去。

他听到声音，眼睛动了动，看到是宋子悠，随即开口问："消防队的工作不忙吗，你怎么这个时候过来了？"

宋子悠原本是轻手轻脚的，生怕吵醒宋子安，她只是送一点儿日用品过来，还有宋子安的衣物，打算放下就走，谁知宋子安突然出声，吓了她一跳。

宋子悠呼了口气："哥，你没睡啊，吓死我了。"

"宋家胆子最大的人就是你，你还能被吓死？"

"胡说，我是胆子最小的那一个，只不过上一次你出意外，把我吓得不轻，我都被你练出来了。"

"怎么这么谦虚，你的胆子都已经大到随便辞掉医院的工作，跑去消防队当'庸医'了，而且这件事你一直瞒着我，打算什么时候坦白呢？"

宋子悠一怔，这才后知后觉地发现，宋子安一开始提到的就是"消防队"。

她知道躲不过，轻叹一声，走上前说："我去消防队也不是当'庸医'啊。这份工作很有意义，面对突发情况需要丰富的一线经验，并不是随便抓一个急诊室的医生就能成事的，而且还对专业能力要求非常高，你应该相信我的眼光。"

宋子安却不相信这套说辞："你的意思是，你之所以辞去医院的工作，放弃大好前程，就是为了去体验不一样的岗位，证实自己的专业和眼光？你在原来的医院做不到这些吗？”

宋子安就和小时候一样敏锐、聪明，宋子悠任何事都瞒不过他的眼睛，而且他们兄妹实在太了解彼此了。

宋子悠只好小声说：“好吧，我承认，其实是有别的原因……你之前在火灾里遇到意外，头部遭到撞击，导致颅内产生血块，昏迷不醒，我想知道真实原因。”

这个答案倒是宋子安始料未及的，他问：“你觉得我遭遇的不是意外？”

宋子悠点头：“当天在火场里发生过什么，只有小娴姐和当时救你的消防员知道，我就想要不就去消防队里查一查。”

宋子安越听越奇怪：“这件事你有先问过小娴吗？”

宋子悠一顿，脑海中快速思考了一下。

要是直接告诉宋子安，是艾小娴故意误导她，当时令宋子安昏迷不醒的人就是陆纬的话，势必要引起一些纠纷。宋子安和艾小娴毕竟是男女朋友，而且他现在身体还虚弱，经不起刺激，就算要跟他吐露事实，起码也要等伤势养好之后……

“有，我问过她，她说她当时没有和你在一起，没有看到事发经过，不过据她所知，当时只有你一个人在办公室。至于你那间办公室，警方也去调查过，当时的火势还没烧到你那层，也没有出现坍塌事故，按理说应该不会有什么东西从高处落下来砸到你。总之这件事前后矛盾，逻辑上解释不通，我看着你昏迷的样子，心里太乱了，我也做不到不去想这件事，每天都睡不好……你也知道我的脾气，要是不弄出一个真相，我就无法原谅自己，索性就去消防队了。”

听到这里，宋子安叹了一口气：“你该不是怀疑当时救我的消防员有问题吧？”

宋子悠声音变小了：“倒是的确这么想过。”

“那你也应该知道救我的消防员是谁了？”

“我知道，第一个找到你的人是陆纬。”宋子悠观察着宋子安的表情，又继续说道，“不过陆纬找到你的时候，你还是清醒的，后来是你坚持让他先去找小娴姐，他才把你交给队员带出火场。陆纬还说，那时候他已经在地上看到了血迹，不过不知道是你的头部受伤，而且情况紧急，也来不及检查。”

话音落地，宋子悠仍是一眨不眨地看着宋子安。

直到宋子安叹道：“事实的确如此。我头上的伤和陆纬没有关系。不过我倒是有点儿好奇，你为什么会想到陆纬身上去？是因为他是当时找到我的消防员，还是因为他是陆纬？”

宋子悠立刻说：“我开始只想去消防队查这件事，根本不知道他是谁。后来去了才想起来，他是我上高中时，被你叫来给我开家长会的男生。”

宋子安忽然笑开了：“你不说我都忘了这件事了，你倒是记得很清楚。”

“也没有特别记得。”

“真没有？”

宋子悠见子安已经开始开玩笑了，就知道警报解除，于是很快白了他一眼，站起身开始收拾东西。

宋子悠将带来的换洗衣物逐一拿出来，收到柜子里：“这些衣服你先用着，要是替换不够就给我发微信，我会给你送回来。换下来的脏衣服你不用管，我会带回去洗的。”

宋子安微笑地看着她忙前忙后，半晌没言语，直到宋子悠把掏空的布包叠起来，宋子安才开口说道：“小悠，你长大了。”

宋子悠下意识回过身，有些诧异。

“不管是在大医院救死扶伤还是在消防队为人民服务，都是非常有益的工作，哥哥永远支持你。”

宋子悠这才松了口气。

4

宋子悠离开病房之前，宋子安又嘱咐了两句，不管出什么样的任务，都要先保障自己的安全，只有自己平安了，才能去帮助别人，才不会成为其他救护员和医生的负担。

宋子悠逐一笑着答应了。

直到宋子悠将门合上，宋子安脸上的笑容也无声无息地消失了。

男护工推门进来时，宋子安就靠坐在床头，神情严肃，眼皮垂下，也不知道在想什么。

男护工叫了宋子安一声，宋子安才抬起眼："我这里暂时没有其他需要，你去忙你自己的事吧。"

男护工应了一声，又出门了。

宋子安吸了口气，重新躺下，却没睡觉，脑子里想的全是刚才宋子悠说的话。

显然，宋子悠的话是经过加工处理的，并不是事实的全部，而且她非常顾及他的看法，也有考虑到他现在大病初愈的身体状况，所以说话有保留。

宋子安到底是了解宋子悠的，而且也非常清楚艾小娴的行事风格，以及陆纬的为人处世。加上整件事他虽然是当事人，却一直站在旁观者的角度上，心里只要稍微一琢磨，就明白了大概始末。

陆纬就和十年前他们刚认识时一样，低调沉稳，没有坏心眼，虽然不是耿直的老实人，却也是正人君子。

宋子悠平日虽然对谁都是冷冷的，和人交往也是慢热型，看上去有点儿高冷，可她从没有生过害人的心。一般女生那些小心眼和攀比心理，她也都没有，从来都只有她被同性暗害的份儿。

至于艾小娴……

一想到艾小娴，宋子安就长叹一口气，问题恐怕就出在她身上。

只不过宋子安很难对宋子悠开口，这里面的弯弯绕绕，他也是在昏迷之前才知道的。

事实上，就在大半年前，宋子安才刚遭遇了一次事业上的危机。他负责的一个建筑工程案，因为合作的结构师能力问题，而在施工期间导致了地库塌方事件。

幸好当时没有人员伤亡，否则这件事可大可小，建筑师和结构师都会牵扯在内。

宋子安和那个结构师所在的事务所得到消息后，第一时间开始内部调查，按照工程案件的调查顺序，有关部门首先要查的就是图纸上的问题，如果图纸没问题再去查施工方，然后层层查到底。

结果，在调查施工图纸的时候发现了纰漏，主要是几个在结构上的修改，涉及主要承重墙，上面还有修改和批注痕迹。

事务所和有关部门立刻调查负责的结构师，最终发现结构师和施工方的沟通记录，施工方想偷工减料，问结构师能不能改掉几堵墙，结构师同意了。再往下查，还发现施工方给结构师的好处费。

可是就在调查施工方时，施工方却把责任都推卸给事务所，说他们是不懂结构设计的，他们只是基于省料的原则，问结构师能不能动那几堵墙，结构师完全可以告诉他们不能动啊，没想到结构师不但同意了，还跟他们要红包。

施工方给结构师包红包这种事，一向是圈内不成文的潜规则，大家都心知肚明，谁也不说破，懂行的老人都明白，不过就是为了买个吉利。但是施工方却突然把责任推给结构师，相关部门只能继续往下查，进而又查到地产公司的交接问题。

这个楼盘项目是地产公司牵头做的，地产公司将图纸设计交给宋子安所在的建筑事务所，事务所出了图再去和地产公司指定的施工公司配合，等楼盘盖好再交给装修公司来处理内部。

而地产公司那边负责该项目的项目负责人就是艾小娴，也就是说，从开始和建筑师、结构师见面开会、应酬吃饭，到后面和施工公司做交接，都应该经过艾小娴的手。

几天之后，调查突然戛然而止，因为没有人员伤亡，施工公司也接受了罚款，和按照标准及时修整楼盘的处分，这件事总算尘埃落定。

和宋子安合作的结构师也被事务所开除了，进了行业黑名单。

可即便如此，宋子安心里仍是觉得不踏实，他有种预感，这件事没有那么简单，而且艾小娴一定是知道什么的。

艾小娴作为项目负责人和甲方代表不可能对此一无所知，她又不是傻白甜，建筑业和地产业内的黑幕她也心里有数，该做什么不该做什么一门清，是绝对不可能被人蒙在鼓里的。

可宋子安也不想在毫无真凭实据的时候就去质问艾小娴，索性就先找到被开除的结构师探寻内情。

那结构师被开除后，原本没有一家建筑事务所敢要他，没想到不到一个礼拜他就被一家国有单位的建筑设计所招进去做结构师。

宋子安觉得很奇怪，找到他以叙旧为名请客吃饭。

宋子安知道，这个结构师有个毛病，就是喜欢喝酒，而且一喝酒嘴上就会秃噜事。

果不其然，酒过三巡后，这个结构师的嘴就没那么严了，一问之下就道出实情，说是有人给他塞了一笔钱，还帮他搞定了新工作。

宋子安心里一咯噔，忙问那个人是谁。

谁知这个结构师却没有立刻回答，反而带着醉意还瞅着他，笑容非常古怪。

宋子安看到那笑容，心里渐渐凉了下去，他安静了几秒，吐出一个名字，问结构师对不对。

结构师咯咯乐了："到底是自己的女人，了解还挺透的。"

这话落地，结构师就咕咚一下倒在桌上，醉得不省人事了。

宋子安直挺挺地坐在那儿一动不动，整个人都寒透了。

他刚才说出的那个名字，就是"艾小娴"。

5

从结构师那里得到了证实之后，宋子安好几天没有和艾小娴联系，他仍旧去建筑事务所上班，仍旧将大部分时间放在设计里，可他整个人都变得沉默了。

也是从那一刻开始，宋子安花了几天时间回顾自己过去将近三十年的人生，以及他和艾小娴的关系。

宋子安忽然有点儿搞不明白，艾小娴到底是最近这几年才变的，还是她在大学时就已经是这样的人了，只不过表现得不明显，或者外界的诱惑不够大，才没有让他发现？

后来，宋子安想，大概是自己的双眼被一些事蒙蔽了，加上艾小娴在他面前很会伪装吧。

其实在这几年里，宋子安和艾小娴因为建筑项目合作的事，就已经多次发生口角，他们在一起的时候更多的也是因为项目，而不是私人感情。

私下里相处时，宋子安要不就是赶图纸，要不就是休息。而艾小娴呢，就算她来等宋子安下班，也多半是在玩手机，两人一起回家也是各忙各的。

宋子安生活的世界是单一的，交际圈就是项目的甲方和乙方，没有什么私生活消遣，更加不去声色场所，有点儿时间都用来睡觉，毕竟这行里因为过劳而猝死的年轻人也不在少数。

艾小娴的社交圈则丰富多了，她在地产公司任职，免不了和上级去应酬，要经常出入夜总会和KTV，还要请设计方和施工方吃饭，和相关部门的领导们应酬，这些事情占据了她的大部分时间。

当一个人过分疲倦的时候，就没有了花心思和用甜言蜜语哄另一半的精力，不是不够爱，是真的太累了。

这几年来，宋子安和艾小娴就是这样，感情也发展到一个瓶颈期，交往这么多年，已经是七年之痒，通常一对情侣到这个时期，再不结婚就会分手了。

一次，艾小娴应酬到很晚，回家时是带着酒气的。

宋子安正在书房里赶图，已经累得心力交瘁，这时候忽然闻到了一阵酒气，然后看到了笑得像是花蝴蝶一样的艾小娴进来。

宋子安的第一反应就是厌恶，他是不怎么喝酒的人，就算上酒桌也是适量，尤其讨厌在工作时被人打搅，还是被一身酒气的女人。

宋子安按捺住本能上的反应，很快到厨房给艾小娴冲了一包解酒茶，端给她之后正准备继续赶图。那时候马上就要放长假了，他希望在长假前把图做个收尾，然后利用假期和艾小娴一起去自驾游。

没想到艾小娴接过解酒茶，却就势拉住宋子安，问他什么时候去办结婚手续。宋子安一愣，下意识有些排斥，便说等她酒醒了再讨论这个问题。

艾小娴当场就歇斯底里起来，说自己没有喝醉，还说宋子安就是一直在逃避，根本没想过和她结婚，还质问宋子安是不是想甩了她。

“我在你身上浪费了多少年的青春，你要是不娶我，就别耽误我这么久。要么结婚，要么分手，你选一个！”

宋子安被艾小娴纠缠着不放手，只好说：“小娴，我正在赶一个设计图，我希望节前就能收尾，这样我才能踏踏实实地和你出去度长假，其他的事咱们可以度假时慢慢谈。再说你现在喝酒了，我说什么你醒来就忘了，你先让我去把图赶出来好吗？”

宋子安不得不承认，在说这番话的时候，他心里是有点儿言不由衷的。他也是到了这一刻突然发现，原来他对艾小娴已经变成敷衍了。甚至于当“结婚”两个字从她嘴里说出来时，他在本能上是拒绝的。他是喜欢艾小娴，他们也确实交往了很多年，他们有感情，但是艾小娴不是可以结婚的对象。

艾小娴听到宋子安的话之后，满脑子想的都是她被拒绝了，当下就急了：“你还想逃避到什么时候，我现在就想知道答案，可以结婚就点头，不愿意结婚就分开，这很难吗？只要你现在给我一个答案，我保证不再烦你，让你去赶你的图。”

宋子安没理艾小娴，直接回了书房。

艾小娴一愣，很快追上去，拦住宋子安，还把他桌上的资料一把胡撸到地上。

宋子安脾气也上来了：“你到底想怎么样？”

“我只要一个答案。”

“我现在赶图，也是为了和你去度假，有什么事不能度假的时候再谈吗，你非要这会儿无理取闹？”

“我无理取闹？宋子安，你一直在逃避我的问题，为什么，是不是你怕你说了，我会和你翻脸，以后就不能搞特权拿项目给你做了？你拿我当什么，跳板，免费床伴，还是可以利用的工具？”

这番话一下子就戳破了所有的窗户纸，但是话已经说出了，想收回来是不可能的。

其实艾小娴这时候的酒已经醒了，她听到自己情急之下脱口而出的话，心里也是一惊，可是事到如今又能如何，只能撑下去。

宋子安也被这番话恶狠狠地戳中了死穴。这些年外面一直散播着关于他和艾小娴的传闻，很多同行都在说，宋子安的能力是不错，但绝对不是数一数二的，经过他手的项目并不是非他不可，有时候遇到更有实力的竞争者，却仍会被他拿走项目，主要还是因为艾小娴是项目负责人。

宋子安听到那些话，只是笑笑，很少会去介意，毕竟他自己是有实力的，这一点他很清楚。他能把项目拿下来，并且顺利完成，还得到甲方的赞许，这些都不是那些谣言可以冲散的事实。

然而俗话说得好，滴水穿石，就算再坚硬的石头也扛不住日积月累的渗透。

宋子安虽然嘴上说不介意，心里还是有点儿不悦，只不过从来没有在艾小娴面前表现出来。

直到这一刻，连艾小娴自己都这样说，还说得非常难听，仿佛他这十年来的努力都是假的，他靠的都是女朋友的支持。

宋子安深吸一口气说："我从来没有让你把你们公司的项目拿来给我做。没有你的项目，我依然会有其他的案子。还有，你别忘了，我和你在一起的时候，咱们都在上大学，没有任何工作经验，我当时怎么会知道你去地产公司上班，我对你的感情是真的，我没有拿你当免费床伴。但是如果你要这么看轻自己，我也没办法。现在，请你出去，我还要工作，这个案子和你们公司无关，我需要对项目的甲方负责。"

艾小娴却没有走，她心里其实有点儿害怕的，刚才说了那么难听的话，要是就这样离开而没有解释清楚，恐怕那些话就会在宋子安的心里发芽生根，结婚就更不可能了。

"子安，你变了。"

宋子安站在桌边，听到这话先是一愣，随即抬起头，看着她的目光透着古怪。那是一种足以把她看穿的眼神。

"是我变了还是你变了？我一开始就说，地产公司的工作不适合你，你勉强自己做事会很不开心，要么就是被人玩，要么就是改变自己，去玩别人。你没有听进去我的话，你还成为了后者，你的确在公司里混得很好，升职很快，你也有权术手腕，你比同龄人升职都快，挣得也多，你绝对有能力养活自己……可是小娴，你有没有看过镜子里你现在的样子吗，你已经变成什么样了，你知道吗？”

艾小娴几乎已经是慌不择言了：“我变成什么样了，你这么说是什么意思，你是不是想分手？”

“你现在很不理智，咱们稍后再谈。”

“不，我就要现在谈！”艾小娴来到宋子安面前，又说道，“你现在在做的项目，也是因为有之前那些项目奠定的基础在，要不然人家凭什么指名找你？你这个年纪能做到现在这地步的建筑师不多，要不就是专业硬气而且运气好，要不就是家里有背景有资源，你属于前者，但是除了你的专业之外，你的好运气有一大半都是从我这里来的。我们公司的项目，并不是非找你不可，可我每次都推荐你，还冒着被人质疑护短的嫌疑，那么多舆论和压力我一个人都顶下来了，从来没有回来和你抱怨过，可你现在却告诉我，那些都是你自己努力得来的，完全忽视掉我的功劳，你这是什么意思，卸磨杀驴？如果在这些事情上你都要和我划清界限，那么我绝对有理由怀疑你是想和我分手，你从来就没想过和我结婚。”

听到这里，宋子安最后一点儿忍耐也消失了，他的声音也扬了起来，还带着几丝怒气：“你到底想怎么样？”

“是我问你，你想怎么样才对！”

宋子安冷笑一声，随即从书柜里拿出一堆装图纸的卷筒，然后一个一个打开，从里面拿出图纸，拍在艾小娴面前。

艾小娴一时不明白他的用意。

宋子安每拿出一套图纸，都能准确地说出这套图纸的完成日期，属于哪个城市，哪个地段，什么样的楼盘项目，而且每一套都是和艾小娴有关的。直到宋子安说完，艾小娴已经听傻了。

“这些项目，甲方的负责人代表都是你，而乙方的工程建筑师都是我，一共是七个项目。你刚才所说的在你的帮忙下我才拿到的项目，指的是不是这些？”

艾小娴沉默了。

宋子安又是一记冷笑：“好，就当是你在给我开后门，我从这些项目里获得了宝贵的学习和自我提升机会。我也因为这些项目而有了一点儿名气，强化了专业技能，那我现在问你，你又从这些项目中得到了什么？”

艾小娴愣住了：“你什么意思？”

宋子安转而回到桌前，从抽屉里拿出一支录音笔，然后按了两个键，里面很快响起一个男人的声音，正是之前和他喝酒的结构师。

录音里，结构师清楚地提到有人塞给他一笔钱，让他配合施工方改图纸。后来他被开除了，这个人还给他另外一笔钱，帮他解决了找下家的问题。紧接着，录音里又出现宋子安的声音：“你说的这个人，是不是艾小娴？”

艾小娴傻站在原地，不可思议地听着，整个人已经石化。

直到结构师说道：“到底是自己的女人，了解还挺透彻的。”

录音到这里结束了。

宋子安收好录音笔，抬起眼皮，非常冷漠而且冷静地看着艾小娴：“我想这应该不是你第一次这么做。我感觉你很娴熟，应该是熟能生巧，恐怕类似的事不仅发生在和我有关的这些项目里，还有其他的。现在你能不能老实回答我，在过去这七个项目里，有几个是你做过手脚的？”

艾小娴安静了几秒才找到声音：“这录音是怎么回事？”

“这是事务所开除的那个结构师，你应该不陌生。”

“我知道是他，可是他说的这些关我什么事？就算真有人收买他，有人在项目里动手脚，这个人也不一定是我啊，为什么你要怀疑到我身上？”

“你是项目负责人，甲方代表，除了你还有谁能做手脚而不被你发现？”

“你现在是在质问我？”

“我只是想搞清楚真相。”

“真相就是，现在这个案子已经尘埃落定，相关部门已经停止追查，损失也已经挽回了，所有人都没有损失，而唯一动过手脚的结构师也已经被开除，你还有什么不满意的？”

“你是在回避我的问题，是不是因为你心虚？”

“宋子安！”

宋子安却在写字台前坐下，眼光冰冷：“如果你想现在给我一个说法，我会洗耳恭听。但是如果你还找不到合理的解释，那就先请你出去，我需要工作。”

艾小娴离开书房之后，整个人都虚脱了，她瘫软在客厅的沙发里，脑子里一片空白，什么想法都没了。

也不知道过了多久，艾小娴才找回思路，她拼命让自己冷静下来，不停地深呼吸，然后喝了解酒茶，开始思忖对策。

艾小娴安慰自己说，不要紧，不要紧的，录音在宋子安手里很安全，只要稳住他，不要撕破脸，他就不会把这件事告发出去。

然而艾小娴转念又一想，其实以宋子安的为人，就算和他分手了，他也不会把事情说出去的，他那个人很重情分的。

但不管怎么说，艾小娴是不愿意失去这个男朋友的。如果可能的话，和他结婚也是加分项，何况他们还有深厚的感情。

对，就这样，等宋子安忙完了，明天休息好了，她再和他谈，跟他坦白自己做错的事，跟他说自己都是有苦衷的，让他不要生气……艾小娴坐在沙发里胡思乱想着这些，直到太累了，才瘫在沙发里睡着了。

第十九章　兄弟和解

1

第二天早上，艾小娴忽然清醒，发现身上盖了个毯子。

她立刻起身去书房和卧室找宋子安，屋子里却空荡荡的，他应该已经去上班了。

艾小娴愣了一会儿，又飞快地到书房里翻出那个录音笔，咬了咬牙，将那段录音删掉。然后，她终于松了口气，又将录音笔放回去。

这后面的事，一切都发生得很快。

宋子安没有利用长假和艾小娴去自驾游，他整个假期都在办公室加班，困了就睡在办公室，连家都不愿意回。

当然，两人见不到面，也就没机会吵架了。

艾小娴给宋子安发过几次微信，语气都很软，都是在道歉，还跟他说，那天是她喝多了乱说话。

宋子安都没有回。

艾小娴的耐心被磨没了，便跑到建筑事务所找他。长假期间事务所里没有其他人加班，只有宋子安一个。

艾小娴的出现，没有让宋子安感到意外，她如果不来找他才觉得奇怪。

这一次，艾小娴的语气很软，她一上来就是承认错误和道歉。但宋子安却说，她该道歉的对象不是他。幸好之前的地库塌陷事件没有引起伤亡，要是有人被砸死在里面，她负得起这个责任吗？

艾小娴心里拔凉，问宋子安打算怎么办。

宋子安严肃道："你和我吵架，和我无理取闹，说那些项目我都是因为有你的帮助才拿到的，这些事我都可以忍，但是和施工方、结构师串通一气偷工减料，这已经触及了我的底线，我不能和这样的人在一起。"

艾小娴一时无言，知道再怎么解释也没用，这的确是宋子安的底线。当初在大学里，宋子安就因为陆纬牵扯进那桩建筑事故事件而和他闹掰，甚至大打出手，连好兄弟都可以撕破脸，何况是个女人。

艾小娴半晌说不出话，她还是想挽回。

然而就在这时，宋子安却突然说："我把录音笔留在书房里了，我知道你一定会去找，会删掉那段录音。没关系，我已经备份在云端上了。"

艾小娴一愣："什么……你……你什么意思？你怎么能这么对我？那件事没有人员伤亡啊，你何必这样！好歹我和你交往了这么多年，你……"

宋子安却很快打断了艾小娴："我还以为你会继续辩解，说你是被人诬陷的。如果那段录音里说的不是实情，你根本不用紧张，就算录音被我公布出去又怎么样呢，清者自清。"

艾小娴听到这话，来了脾气："什么清者自清，都是自欺欺人，只要有谣言流出去，再清的水都会混浊。我真不明白，你为什么要留着那段录音，想以后找个机会告发我？你为什么要这么对我？！"

"你到现在竟然还不知道错，还问我为什么。我真的很想知道，你是从一开始就这样，还是后来才变成这样的？！"

"你没有站在我的位子上，你根本不懂我的难处，每一行都有自己的游戏规则，你遵照规则玩就有饭吃，不遵照规则玩就滚蛋。你以为我想变成这样吗？我不这样做，别人就会认为我不合群，根本不带我一起上路！”

隔了一秒，艾小娴又说道：“反而是你，这么多年了还一成不变，你知不知道你已经和整个行业脱节了。建筑师不是只要会画图就行的，还要上下沟通，要圆滑变通！而你呢，你从头到尾都是一根筋，以为只要设计图好就什么都好。其实不是这么简单的，你的图纸再好，如果没有人推荐出去，如果你不合群，不遵守这些规则，你就会蒙尘。毕竟这行里有才华的设计师太多了，多你一个不多，少你一个不少！”

艾小娴原本是来求和的，根本没想要更进一步撕破脸，可她也不知道自己是怎么了，竟然说了比那天醉酒更难听的话，会不会是这些年的压力一股脑儿地冲上来，才令她用这种方式发泄出来？

宋子安平静地看了她许久，不见一丝一毫的怒气，那眼神令艾小娴感到无比陌生和冰冷。

宋子安问她：“这些话你想说多久了？”

“我说的都是事实。”

“原来你已经走得这么远了，是我忽略了，我真应该早点儿和你分开。”

“你！”她顿时气涌如山，气得差点儿转身夺门而去。

可是这个念头只是一瞬间的，只要一想到录音，艾小娴就瞬间冷静下来。

沉默片刻，艾小娴放软语气，对宋子安说：“买卖不成仁义在，就算分手了还能做朋友吧，大家都在一个圈子里，低头不见抬头见。我们公司以后还有项目的话，我还是愿意推荐你的，到时候咱俩已经划清界限了，你完全可以按照自己的能力去做，不会再有人觉得你是靠女朋友。这样的话你能不能先把云端的录音删掉？”

艾小娴几乎已经拿出自己最低声下气的一面了，她还带着恳求的目光望着宋子安。可宋子安却丝毫不为所动。

这就是他的性格，一旦他对一个人寒透了心，就再也不会心软，自然也不会有任何转圜的余地，对恶人仁慈就是助纣为虐。

宋子安没理艾小娴，他径自走回到办公桌前，继续自己的工作，全然一副送客走人的姿态。

艾小娴走上前，又说了几句软话，可宋子安却拿她当空气。

艾小娴吸了口气，心里渐渐冷静下来，她知道如果不拿出一点儿值得交换的东西，宋子安是不会照办了。

好，干脆就进行一次交易吧。

艾小娴主意一定，开口说道："如果我和你做个交换呢，你肯不肯删掉录音，和我好聚好散？"

宋子安只是觉得好笑："我不认为你那里有什么东西是我需要的，我还要工作。"

"有件事，这些年来你不是一直抱有怀疑吗，你难道不想知道真相吗？"

宋子安静了两秒，终于抬眼，表情仍很平静。

艾小娴继续说："你应该知道我说的是哪件事。"

这回，宋子安的眉头几不可见地皱了一下。

虽然已经过了将近十年，可艾小娴很清楚，他心里一直存了个疑惑，就是当年在学校里，陆纬为什么会牵扯进那个工程项目的纠纷，为什么施工图上会有修改痕迹，导致项目在施工期间出现事故，地库塌陷，还有十几个民工因此丧命。

这件事和最近发生的那个案子很像，只不过一个死人了，一个没死人。

宋子安问："你说的是陆纬那件事？"

"对。"

"你知道内情？"

"对。"

有那么一瞬间，宋子安是怀疑艾小娴的，怀疑她是为了骗取录音而诈和。

"既然你知道内情，为什么当年不说？"

"又不关我的事，我凭什么要说。"

"好，那你说说看，你都知道些什么。"

"我只能告诉你一部分，你如果想知道后面的，就用手机登录云端，当着我的面删除录音，这样我才会告诉你真相。"

宋子安思考了一秒，点头："好，你先说个开头。"

"我的开头就是，陆纬是无辜的。"

宋子安一怔，身体迅速紧绷，眼睛也跟着睁大。

果然，陆纬是无辜的。以他的为人，断不可能为了一点儿利益就乱改图纸，导致最终工程出事。

2

其实在当时，宋子安也是如此坚信着的。在调查阶段，他还非常支持陆纬，哪怕别人再如何怀疑，他都没有动摇过。

直到调查结果出来，称的确是陆纬允许修改图纸，施工方是按照他修改过的图纸执行的，宋子安也渐渐不坚定了。

因为这事，宋子安还去找陆纬理论，两人吵了起来，甚至大打出手，从此撕破脸皮。

后来，陆纬就接受了学校的内部处罚，学校希望他自动退学，这样最起码不会在他的档案上留下污点，据说这还是当时负责项目的导师极力争取下来的。

陆纬退学了，可他再也不可能在建筑业立足，这件事也令他在业内“红”了一把，上了黑名单。

其实就在陆纬退学后，宋子安还去找过项目的负责人导师，问他内情。因为宋子安冷静下来之后越想越不对劲儿，他总觉得陆纬不会做这种事，一来这不符合他的性格，二来他也不是贪财的人，三来他家里虽然不是大富之家，却也不愁他吃穿，他怎么就突然因为一点儿钱就误入歧途?

太多的疑点环绕在宋子安的脑子里，可是那个导师却一个字都不愿意再提，还说这件事已经定案了，陆纬以后转行还是会有前途的。

宋子安只得作罢。但这件事却在他心里投下一抹阴影，直到这么多年过去了还时不时想起。

宋子安想到过去种种，追问道：“陆纬真是无辜的?”

艾小娴点头：“对，他是无辜的。”

“如果你知道他是无辜的，你为什么当年不帮他澄清，那关系到一个人的前途！”

“我也说了，那不关我的事。”

宋子安震惊地看着她：“原来你从那时候就是这种人。”

“是又如何?我不认为这样有什么问题。生活对我公平过吗，从来没有。当初我放下身段向陆纬表白心意，可他是怎么对我的，他对我不冷不热，完全不顾及我的颜面，害我成为别人眼里的笑柄。后来他落难了，那都是报应，我凭什么要理会他的感受?”

“你是说，当初学校里流传的你和陆纬的谣言，真实情况是你在追求他?”

“是又怎么样，都是过去的事了。”

宋子安看向艾小娴的眼神无比失望：“好，那你告诉我，当年的事内情到底是什么?”

“是有人陷害了他，最后的图纸不是他改的。”

“是谁？”

宋子安急于知道真相，艾小娴却话锋一转：“我已经说完开头了，你该履行约定删掉录音了。”

宋子安一顿，并没有为难艾小娴，这件事远比那段录音更重要。

他很快拿出手机，登录上了云端，然后将手机递给艾小娴，并且说道：“这是我的云端，你自己删除。”

艾小娴迫不及待地接过来，很快找到那段录音，点击删除，这才松了口气。

她将手机还给宋子安，又不安地问：“你该不会还在别的地方有备份吧？”

“如果你不相信，你可以在我的手机里找记录，如果你找到了，尽管删掉，但我保证你什么都找不到。”

艾小娴犹豫了一秒，很快将宋子安的手机翻了一遍，结果一无所获。然后，她将手机还给宋子安。

宋子安说：“现在，你可以说了。”

“陆纬是被冤枉的，但是冤枉他的人原本也没想到要做到这一步，谁也没料到施工的时候会出这么大的事，还死了十几个民工。你也知道，一旦有人命牵扯进去，这事就很难抹平了。”

宋子安听着皱起了眉，顺着艾小娴的提示思考，脑海中跳出了一个人。他心里一惊，有些不能相信。

直到艾小娴说：“看你这个表情，我想你心里也应该有个人选了。当时有这个能力做到这步，也是最直接能接触到施工方的人，除了陆纬就只有一个，就是当时那个项目小组的导师——王翀。”

宋子安顿觉头皮发麻，整件事如今想起来，细思极恐。

宋子安沉默了好一会儿，艾小娴等得不耐烦了，说：“好了，该说的我都说了，我还有事，就不打搅你赶图了。”

宋子安却突然叫住她：“等等，这件事你是怎么知道的？”

“当初在学校，我就觉得奇怪，但是我不肯定陷害陆纬的人就是王翀。因为我有一次听到施工方给陆纬打电话，陆纬很坚定自己的立场，说施工方要求修改的地方不能动，一旦动了会出事。所以后来出事的时候，我才觉得奇怪。”

“那后来呢？”

“后来，陆纬离开学校，这件事我也慢慢忘了，等到毕业之后我去了地产公司上班，刚好认识了当初的甲方负责人。我还见到他和王翀的关系似乎走得很近，两人还经常一起去喝酒。有一次还看到施工方那个老板也在。那天很巧，我也在那边请客户吃饭，经过他们的包厢时，刚好听到他们说起来这事。”

“你的意思是，他们在酒桌上亲口承认了，当初收受贿赂的人是王翀老师，后来事情败露了，他就把责任推在学生身上？”

“其实这种事也不少见，任何专业都有这样的老师，将学生的研究成果纳为己有，或者出了纰漏就把责任推卸给学生，比起牺牲学生的前途，总比牺牲自己的前途来得容易吧？而且你想想，站在校方的立场，他们是更愿意看到一个学生出错，还是更愿意看到一个老师出错呢？”

这些往事一幕幕在脑海中回荡着。

3

宋子安不知不觉地已经一个人在病房里待了一个多小时，直到男护工再次推门进来，问他晚上打算吃什么菜，要提前和医院的食堂订餐。

宋子安随便点了两个菜，抬手揉了揉有些疲倦的眉心，合上眼打算睡一会儿。

其实当时就在艾小娴告诉他真相之后，他就立刻想办法找陆纬。

陆纬的父母还住在原来的地址，一直没有搬家，他们也还记得宋子安。宋子安得知周末陆纬会回家，便和他父母约好了过去拜访。

宋子安也有点儿想不到，如今陆纬会成为消防员，当年在建筑系，他是专业最过硬的结构师，现在不做建筑真的可惜了。

宋子安把他知道的事告诉了陆纬，没想到陆纬听了却很平静，还对他说："我没做过这件事，当然知道是有人冤枉我。而且能冤枉我的人不多。我也有想过，应该是地产公司、施工方和王翀老师他们私下商量过，才决定推出来一个替罪羔羊，只有把责任推到我身上，才能将整体损失降到最小。"

宋子安完全没想到陆纬心里门清，有些震惊地说："既然你心里这么清楚，为什么不想办法给自己申冤？"

陆纬说："我一个学生能做什么？"

"那当初我因为这事跟你吵架，还跟你动手，你为什么不为自己辩解？"

"我辩解了，你没听进去，你忘了吗？"

宋子安彻底词穷了。

是啊，当初陆纬的确为自己辩解了，他们两人对峙的时候都很激动，可是因为他太生气了，对陆纬也太失望了，完全听不进去陆纬的话。宋子安一下子就颓了："是我没有相信你……"

陆纬却淡淡一笑："都过去那么久了，我早不介意了，你也不用往心里去，有机会再聚聚。"

宋子安点点头，说："好，约出来喝酒。"

"你现在还喝酒？"

"其实不怎么喝了，但是和朋友在一起，还是要喝的。"

"我现在经常要待命，基本上是滴酒不沾，除非有特别重要的事需要庆祝。”

“对，我都忘了，你现在是消防员……怎么想起做这个职业？”

陆纬笑笑，却没说话。

这之后没几天，建筑事务所所在的那个写字楼就发生了火灾。

宋子安和艾小娴当时都在里面，两人又发生了一次争吵。

现在想起来，宋子安自己都觉得唏嘘，将近十年的感情，如今已经变得惨不忍睹。

也正是因为宋子安和艾小娴已经撕破了脸，深知她的为人，所以当宋子悠支支吾吾地提到她因为想了解在火场里发生了什么事，这才跑去消防队工作，甚至和陆纬纠缠上的时候，宋子安第一个想到的就是艾小娴。除了艾小娴之外，他真想不到其他始作俑者。

不用问，这里面一定是艾小娴搬弄了什么是非，否则宋子悠干吗跑去消防队！

宋子悠显然也没有说实话，她话里有所保留，多半是因为还不知道他和艾小娴已经分手的事，想在他面前给艾小娴留点儿颜面。

想到这里，宋子安轻叹一声，他这个当哥哥的还真是惭愧，给妹妹添了不少麻烦，事到如今还要当妹妹的来顾全他的颜面……

之前他昏迷不醒，什么事都无能为力，但现在他醒来了，也是时候该为宋子悠做一点儿事了。

于是，宋子安很快拿起手机给陆纬发了一条微信：“我知道你最近很忙，列车坠桥的新闻我也看到了，等你忙完之后能不能拨出点儿时间给我，有些事我想和你说。”

微信发出没一会儿，陆纬就回复了：“好，我晚点儿来医院找你。”

“好。”

4

陆纬没有食言，傍晚的时候，他忙完消防队的事，就叫了一辆车来了医院。

宋子安还不能离开病房区，陆纬来到病房，手里还拿着一些零食，都是以前上大学的时候宋子安好的那口。

宋子安有些诧异："你还记得？"

陆纬坐下，拆开一包零食递给宋子安，揶揄道："你的口味这么独特，我长这么大就遇到你这么一个，想不记得都难。"

宋子安也觉得好笑，将零食塞到嘴里："这个可不能让子悠看到，不然她肯定要唠叨我。"

陆纬问："你现在还不能正常进食？"

"是可以正常进食，只要不吃油炸的、辣的，就没事，但是像这些没营养的东西，子悠一定会说，只能偷偷吃。"

陆纬动作顿了几秒，看到宋子安吃得很香，又看了看自己手里的整包零食，下一秒就将口袋收拢，重新放回塑料袋里，还把塑料袋放到一边。

宋子安问："干吗收起来，我才吃了一个。"

陆纬非常正经地说："你也说了，子悠会念叨。如果让她知道是我给你的，会连我一起念叨。"

一阵沉默，宋子安的表情不仅惊讶而且微妙："想不到你这么怕我妹。"

陆纬皱了皱眉头："子悠的脾气你应该最清楚。她这个人虽然不难相处，但是一旦碰触她的原则底线，她比谁都强硬，而且她很会摆脸色，我也不想没事找事。”

要不是看陆纬一本正经的样子，宋子安真的会笑：“还真是一物降一物。”

但陆纬拒绝再进行这个话题：“你叫我过来，不是有事要说？”

宋子安“哦”了一声：“我今天白天见过艾小娴了。”

陆纬挑了下眉，没做声。

宋子安又继续道：“其实在我出意外之前，和艾小娴就分手了。”

陆纬一怔：“因为什么？”

“因为很多事。”

“哦，比如呢？”

“比如，性格不合，职业理念不同，很多事情的观念相差越来越大。她在地产公司上班，要遵循那边的玩法规则，刚好那些事都是我看不惯的，因为这样的摩擦经常会吵架。直到我出事前几天，我们吵得很凶，基本上等于撕破脸了，还顺便提到你。”

陆纬微有诧异：“我有什么事值得你们聊起的？”

“这就是我找你来的原因——对了，你知不知道子悠为什么突然去了你们消防队？”

宋子安本以为陆纬对此毫不知情，没想到陆纬表情很淡地说：“知道，她是因为你。”

宋子安愣了。

陆纬微微笑了：“子悠一直怀疑你在火灾里出的意外性质不单纯，你又一直在昏迷，她没办法，就自己跑到消防队想追查。”

“原来她什么都和你说了？”

“其实也是因为我看出一些端倪，她被我问出来的。她刚到队上的时候对我很不客气，时不时就找我的麻烦，好像看见我就生气。我那时候还不知道为什么，后来才慢慢知道，原来她一直把我当作害你昏迷的元凶。”

宋子安好一阵无语，甚至还有点儿头疼："这误会也闹得太大了吧。"

"不只如此，她还跟你和我在大学时的同学去调查以前的事。她很好奇，为什么当年在学校你和我大打出手，又是因为什么事情闹掰的。"

病房里安静了好一会儿，宋子安努力消化着这些信息，半晌才问："还有什么事，你还是一口气都告诉我吧，不要分开两次吓我。"

陆纬低声笑了，说："你这个妹妹真的很天才，也很能折腾。她有一段时间还怀疑艾小娴和我有点儿什么，以为咱俩闹翻了，是因为艾小娴。"

这都哪儿跟哪儿啊？

宋子安问："还有吗？"

"还有什么，不是应该由你来告诉我吗？我的直觉告诉我，你这里一定有一些是我不知道的事。比如，你和艾小娴说分手，怎么会提到我？"

宋子安沉默了两秒："你还记不记得在我昏迷之前曾经找过你，我说你是被冤枉的。"

"记得，怎么了，难道是艾小娴告诉你的？"

"对，其实她当年就知道不是你了，后来她在地产公司上班的时候，听到公司里的一个项目负责人和施工方那个老板，以及王翀老师的对话，他们亲口说的推你出来当替死鬼。"

"原来你是从她那里知道的……"

"后来我昏迷不醒，子悠就突然跑到消防队去调查这件事，我醒来以后觉得很奇怪。这件事太不合常理了，也不像是子悠的性格，她怎么会怀疑到消防队去。我猜这里面一定是有人跟她说过什么，故意误导她往你身上想。"

陆纬倒是很平静："是艾小娴误导的她。"

宋子安很吃惊："原来你什么都知道？"

"也不算是什么都知道，就好比说，我就不知道王翀老师那个消息的来源是艾小娴。还有，我也不明白为什么当年艾小娴知道我是无辜的却一声不吭。你出意外之后，她为什么要把脏水往我身上泼。这些事，我想你可以给我一个解释。"

宋子安长叹一口气："艾小娴当年追求你的事，还记得吗？"

陆纬的眉头皱了一下："严格来说，那应该不算是追求，最多只是表达一下好感，我很快拒绝了。"

宋子安忽然摇头笑了："你看，就是你这种带一点儿骄傲、冷漠的感觉，才会让这个女人念念不忘。"

陆纬不懂。

"也就是子悠能治得了你。其实，你当初拒绝艾小娴之后，她一直把那件事挂在心里，她对你有怨恨，所以你出事了，她才故意不出声的。"

"这个女人的心思这么重，你是怎么看上她的，你的口味也真的很奇怪。"

"我也是被蒙蔽了，再说她也有她的优点。"

陆纬有些嘲讽地勾起唇角："是吗，她趁你昏迷的时候在子悠面前搬弄是非，这也是优点？"

沉默了几秒，宋子安才找回声音："我今天叫你过来，本来就是想把我知道的事告诉你，没想到原来你都知道，还有一件事，我想嘱咐你。"

"你想说，让我对子悠好一点儿。"

"她从小生活就不好，家庭关系复杂，幸好在学习上没遭过罪，工作和专业也不错。要不是因为我的事，她现在肯定还在私家医院上班，高薪厚职。"

"要不是因为你的事，我也没机会再见到子悠。"

宋子安一听到这话，心里的石头等于放下一半了："你这么说我就放心了。不过我还是要把丑话说在前头，要是你对不起她，让她哭，我可和你没完，多好的兄弟也不行。"

陆纬点头："放心，你舍得我还舍不得。"

"至于我和艾小娴的事，我会找机会和子悠说的，暂时先别让她知道，我就怕她得知来龙去脉，会去找艾小娴理论。"

"这个你也可以放心，她现在只知道艾小娴误导了她，不过她认为主要原因是艾小娴忌妒心重，并不知道你和艾小娴分手的那些纠葛和我被陷害的事。"

宋子安有些好奇："其实我一直想问你，如果现在有机会可以帮你翻案的话，你想试试吗？"

陆纬笑道："如果是十年前，我会赌上我的一切也要翻案，哪怕只有一点儿证据。但是现在，那件事我早就看淡了，像是上辈子发生的，比起建筑业，我现在更关心消防队。"

宋子安松了口气："你看得开就好。虽然你现在的工作危险系数高，但是我相信你没问题的。"

"再过几年，我会申请去做培训教官，到时候体力也开始走下坡路了，也可以慢慢退到二线。"

宋子安有些欲言又止："好，那就好……"

陆纬看穿了他的心思："至于子悠那里，等今年年底，我会和她谈离队的事，让她回到医院。既然我和你之间的疑团已经搞清了，她也没必要将才能埋没在消防队。"

宋子安终于笑了。

第二十章　顺理成章

1

列车坠桥行动之后，消防救援和医疗急救瞬间成了连日来的热议话题，频繁上热搜，当时救援的几段视频也被网友们争相转发。

陆纬由于肌肉拉伤，需要休整两天，便接受其他单位的邀请去上课培训。宋子悠也被领导安排接受了几次访问。

一整天下来，身体虽然休息了，但是嘴巴很累，两人心里都是苦不堪言，连照面的机会都很少。如此连续几天后，直到第四天傍晚，两人在消防大队的门口撞上了。

消防大队的队门近在咫尺，两人却一同停下了脚步，你看着我，我看着你，谁也没有挪动。

直到陆纬垂眸扯了下唇角，仿佛笑了一下，随即率先迈开长腿，拉住宋子悠的手往反方向走。

宋子悠先是一怔，遂笑开了问道："这都走到门口了……你拉我去哪儿啊？"

"约会。"

"那要是别人问起来，你怎么解释没有按时归队？"

"迷路。"

"在大队门口？"

陆纬没吭声，直接叫了辆车。

两人上了车，陆纬默不作声地握住宋子悠的手，轻轻捏着，问："手怎么这么凉？"

"中午吃得少，热量不够。"

"节目组没管饭？"

"管了，不过不合胃口，肉没肉味，很想念上次在你家吃的那顿红烧肉。"

陆纬挑了下眉梢，忽然跟出租车司机改了地址。

宋子悠怔住了："你要我跟你回家？这个时间？"

陆纬一边应着一边翻出手机，给陆母发了条微信："妈，家里还有菜饭吗，晚上吃的是什么？"

陆母很快回复了："有呀，不过剩的不多了，儿子你要回来吃饭吗？"

"嗯，我带子悠一起回去。"

"哎，好好好，那我赶紧去炒两个热菜！"

宋子悠伸着头看到这番对话，拍了一下陆纬的手臂："都没打招呼，就去打搅叔叔阿姨……"

陆纬反手抓着她，笑道："没事，我爸妈知道你要去，高兴都来不及。"

宋子悠没吭声，只是斜了他一眼。

等陆纬收好手机，问道："今天节目录得怎么样？"

"还是老样子，提前把要问的问题告诉我，我到时候如实回答，把那天的情况说一遍。你呢，课上得如何？"

"我负责讲，盯着救援队的队员们练习。"

"纯讲？"

"嗯，纯讲。"

"那对你来说一定很枯燥。"

"的确，看得我手痒。"

“过两天你就可以做点儿简单的训练了，慢慢来，要让肌肉完全恢复。”

“好，都听你的。”

两人下了车，一边往陆纬父母住的小区里走，一边还在说网上流传的视频，直到陆纬突然提到前几天宋子安把他叫到医院的事。

宋子悠很快追问：“我哥找你做什么？”

“主要是为了你。”

“为了我？”

“子安怕我对你不好，怕我欺负你，其实他这种担心真是多余，你是他的妹妹，他应该知道你有多能耐。”

宋子悠斜睨着他，说：“哦，说得我好像很凶似的，我都怎么能耐了？”

陆纬开始细数：“你刚到队上的时候对我很有敌意，低头不见抬头见，你没事就找我的不痛快。”

“嗯，这算一条，继续。”

“酒楼爆炸那次，我让你不要逞能，你还在节目上和我争辩。”

“还有呢？”

“还有，平日在队上，稍有点儿意见不和，你一定会抗争到底，非得别人妥协才行。”

宋子悠皱了下眉：“我有吗？”

“陈放他们几个还在私底下说，不管宋队医说什么都要答应，否则真的会吃不了兜着走。”

“我这么可怕吗？”

“我的队员去医务室的时候，尤其怕你。”

宋子悠几秒没说话，直到陆纬说：“不过后来他们没有再因为这些事怕过，都知道你是刀子嘴豆腐心。”

宋子悠有些无奈地说：“其实我就是纸老虎，你见过我真正凶过谁啊？”

陆纬忽然站住脚，低下头瞅着她。

宋子悠下意识问：“怎么了？”

“虽然你我现在的关系不同以往，我还是希望你有什么意见可以直接告诉我，想凶就凶，不用顾忌。”

“你很希望我对你板着脸吗？”

陆纬笑了：“不管是你对我板着脸，还是对着我笑，我都喜欢。”

这嘴就跟涂了蜜似的。

宋子悠脸上有点儿热，她垂下眼皮，睫毛眨了两下，半晌才几不可见地点了下头：“嗯。”

下一秒，陆纬的唇就落了下来。

2

晚饭吃得热热闹闹，宋子悠又被陆纬的父母喂了个十成饱，等她和陆纬离开陆家，肚子还在发胀，两人没有立刻叫车回队上，而是选择步行。

陆纬说，他高中学校就在附近，问宋子悠想不想过去看看。

宋子悠的脑海中跟着就浮现出一个不苟言笑的少年形象。

“我第一次见你的时候，你是不是刚上大学？”

“嗯，大一。”

“那时候应该和你上高中的样子差不多吧？”

陆纬轻笑着问：“想不想看看那时候的我？”

宋子悠一怔：“好啊！”

陆纬拉着宋子悠一路溜达到高中学校门口，大门果然关上了，校园里亮着路灯，还可以看到操场方向的篮球场和跑道。教学楼那里大部分教室都是黑着的，只有一两间办公室还有人影。

宋子悠好奇地张望着："奇怪，这个时间，高三的学生应该有晚自习吧，怎么这么早就关门了？"

陆纬不动声色地拉着她从大门离开，沿着学校的高墙走，边走边说："高三因为学习课业重，都会单独搬离这里，在外面租一块地方上课，所以这里只有高一和高二。"

宋子悠听着陆纬开始讲述高中时期的趣事，走着走着就开始感叹："可惜，都关门了，也没机会进去看看……"

陆纬忽然站住脚："谁说没有机会。"

宋子悠一顿，抬眼的瞬间，顺着他指向的方向看去，才发现已经不知不觉来到学校后墙。

后墙有一条小路，周围一个人都没有，只有几棵树，其中一棵树歪着脖子，枝叶伸进墙壁。

陆纬来到树下："来，我扶你上去。"

宋子悠简直不能相信，却又有点儿跃跃欲试。她在学校一直是乖乖女，做过最叛逆的事也不过就是卖个考试答案，根本没有翘课的经历，更不要说是翻墙了。

也不知道为什么，都毕业这么多年了，竟然突然有一种逃课的兴奋感，她不由得想起以前在学校里见到其他学生翻墙跑出去的模样，一个个脸庞上都带着雀跃。

宋子悠忍着笑，抿着嘴，神经紧绷着，借着陆纬的力道爬上歪脖树的树干，然后一脚踩到墙上。

陆纬在墙下低声喊道："先别下去，等我。"

宋子悠应了一声，一动不动，就乖乖地蹲在那里。

事实上她自己也不敢下去，墙下黑漆漆的，这附近没有灯照着，也不知道下面是什么。

直到陆纬也踩上墙，拿出手机朝下面照了一下，只有土坡和树叶，他收好手机，利落地往下一跳，落在地上，随即回过身，朝墙上张开手臂："跳吧，我接住你。"

宋子悠点了下头，顺着墙头往下一滑，下一秒，就稳稳当当地落在陆纬怀里。

她惊呼一声，双手还攀在他的肩膀上，嘴里溢出一声轻笑："咱们好像在做贼。"

紧接着，宋子悠就感觉到背脊贴上后面的墙身，陆纬抱着她往前迈了一步，将她困在他和墙壁中间。

宋子悠一怔，快速眨了两下眼，就着昏暗中一丝微弱的光，感觉到拂过自己鼻尖的温热呼吸。

"以前我们学校的老师抓早恋就往这里找，只要用手电筒照一圈，一抓一个准。"

宋子悠诧异道："你是说大家就躲在这里早恋？"

"嗯。"他的声音挨得很近。

宋子悠心口扑通扑通地跳着："那你呢，被抓到过吗？以前有没有带哪个女同学过来，把她压在墙上？"

这话一问完，宋子悠就屏住呼吸。

直到陆纬的声音落下来："这是第一次，我以前一直想试试。"

下一秒，他就把宋子悠压在墙上。两人的唇就吻到一起，难舍难分。几分钟后，陆纬拉着脸色绯红的宋子悠从墙下钻出来。宋子悠一路低着头，唇角挂着笑，突然之间好像又做了一次高中生，还是非常叛逆的那种。

宋子悠还说："和你来了这一趟，我才发现自己上高中那会儿生活有多枯燥，好好的青春期、大好的年华都浪费在书本课业里了。"

陆纬挑了下眉："后悔没有逃课和早恋？"

宋子悠老实地摇头："还真没有。我干过唯一一次坏事，就是和陆明一起，还被你抓包了。”

陆纬“哦”了一声，说：“还好没有。”

“怎么，要是我说我高中就早恋了，你能怎么样？”

陆纬没说话，下颌却绷紧了。直到两人来到教学楼前，陆纬拉着她走进一楼大门，拐进走廊。

就着楼道里的光，宋子悠很快就看到走廊墙壁上挂着许多照片，一张张栩栩如生，全是这里的师生合照和学校获得的荣誉奖状。

宋子悠一张一张看过去，努力寻找着陆纬的身影。随即在一张运动会赛场的照片里找到了正主儿。

宋子悠就站在那儿，好奇地盯着看，脸都要扎进去了，看得非常仔细。

陆纬问：“怎么样，还满意吗？”

“你那时候就像现在这么高了？”

“可能要比现在矮一点儿。”

“但是你看，你比旁边的人都高了半个头。”

陆纬不置可否地扬扬眉。

“很青涩，一看就是十五六岁的少年。”

陆纬听到这个评价，也凑上前：“是吗，那现在呢？”

“现在是个男人了，顶天立地，救死扶伤。”

陆纬的目光落下，里面瞬间柔情似水。

两人的视线胶着在一起，直到走廊另一头忽然传来说话声，好像是巡楼的老师。

两人同时一顿，陆纬二话不说就拉着宋子悠跑出教学楼，一路跑回到后墙，按照原路翻出去。

宋子悠那一路上都在笑，她是真的觉得新鲜有趣，好像自己的青春期又时光倒流一样。

等离开学校，两人沿着小路往大路的方向走。

宋子悠嘴角的笑意隐隐浮动，她说："你说要约会，我还真想不到是这种形式。"

陆纬问："那你想象中是怎样的？"

"一般来说不都是吃个饭看个电影吗？"

"如果是看电影，要很晚才能回队上，明天咱们都不休假，要早睡，改天吧。"

"好。"

"想看什么电影？"

"我也不知道，我很少看，对现在的明星也不熟悉。"

"我也是。"

两人同时沉默了几秒。

他们的工作和一般人不同，所以和现在的都市生活也会脱节，明明是生活在闹市中，却总有一种与世隔绝的感觉。

宋子悠打破沉默，说："要不就随便找一部，如果好看就看，不好看就在里面睡觉？"

陆纬轻笑："好。等看完电影，咱们去医院看子安。"

这样的相处模式似乎很平淡，也很像是无色无味的白开水，但是很奇妙，她偏偏觉得有滋有味，还在里面尝到了一丝甘甜。

宋子悠唇角的笑始终若隐若现。

过去二十几年，她的家庭生活充满动荡，后来工作了也是每天看着生生死死，渐渐地下意识地就把自己当作一个旁观者，保持心理上的平静。

或许也是因为这个原因，现在的她，哪怕只是像这样平淡如水地聊着没有营养的话题，都觉得印象深刻。

也许生活本该如此简单，它很容易得到，也很难能可贵，但不管怎样，现在这样的生活就被她抓在手里。

她很珍惜。

3

城市的事故率并没有因为列车坠桥事件而降低，每天依然有大大小小的事故出现，有一大部分因素是由于人为的轻视。

第二天一早，消防大队就接到事故消息，紧急出动。

事故发生的地方距离消防大队不远，有一辆疲劳驾驶的小轿车，因为司机打了一下瞌睡，车子一下子就扎到路边的小超市里。

小超市刚刚打开门做生意，老板正在收拾杂物，冷不防一辆车朝他开过来，他已经反应非常迅速地往超市里躲，却被货架挡住了身体。

小轿车冲进超市里，更将老板碾在底盘下。

陆纬带队出动，来到现场一看，超市已经是狼藉一片，附近有很多晨间上班的群众围观，还有不少人拿出手机拍照和录视频。

陆纬一声令下，让张青云负责疏导群众和拉上警戒线。

陆纬从小超市正门进入，看到半个车身破墙而入，车轱辘还在飞速旋转。

而车里的司机早已晕厥，根本没能力拔掉车钥匙。

陆纬又蹲下身，问被压在车身下的老板情况，那超市老板还是清醒的，但是人很害怕，整个人都处于一种崩溃状态：“求你们快救我出来！”

这时陈放跟着走进来，陆纬说：“必须先把车停下，抬起车身，把人救出来。”

陆纬话落，又看向驾驶座里的司机，说：“司机头部受伤，昏迷中，叫队医准备。”

"是！"

陈放领命去了，陆纬对着对讲机说："分两队行动，一队负责抬起车身，一队负责将司机救出来！去拿安全气囊和铁铤，还有千斤顶、电锯和支架！"

队员们很快行动起来，这些工具都不轻，需要三四个队员一起动手，陆纬勘察完情况，走出超市，刚好迎上拿着急救箱和担架过来的宋子悠和刘创。

宋子悠立刻问："伤者情况怎么样？"

陆纬说："司机像是头部贯穿性受伤，但还有脉搏和呼吸。"

队员们拿着工具冲进超市，一拥而上，试图将工具塞到车身下，将车子抬起来一点儿，同时将底盘下面的超市老板拉出来。

车轮一直在旋转。

因为这番动静，超市老板发出哀号声，但幸好身体没有被底盘卡住，很快放到担架上，抬出超市。

刘创快速给老板检查了一下伤势，初步检查只是表皮受伤，没有发现任何骨折，头部也没有受到撞击，但为了保险起见，还是要送医做进一步检查。

接下来才是最难的环节，要把昏迷不醒的司机拉出来。

陆纬让队员们敲开后车窗，他从后车窗爬进车身，来到倒在方向盘上的司机后面，随即伸长手臂将车钥匙拧下来。

车轮渐渐停止转动。

队员们将车门拆卸下来，将司机运送到担架上。

两名伤者都被及时送到医院。

在回程的路上，宋子悠打开车窗，让风透进来，随即看向久久无法平静的刘创。

经过男童双腿截肢和列车坠桥事件之后，刘创明显成熟了不少。每一次历练都仿佛在他身上蜕掉一层皮，原本那个刚入队时还略显青涩的男人，如今已经渐渐成长起来。

宋子悠问："怎么样？"

刘创说："感觉又学到了一点儿东西。"

"学到了什么？"

"其实今天咱们的医疗救援没有出多大力，也没有现场发挥的余地，好像只是拿担架送伤者去医院。严格来讲，其实整个行动，每个人表面上看作用都不大，可是大家加在一起，只用了十分钟就救下两名伤者，没有延误治疗，咱们队的团队协作能力真的很强。"

"应该说，是所有经过长期严格训练的消防队、救援队和医护队，协作能力都很强。"

"对，我就是这个意思。"

"其实面对意外和灾害，人类的力量非常渺小，也许有时候整队人上去都抵抗不了，更何况是一个人的力量呢？这种时候，咱们能做的就是相信队友，协同合作，大家一起完成任务，救下伤者。"

刘创用力点了下头，脸上始终挂着笑容。

除了刘创的变化之外，其实在这次行动里，宋子悠还注意到陆纬的变化。通常像这样的行动，陆纬会习惯性地让张青云帮忙，但是今天忙里忙外的人都是陈放。

4

中午吃饭的时候，宋子悠和陆纬坐在一桌，按照以前的习惯，陆纬会和队员们一起坐，但是自从列车坠桥事件之后，但凡到了吃饭时间，队员们就会默契十足地让开位子，把陆纬四周围都空出来。

宋子悠开始还觉得尴尬，后来也不在意了，索性就大大方方地坐下吃。

原本可以容纳六个人的餐桌，现在只有两个人面对面而坐，宋子悠刚好有话要问陆纬。

“下一步，你们是不是打算把陈放提上来？”

陆纬将自己盘子里的红烧肉瘦肉的部分夹下来，放到宋子悠的盘子里，说：“你看出来了？”

宋子悠不疑有他，将肉放到嘴里咀嚼着：“嗯，挺明显的，这事儿副队也OK吗？”

“是青云自己提出来的，他知道自己留在一线的时间不长，我们私下商量过，觉得把陈放提上来最适合。”

宋子悠倒是有点儿好奇了：“比起陈放，我还以为你们会选方义夫或是张淳。”

“为什么？”

“方义夫稳重，张淳聪明。”

陆纬轻笑一声：“你有没有觉得，他们两人和陈放的搭配一向不错，只要方义夫和张淳在，陈放的发挥经常让人感到惊喜。”

宋子悠点了下头，这倒是。

“陈放平时看上去咋咋呼呼的，到了关键时刻从没掉过链子，而且反应比其他人都快，临场发挥也冷静。遇到特殊情况，也是他们几个人当中第一个做出判断的人。这些都是身为副队长应具备的特质。方义夫和张淳更适合配合陈放做副手，等将来陈放做上副队长，再历练几年，我会培养他做队长，到时候方义夫和张淳就会有一个提拔成副队。”

宋子悠听得一愣一愣的，她没想到陆纬已经想得这么远了。

宋子悠眨了一下眼，小声问：“你都准备培养下一个队长了？可你还不到三十岁。”

“差不多了，三十岁之后我的体力就会开始走下坡路，我已经向上面申请了，领导们也认为我很适合做教官，平日我处理的文书工作他们也都很满意。将来如果做消防队的总队长，就会将大部分精力放在后方，就算有重大任务需要我带队上一线，我也是指挥官的角色。而且有我在，这帮小崽子心里也踏实，要是把他们交给其他的指挥官，我也不放心……”

陆纬一边吃一边说着未来的规划，他的脸上始终挂着笑，可宋子悠心里却很清楚，他并不是一个着急升官退居二线的性格，这里面一定还有其他原因。

宋子悠问："你早就有这层打算了？怎么之前没听你说过。"

“也不是早就有，就是从列车坠桥事件之后开始考虑的。”

宋子悠狐疑地皱了下眉："到三十岁就准备退下来，不觉得太早了吗？"

“不仅是我，还有你。”

“我？我怎么了？”

“你最初来消防队是为了什么？”

宋子悠这才明白他的意思，却没吭声。

“现在那个理由已经不存在了，你是不是也该考虑回到医院急诊室了？以你的能力如果一直留在消防队，不仅对你的前途没有帮助，对患者们也是一大损失。一线危险，你能施展的空间也不大，但是在医院的急诊科，你有空间有环境，你可以救回更多人的生命。”

宋子悠放下筷子，一脸正色："我不这么认为。大医院的设备的确比较齐全，工作空间和环境也好，我可以在那边随时待命，也有可能会救下很多人。但前提是，那些患者要活着进了急诊室才行啊。你知不知道每年有多少人在上救护车之前就已经去世了，又有多少患者在救护车里停止呼吸？或者，他们虽然活着抬进急诊室，却已经过了最佳的救助时间，我们做什么都是徒劳的。我以前也觉得这些事很无奈，还劝自己说，没关系，不要往心里去，我能做的就是守好急诊室这一亩三分地，我能救一个是一个，不要太自责。可是当我来到消防队，真正接触到一线之后我才明白，我以前的想法有多天真。”

四周吃饭的队员们渐渐离开，很快，餐厅里只剩下寥寥几桌人。

陆纬没有打断宋子悠，只是安静地看着她，她谈到自己的专业时脸上像是在发光。

“其实一线是医疗救援最应该重视的环节，那是宝贵的黄金时期，如果错过了，后面的急救措施就要加倍，病人会承受更大的痛苦，医生也需要花费更多的时间和努力，既然如此为什么不在一线就做好铺垫呢？就好比今天来说，那个头部有贯穿伤的司机，你知不知道如果他只是被消防员救下来，救护车和医护人员没有立刻跟上，在现场和送往医院的路上做好铺垫工作，他根本没有可能活着送到急诊室？还有那天列车坠桥，那个在车里血流不止的乘客，还有他的父亲刚逃出来就心脏病突发，如果不是医护人员及时跟上，他们父子很有可能会因此丧命。在这个时候，急诊室和急诊室里的医生能做什么呢？他们只能等待，急诊室是死的，它不会移动，急诊室的医生也不能离开，需要二十四小时待命，他们无法对一线有需要的患者施以援手，只能看着那些送进来却没有急救价值的患者叹一口气。如果患者运气好，我们会对家属说，好在送来及时，如果运气不好，我们又会对家属说，对不起，我们尽力了，患者送来得太晚了。

“还有一点，在大医院不只要做医生，还要懂得办公室政治，你也知道我的性格有多不擅长这件事，很多时候我都不知道自己做了什么，就把人得罪了。除了救人之外，我首先要先会‘做人’，做一个圆滑的人。可这件事原本就不是一个医生应该做的。我只希望在救人的时候可以单纯一点儿，我不管他是谁，只要他是患者，我在这一刻挽救他的生命，就是这么简单。

“这样的想法从我开始工作就一直存在，但所有人都说我天真，说我不现实，说这种事是不可能实现的，我自己也知道不可能，所以后来很少对人讲。直到我来了这里，我发现其实消防队的医疗队就是这样的，只问一线救援，不问其他。又或者是我没有看到有其他，我只专注在这件事情上，我很满足，我不认为有什么理由要离开。”

宋子悠一口气说完这些，真是不吐不快，这些话她也不知道憋在心里多久了，一直没有找到合适的人、合适的机会脱口而出，即便对她哥哥宋子安也不曾如此肆意地敞开心扉。

直到这一刻，陆纬开始规划他们的未来，宋子悠终于一吐为快。

宋子悠本以为她说完这些，他们会有一番争论，可是当她话音落地时，陆纬却只是微笑着看着她。他的眼里充满了欣赏和温柔。

“你干吗这么看着我，我说得不对吗？”

“不，我觉得你说得都对，我实在不知道该怎么反驳你。”

宋子悠困惑地皱了下眉头：“你怎么会突然想到要提这件事？”

“也没什么特别的理由，只不过到了这个年纪，也是时候提前规划一下以后。”

尽管陆纬如此解释，可宋子悠却觉得这里面一定有其他原因。

“那么，你是不再反对我留在队里了？”

“如果你问我的意思，我依然觉得回到医院更适合你，而且将来咱们要是结婚了，也是需要慢慢退下来的。不过在个人实现上，如果你更喜欢留在这里，我也不会强行灌输你其他出路，只要你喜欢，比什么都重要。”

宋子悠一怔：“结婚？”

陆纬挑眉反问：“怎么，咱们现在发展这么稳定，如果不出意外，下一步结婚不是顺理成章的事吗？”

宋子悠蒙了，原来陆纬已经想得这么远了。

第二十一章　狼狈忏悔

1

就在陆纬和宋子悠聊未来规划的当天下午，一条交通主干道上发生连环撞车，五车相撞，道路立刻瘫痪，而且有人受伤。

道路现场冒着烟，后面的车被堵住，幸好不是晚高峰，否则拥堵现象将会更严重。

就在消防车赶去的路上，交通部门也正在积极调整附近车辆行驶，将近一个小时的时间终于把道路清出来，让消防车通过。

车内宋子悠面色凝重，临下车前对刘创撂下一句："医院的救护车被堵在后面，要过来起码还要半个小时，所以咱们要根据伤亡人员的先后次序进行抢救。"

刘创一怔，很快应了。

救护队无论是在城市还是在野外，都有救援次序，先救重伤患者，再救轻伤患者，有些患者因为受伤过重，没有救活的希望，则会当场放弃。

陆纬带人来到现场，见五辆车撞在一起，难解难分，现场除了冒烟，还能听到车内人的呼救声。

陆纬很快对张青云、陈放说："你们带人去后面那两辆。"

两人很快执行命令。

陆纬来到第一辆车一看，有个男人坐在驾驶座上。他的意识还很清醒，但人似乎很害怕，一直在颤抖，身上没有伤痕，只有双手掐着自己的颈部。

男人呼吸急促，好像不敢说话，陆纬立刻对这时赶上来的宋子悠说："好像是颈部动脉扎伤。"

宋子悠点了下头："交给我。"

车门打开，宋子悠蹲在男人身边，高声询问男人伤势，让他用点头或者摇头来回答。直到沟通完毕，宋子悠让男人一点一点地缓慢放开其中一只手。男人照办。

宋子悠很快就看到颈部动脉扎伤的位置，她立刻拿出急救胶布进行补救，直到男人流血变得缓慢，才移动男人将他放在担架上。

宋子悠喊刘创将伤者先送上车，静候救护车。

就在这时，陈放朝这边喊道："宋队医，这里有一位孕妇！"

宋子悠一怔，立刻冲向后方。

陆纬和张青云正在撬开车门，陈放对宋子悠交代情况。

孕妇的丈夫已经昏迷不醒，他们现在要把两人救出车厢，孕妇很害怕，一直在哭，她还说自己很疼，好像羊水破了。

宋子悠神色凝重地听完情况，说："如果救护车赶不到，要在这里接生。"

正在进行营救的几个大男人全愣住了。

陈放问："这里？！"

"而且接生工作要交给你们，后面还有三辆车，我要先过去看看。"宋子悠急道。

陆纬将车门扔到一边，当机立断道："你先去后面，这里先交给我们。"

宋子悠点了下头，很快拿着急救箱跑向后方。

后面三辆车除了一个人伤势较重外，其他都是轻伤，很快就被救出车厢进行包扎，身体初步检查没有任何不适症状，但不排除有脑震荡和内脏受到冲撞出现瘀血的可能。

救护车在半个小时后赶到现场，孕妇肚子里的孩子已经生出一个头，这个时候无法挪动，只能交给救护人员接管，进行现场接生，然后将母子一同送到医院。

原本狼藉一片的路段上忽然响起一阵婴儿的啼哭声，所有人都笑了。然而就在这时，刘创跑过来找宋子悠。宋子悠神情一变，跟着他来到后面的车，见到一个医院的救护人员正在用听筒听第一位颈部受伤患者的脉搏和心跳。

救护人员皱着眉，随即放下听筒摇摇头，意思是没救了。

宋子悠的心情也跟着跌落下来，这个男人是因为失血过多而死，救护车被堵在后面，来得太晚，他们消防队又没有血袋供应，根本来不及。

一个小生命诞生了，但另一条生命就这样走了。

在回程的路上，宋子悠看着车窗外的景色，不禁想到之前她和陆纬说的那番话。

正是因为她在急诊室和消防队都做过，才会知道一条需要救援的生命要挽救回来的不易。就好比说那个孕妇，如果不是消防队这些门外汉先接管接生工作，那个女人一定不可能顺利地把孩子生在这里。还有那个死去的男人，如果救护车能再快一点儿，如果他们消防队也有血袋供应，或许他是有机会送到急诊室的。

但很可惜，这个世界上没有如果。

2

转眼到了傍晚，宋子悠匆匆结束一天的工作，叫了一辆车去医院看宋子安。

陆纬要处理的事情太多，一时走不开。

宋子悠来到医院，刚走到住院部，就在楼下看到一个拿着手机，神情焦虑地在原地徘徊的女人。

正是艾小娴。

宋子悠走近了，艾小娴也看到她。

宋子悠问："小娴姐，你来看我哥？怎么不上去？"

艾小娴面有难色："其实我上次来，和子安有点儿小口角，这几天我们也没说过话。"

艾小娴是在撒谎，只是她认为宋子安暂时还不会将他们分手的事告诉宋子悠。

"如果只是小口角，解释清楚就好了，我哥不会生你的气的。你要不要现在和我一起上去？"

艾小娴支吾了两声，最终还是挪动了脚步。

从楼下坐电梯到五楼，一路上宋子悠都觉得奇怪，时不时也会看艾小娴一眼，见她比刚才更焦虑了。

宋子悠转而就想到，如果真的只是小口角，艾小娴怎么会这么胆战心惊的？

艾小娴和宋子安交往期间，一向都是宋子安在让着她，两人就算拌嘴吵架也会点到为止，不会把话说得太重，今天这是怎么了？他们到底吵过什么，能把艾小娴吓成这样？

直到电梯到了五楼，两人走出去。

这时，艾小娴忽然开口问："对了，子悠，子安都醒来这么久了，他有没有和你提过当日他是怎么昏迷的？"

"哦，我问过他了，他说就是被东西砸到了。"

"只是被东西砸到了？"

"是啊，不过刚砸到他的时候，他没有立刻倒下，只是颅内有出血症状，所以陆纬带队救人的时候，他还是有意识的，等到救出去才昏迷。”

艾小娴喃喃自语道：“原来如此。”

宋子悠停下脚步，看了一眼前方就要走到的病房：“也就是说，这件事其实和陆纬是没有关系的，小娴姐。”

“哦。是啊……”

宋子悠笑了一下，但那笑容却没有走到眼底：“我也问过我哥和陆纬了，他们在火场当日并没有吵过架，更没有推搡过，陆纬是去救人的，我哥是伤者，他很配合救援工作。他们现在误会也解释清楚了，又是朋友和兄弟了，就是这样简单。”

宋子悠轻描淡写地落下这番话，便转身率先走向病房。

艾小娴愣在原地好一会儿，这才拔动双腿。她心里无比慌张，忽然有一种所有事情都已经揭穿了，所有人都知道怎么回事了，而她却还在苦苦支撑、粉饰太平的感觉。

艾小娴跟着宋子悠来到病房。宋子悠已经和宋子安有说有笑起来，宋子安正抱怨在医院一直窝着不能出去。

这时，艾小娴就进来了。

宋子安的脸色瞬间变差，笑容尽收，这一变化也被宋子悠看在眼里。直到艾小娴来到病床前，努力撑起一个笑容，小声说：“子安，我来看你……”

宋子安皱了下眉头，没吭声。

艾小娴又继续道：“上次的事，是我不对，你就别生气了……”

宋子安动了动嘴唇，似乎想说些什么，然而他却下意识看了一眼宋子悠。见宋子悠一直盯着自己，便稍稍缓和了脸色，对宋子悠说：“子悠，能不能给我们点儿时间聊两句？”

宋子悠怎么会说不好呢，她点了下头，又看了一眼脸色发白的艾小娴，很快出去了。只是宋子悠没有走远，就在走廊里徘徊。

她越想越不对，总觉得这里面发生了一些很重要的事，而且被她忽略掉了。

宋子安一定有什么在隐瞒她。但能是什么呢？

宋子悠想不通，就坐在走廊的长椅上发微信。她想，或许陆纬可以帮她分析分析。

宋子悠将刚才的情况大概描述了一遍，就等陆纬回复。

过了一分钟，陆纬的消息过来了："他们两人的事，他们会解决好的，都是成年人。"

宋子悠皱了下眉头："我是让你帮我分析，不是让你劝我，我知道他们会处理好，但我不放心。"

陆纬一声低笑，评价道："你可真是操心的命。"

"哪有这么说自己女朋友的？"

"好，那是我不对，我这么说吧……其实子安和艾小娴如果有什么事情，或者观念、性格不合，他们可能会因此而分手，你会怎么看？"

宋子悠愣了一下，已经说到要分手了吗？她转而又回想了一下刚才的情形，在心里很快就认同了陆纬的判断。

宋子安这个人，平日里对谁都是和和气气的，他是骄傲，也有自己的专业坚持，可他并不是一个坏脾气的人，只要不触及他的底线就好，而且他对艾小娴也一直是爱护有加。像是今天这样冷着脸，连个笑容都不给，宋子悠从来没见过。

通常来讲，一个好脾气的人一旦生气起来，那就很难挽回了，想必艾小娴一定是做了什么事触及了宋子安的底线。

宋子悠说："如果是针对这段感情来说，我觉得挺可惜的，他们在一起这么多年了。我哥前些年还说想要结婚。但如果是站在我个人的角度，我会觉得这是一个正确的选择，早点儿分开也好，还有机会找下一个。"

陆纬又是一声轻笑："看来你很不赞成艾小娴做你嫂子。"

"对。俗话说家和万事兴，一家人过日子就是要和和乐乐的。她之前如何挑拨离间你也知道，我不认为和这样的人成为一家人，这日子能过得好。"

3

宋子悠正说到这里，就见病房的门开了，艾小娴有些垂头丧气地从里面走出来，脸色极差。

宋子悠见状，站起身。

艾小娴有些猝不及防，显然没想到宋子悠就等在门口，随即走上前，有些搪塞地说："那个，子悠，我还有点儿事，先走一步。"

宋子悠没有挽留，只是点了下头，然后就看着艾小娴心不在焉地穿过走廊走向电梯间。

等艾小娴拐进电梯间，宋子悠才收回目光，走进病房。

宋子安坐在床头，双手环胸，眼神落在前面，也不知道在想什么，显然他和艾小娴刚才的对话并不愉快。

宋子悠坐在床边，给宋子安剥了一个橘子，同时开口问："哥，你和艾小娴是不是要分手了？"

宋子安一怔，有些诧异地看向宋子悠。

宋子悠却不露声色。

半晌，宋子安扯了下唇角："如果我说是，你有什么看法？"

宋子悠顿了两秒："我会尊重你的选择。"

宋子安不由得笑了："我还以为你会举双手赞成。"

宋子悠没吭声，只是低下头，将剥好的橘子递给他。

宋子安吃了一瓣，忽然问："你放弃医院的工作，跑去消防大队，是不是艾小娴在搬弄是非，说我的伤是陆纬害的？"

宋子悠愣住了，她没想到宋子安都知道，还这么直接问出来。

"是刚才艾小娴告诉你的？"

宋子安也摇了下头。

宋子悠很快又想到第二个人："那是……陆纬说的？"

宋子安这才笑了："如果不是我找陆纬核实过，你打算瞒我到什么时候？"

"你是因为这件事要和她分手？"

"这是其中一个原因，我和她还有很多其他事情发生，无论是性格还是观念都不再同步，分开对大家都好。"

宋子悠沉默了。

宋子安颇为有趣地扫了她一眼："所以以后，你也不用装出一副爱屋及乌的模样了，我知道你不喜欢艾小娴。"

宋子悠被拆穿了，说："我哪有……"

"全挂在脸上了，是不是经常在心里骂我的品位？"

宋子悠这才不好意思地笑了一下："嗯，你选女朋友的眼光是得加强，那可是我以后要叫嫂子的人。"

宋子安却说："你的未来嫂子还不着急找，倒是我那个未来妹夫……哦，等我出院了，咱们叫上陆纬，找个时间聚聚，顺便谈谈你俩的事。"

听到这话，宋子悠一下子怔住了，白天的时候她才听到陆纬说了差不多同样的事，这才过了半天，又被她哥催婚。

宋子悠皱了下眉头，小声说："我才多大，不着急呢，再说你都还没结婚……你先操心你自己的事吧。"

宋子安笑了："你是我的妹妹，你的事就是我最操心的事。"

"刚才还在说艾小娴呢，我只是让你加强选女友的眼光，你怎么就扯到我身上了？”

“说到你就躲，难道你不喜欢陆纬？”

“怎么会？”

“那就是还没有喜欢到要结婚的地步？”

宋子悠词穷了。严格来讲也不是的，但是她又不好意思说。

“既然这个人很好，他对你也好，我这个当哥哥的也放心，咱们两家也都知根知底，那还有什么可纠结的？等你们结婚了，正好工作也调整一下，总待在一线也不安全，我这心里也不踏实。”

“哥，这些话你和陆纬说过了吗？”

宋子安一顿，承认道：“我是提过希望你们退居二线的事。”

“我现在的工作很好，我不想退……我还奇怪呢，怎么今天陆纬突然提到要提拔其他人才上来做队长，原来是你给他施压了。”

宋子安愣了两秒，没想到宋子悠会有反弹：“以陆纬的性格，如果他不愿意退下来，我说几句话他就会听吗？他之所以会慎重考虑这件事，安排以后的路，主要还是因为你啊。”

“我？”

“是啊，如果不是他想定下来，如果不是因为和你的感情，他何必改变？而且你也知道，一线消防员的职业寿命很短，他做不了几年也要退的。”

宋子悠不说话了，她的表情也渐渐缓和下来。

“至于你……你一个人的力量能帮助多少人呢，你想留在一线，我也不会反对，可你不可能永远留在那里，你迟早要回到医院的。一线需要的不只是一个人才，而是一批人才，如果你不喜欢医院的环境，也可以去当教官，培养出更多适合一线的人才，这也是一条路。”

听到这里，宋子悠的神情有些怔忡：“哥，为什么我总觉得你和以前不一样了？”

宋子安叹道："或许是因为我这次意外受伤吧。我躺在医院好几个月，趁机休息，也想了很多事，想通了很多事。过去的我一直把精力放在自己的工作上，对我身边的人疏于关心和照顾，这是我的问题，我也想一点一点去改变。"

宋子悠笑了："嗯，你不仅改变了，还变得很事儿妈。"

宋子安也跟着笑了："我有吗？"

转眼，过了一天。

宋子悠时不时就会想起那天在医院见到艾小娴的事，为什么她哥宋子安和艾小娴会分手呢，她总觉得这里面一定有其他原因，不像表面上描述的那样简单。

两人分手的事，严格来说应该是在宋子安清醒之后，艾小娴一共就来过两次，不太可能和宋子安产生什么纠纷啊。除非两人在宋子安出事之前就已经提到分手了。

那么宋子安在火场出意外那天，艾小娴过去找他恐怕也和分手有关。一想到这里，宋子悠心里就是一紧，心想着那天该不会还发生了什么事，宋子安一直瞒着她吧？

因为宋子悠心神不宁，中午吃饭时一直在走神。

陆纬往她的盘子里夹了一些蔬菜，见她就是机械性地往嘴里送，便轻叹一声："你的男朋友就坐在你面前，你还走神想些什么呢？"

宋子悠一顿，抬起眼皮愣了两秒："哦，我是想艾小娴和我哥为什么分手。"

这话一出，陆纬也是一顿，但他没接茬儿。

宋子悠见状，说："你好像一点儿都不惊讶。"

陆纬垂下眼皮："我前几天就知道了。"

"一定是我哥告诉你的。"

"嗯。"

"那我哥有没有说原因？"

“没有，他们两人之间的事，我一个外人也插不上话。”

宋子悠忽然把话题转向自己的猜测：“你还记得我来消防队的原因吧？”

陆纬点头：“因为艾小娴无中生有。”

“严格来讲，她也不算是无中生有。火灾那天，她也在我哥的办公室，不过你们进去救人的时候，他们不在一起。后来是我哥坚持说，让你去救艾小娴，他怕她出事，对不对？”

“你是不是想到了什么？”

宋子悠提出自己的大胆假设：“如果艾小娴那天去找我哥，是因为谈分手的事，那他们应该有吵过架，以他们的性格不可能和平分手的。”

“你的意思是，他们发生了争吵，然后着火了，在慌乱和争吵中间，他们发生了推搡。”

“我会不会想太多了？”

“其实也是有这种可能，但目前为止都是凭空猜测，而且有一点说不通。”

“哪一点？”

“我假设你说的是对的，那他们最多也就是吵吵架，推两下，不至于让子安头部受伤。他的后脑是被重物袭击造成的瘀血，这一点毫无疑问，除非是艾小娴拿起某个东西砸向他，就是这一点无法解释，一个分手而已犯得着动手伤人吗？”

这倒是。

宋子悠叹了口气，垂下眼：“看来真是我想多了。”

陆纬笑了一下：“好了，先吃饭吧。”

虽然宋子悠的猜测在陆纬的质疑下消除了，可是这件事却直接给陆纬提了醒。

陆纬仔细想了想宋子悠的话，他的直觉告诉他，这件事的真相或许更接近宋子悠想象的那个版本。

办公楼着火那天，宋子安所在的事务所只有他一个工作人员在，其他人都去放假了，艾小娴那天是去找宋子安的，现场也有杂物倒在地上，像是有人曾经在这里发生过争吵和推搡。这些疑点都完全吻合。

唯一解释不通的就是宋子安后脑的伤，他对此也没有提过一个字。宋子悠虽然设想过此事和艾小娴有关，可艾小娴为什么要这么做呢？这事虽然宋子悠想不通，可是陆纬心里却有一个解释的版本——就因为地库塌陷那件事。

看来，他还是要找个时间再去一趟医院，亲自和宋子安核实。

4

陆纬的想法刚刚成形，到了下午，消防大队就接到了火警警报，紧急出动。

着火的地方是一栋高层公寓楼，一共二十八层楼，起火点在二十层，火灾发生后，二十层以下的住户纷纷利用逃生通道离开。

由于起火点太高，地面的水泵压力不足，水根本上不去，无法抵达二十层，只能靠现场的灭火器，和消防队员冲进去进行人工救援，最主要的是先把里面被困的居民救出来。

幸而起火时间是晚高峰之前，二十层以上回来的住户还不算多，很多老人都刚好出去接孙子、孙女放学。

消防一大队赶到现场时，第一时间了解情况。

其实在赶来的路上，陆纬一听到着火大楼的地址时，脸色就是一沉，他很快将自己了解的情况告知众人。

“如果我没记错，这栋楼是在十五年前落成的，有两部防烟电梯和一部消防电梯，属于居民和商业两用房，因为建得比较早，消防建设一直没有跟上，一到二十八层均没有火灾自动警报器，一到四层没有喷水灭火系统，公共疏散走道也没有排烟系统。室内室外倒是设有消火栓和喷淋水泵接合器，但每层数量只有两个。防火设施非常简陋，但这件事却一直没有引起重视，如果不及时扑灭火势，后果不堪设想。”

队员们一听情况，脸色纷纷凝重起来。

直到陆纬发话说：“无论如何，在保障自身安全的前提下，尽量挽救现场被困人员，将人员伤亡损失降到最低！”

众人：“是！”

等消防一大队赶到现场，才亲眼所见这场火灾的严重性，绝对不亚于上一次的列车坠桥事件。除了消防一大队，现场已经赶到上百位消防队员，已经投入抢救工作。

正如陆纬所料，水泵的水压不够，根本喷不到起火点，市里已经启动应急模式，让自来水公司快速赶到现场进行管网加压。

还有所谓的排烟系统，已经因为年久失修而形同虚设，排烟机在几年前就损坏了，楼层内的排烟口和排烟阀也因故障无法打开。也就是说烟雾被困在大楼内，里面的人很有可能会因此被呛死。

而陆纬所谓的“后果不堪设想”，也开始出现苗头。

这栋高楼的火势有失控现象，火势已经在朝东面的高层建筑物蔓延，也就是说现场救火人员除了要扑灭这栋大楼的火势之外，还要分出一部分人赶到东面，阻止火势蔓延。

消防总局的领导已经赶到现场进行指挥调配，陆纬和队员们被分配到一线救火队，接到命令就立刻冲进楼里。

正如先前的分析一样，大楼内浓烟滚滚，只能看到两米以内的范围。

陆纬等人乘坐消防电梯上了楼，临近二十楼时就要停下来，需要改为步行。

所有人说话都基本靠喊，陆纬和张青云兵分两路，分别从两边的防火通道往二十楼出发，他们很快就在楼梯间里发现一个男人。

男人呈半昏迷状态，陆纬高喊了一声："先生，能听见我说话吗？"男人意识有些恢复，勉强点了下头。

陆纬将男人交给其他队员，立刻护送离开，但男人却突然拉住陆纬的手，说了四个数字。

是2301。

显然，2301有人。陆纬二话不说，让陈放跟上往2301走。

整个二十多层浓烟滚滚，温度极高，就算有幸存者表皮也会出现灼伤。四周火势越发厉害，陆纬和陈放率先冲进2301，一边用工具开路一边呼喊："有没有人，回答我！"

直到一个昏倒在地的人影出现在视野里，陆纬立刻冲上前，将倒在女人前面的书架移开，将女人迅速抱起，交给陈放。

陈放二话不说，抱着女人往来路冲。

如此你来我往，陆纬以及队员很快就进行完第一次救援行动。大家先后冲出来，纷纷脱掉头盔，用冷水浇灌自己，一边降温一边调整呼吸，待呼吸顺畅还要第二次冲进去。

这个时候，赶到现场救援的消防队员已经超过了一千名，分成两批，一批是内攻救援队，另一批是堵截防御队。攻坚队有十五组消防队员，负责救人，余下的防御队已经赶往东面大楼进行堵截，不到一个小时的时间，救援队已经救出超过一百位居民，多名消防员受伤。

而另一边，几乎全区的医院都派了救护车往这里赶。

宋子悠和刘创根本记不得自己救了多少人，给多少人进行急救包扎，他们在现场流动着，哪里有人呼喊"医生"他们就冲向哪里，连抬头去看火势的时间都没有，更不要说在现场找自己消防队的队员了。宋子悠的脑子被塞得满满的，她也不敢休息一秒，只能凭着现场经验行动，恨不得自己能多几只手。

直到她又一次经过起火大楼的门口时，陆纬也又一次抬着伤者从里面冲出来，大喊着："医生！来个医生！"

宋子悠立刻上前，等陆纬将伤者放下，听他迅速描述伤者情况。

然后，陆纬说道："就交给你了。"

宋子悠抬起头，和他的目光匆匆交会一瞬。

四周环境人声嘈杂，有人在喊，有人在哭，整个区域的温度都非常高，相比大楼里更是炙热难耐，天已经黑下来了，但这边的天空却被火照成白日。

陆纬话刚落就头也不回地冲进大楼。

宋子悠也急忙收回目光，开始检查伤者情况。

5

这场大火从开始燃烧到控制住火势，再到彻底被扑灭，前后用了将近五个半小时，七十多名消防队员有不同程度的受伤，火势扑灭后又进行收拾残余的工作长达十个小时。等所有消防队员和最后一批救援队撤离现场，已经是第二天清晨。

宋子悠也不记得自己救了多少人，给多少患者包扎伤口，检查伤势，其他医护人员撤离时，她本可以一起离开的，但她没有走，反而在休整之后，去买了水和食物，留下来送给陆纬和队员们。

后面几个小时，宋子悠也冲上去做收拾残余的工作，陆纬劝说无效，便只好扔给她一套消防队服。

那身衣服不仅闷热不透气，而且很重，穿在身上走起来都觉得累，更不要说消防员要穿着它们跑起来，还要爬上爬下了。

宋子悠累得一身汗，等到清晨终于能坐下来休息，她二话不说就扯开身上的消防队服，瘫坐在陆纬旁边。

陆纬正在喝水，他的上身队服早就扯开了，身上全是汗。

宋子悠把头一歪，靠在他肩膀上，不到两秒，就从嘴里咕哝出一句："你身上好臭。"

是啊，能不臭吗，十几个小时的来回奔波，又出汗，又是油烟和污泥，他的脸上手上全是黑的，头发早就湿透了。

陆纬轻声笑了一下，说："你以为你能好闻到哪里去？"

宋子悠连眼皮子都开始往下垂了："反正比你好闻。"

她真是累得可以秒睡过去了，连挪开的力气都没有，那些味道臭就臭吧。

陆纬这时侧过头，鼻尖靠向宋子悠，闻了一下，说："你闻上去还是香的。"

宋子悠已经闭上眼，意识开始飘忽了，听到这话似是笑了一下，下一秒她就昏睡过去。

陆纬一声轻叹，刚好扶住她倒下来的身体，无奈地将人抱上车，还用薄毯盖在她身上，这才跳下车。

陈放和方义夫就站在车下，瞅着这一幕鬼喊鬼叫："哎，也不知道宋队医有没有姐姐妹妹哦，或者女同学啊闺蜜之类的，啥时候来个联谊活动啊……"

陆纬似笑非笑地斜了两人一眼，说："她就一个哥哥，我未来大舅子，谁有兴趣？"

"……"

"……"

6

这天上午，全队都在休整，到了下午才开始训练。

宋子悠也在宿舍补了觉，中午一醒来，第一个看到的就是宋子安的微信。

宋子安在问前一天着火的事，他看过新闻了，据说动用了一千多名消防队员。

宋子悠回道："是啊，忙了十几个小时，救了不少人，但还是有一些伤亡，具体数字官方还在统计。"

宋子安发来一个叹气的表情。

宋子悠看着好笑，说："哥，工作的事就让我顺其自然吧。如果有合适的机会，又有意义，我又感兴趣的话，也许我会转的。但是现在，我们还要做很多善后工作，我真的没精力去想那些。"

宋子安大约也知道说不动宋子悠了，便说："那好吧，不过你忙归忙，还是要注意休息，多喝水，多吃饭。"

"知道啦。"宋子悠很快就离开宿舍，来到办公区。

经过会客室的时候，刚好看到里面有人。

那是一个中年男人，额头和脸上都有伤，精神也不是很好，他正坐在里面和苗晓娟说话。

宋子悠好奇地多看了一眼，很快就见到苗晓娟从会客室出来。

宋子悠问："那人是谁？"

苗晓娟说："哦，昨天陆队冲进火场第一个救出去的男人，他老婆是第二个获救的，都在起火的二十层，听说因为救得及时，他老婆捡回来一条命，他特别感激，就说要亲自过来感谢一下陆队。"

两人边说边穿过走廊，苗晓娟把她刚才了解的情况念叨给宋子悠，听说这对夫妻都是在大学当老师的，这个男人还是学建筑的，他一早就知道这栋楼的消防设施不到位，跟物业那边反映过很多次，就是没有引起重视。

这次起火，男人还以为自己必死无疑了，没想到能意外获救，所以对第一拨冲进来的消防员非常感激，打听到是消防一大队的陆队，就立刻带着果篮过来了。

说话间，两人来到操场，苗晓娟朝对面正在训练的陆纬摇了摇手。陆纬瞧见了，将训练带队交给张青云，走过来就听到苗晓娟说："陆队，你有位访客，就是昨天第一个被你救出火场的男人，他带着果篮来表示感谢了。"

陆纬的目光扫过宋子悠，对苗晓娟说："你替我出面吧，我这里还有训练。"

陆纬说着就要推，苗晓娟却把他拦住："哎，人家指名要见你，你不去叫怎么回事啊？反正你不去，人家就不走，我也没办法。"

陆纬叹了口气，说："好，那我和青云说一声再过去。"

苗晓娟："你可说去就去啊！"

等苗晓娟走开，陆纬又摇了摇头。

宋子悠见状，问："既然是来感谢你的，你为什么不想去？"

陆纬说道："每次出完大型任务，都会有很多人过来感谢，我如果每个都去见，这一天下来什么都别做了，而且这是我们的分内事，上头也不太赞成我们收下群众送来的礼物，怕影响风气。"

两人一边说着一边又折回会客室。

穿过走廊时，宋子悠说道："晓娟刚才跟我说，这个男人是建筑学院的老师，而且起火大楼消防方面的疏漏，他一早就反映过情况。"

听到这话，陆纬一顿："建筑学院的老师？"

宋子悠点了下头："如果你不想去见，我可以过去说一声。"

正说到这里，两人已经来到会客室门前。

门上有块玻璃窗，陆纬微微皱了下眉，再一抬眼，目光刚好越过宋子悠落在里面那个男人身上。

宋子悠不疑有他，又说道："如果是建筑学院的老师，或许以前还教过你，我想你还是不要进去了。"

谁知这话才落地，陆纬就开口了："是王老师。"

他的声音很淡，也很平静，但眼里却没有一丝温度，直勾勾地看向屋里。

宋子悠问："王老师？是你以前的老师？"

宋子悠问完，也跟着回头看去。

会客室里那个中年男人，似乎有些局促不安。他没有坐下来，而是在里面踱步徘徊，好像很紧张。

直到男人朝门口望过来，看到立在门外的陆纬，先是一怔，定了几秒，便快速走上前打开门。

中年男人有些迟疑地开口了："陆纬，你还记得我吗？"

陆纬抿了抿唇，点头说道："记得，王老师，是你说要见我？"

这中年男人不是别人，正是陆纬当初在建筑学院的结构老师王翀。王翀有些迟疑，脸上划过一丝狼狈："对，我……我来感谢一下那天救我的消防员……"

陆纬点了下头，随即回过身对宋子悠说："我和王老师聊一会儿，你先去忙吧。"

宋子悠的目光掠过王翀，说："好。"

就这样，陆纬很快和王翀进了会客室。

宋子悠站在门外观望了一会儿，见陆纬表现得很自然顺畅，一进去就拉了把椅子坐下，还比了一下，让王翀也坐。

王翀坐下时有些小心翼翼，脸色也有点儿发白。

很奇怪，如果两人真是师生的关系，这个当老师的见到过去的学生也不用这么处处小心吧。而且经过十年了，再见面难道不是应该叙叙旧吗，怎么好像是一副前来赔礼道歉的模样，也不像是那个王老师所说的前来感谢救他的消防员啊。

还有陆纬，他虽然没有特别的表示，表情也很平和，可是有那么一瞬间，他的眼神非常冰冷。

宋子悠起先还以为是自己多心，再仔细回想，又好像不是。

陆纬的确表现得不太愿意看到这个王老师。但是为什么呢？是不是和当初他被劝退的事有关？

另一边，会客室里。

陆纬已经坐下来，面无表情地听着王翀断断续续说话。

王翀有些词不达意，那些叙旧的词听上去很别扭，也很尴尬，但陆纬没有将他打断，就让王翀继续说。

直到王翀说不下去了，叹了口气，忽然说道："其实，我是有点儿想不到你会当消防员。"

陆纬坐姿笔直，目光落在王翀身上，接了一句："那王老师认为我应该做什么？"

王翀一噎，脸上一阵懊恼。

隔了几秒，王翀又一次开口道："其实那天你救我出去的时候，我都没有把你认出来。我也是后来打听救我的消防员，才知道是你……"

陆纬缓缓地闭了一下眼："世界真的很小。"

王翀吸了口气，又说："其实我今天来，除了是来表达感谢，还是希望给你一个交代。"

"交代？"

"……就是当年你被劝退的事。"

陆纬才明白王翀的来意，面无表情道："都过去十年了，还有什么可交代的？”

“其实……其实我知道，当初那件事和你没关系，你只是帮人背了锅。”

陆纬没接茬儿。

“这件事其实我早就想跟你坦白了，不过我一直没那个勇气面对，我心里也很后悔……”

只是王翀的话还没说完，就被陆纬打断了。

“行了，王老师，你要说什么我很清楚。当初我是帮谁背锅，我心里也有数，这件事已经不必再解释。”

王翀飞快地抬起头：“你心里有数？”

“是你和地产公司和施工队方面联合起来偷工减料，后来事情败露了，需要找一个人出来背锅。”

王翀脸色瞬间灰败，坐在那里动弹不得。

尽管他已经预设了这一趟过来坦白的种种可能，也许会被陆纬打，也许会被陆纬揪到学校去接受检讨，但他就是没想过这一种。

隔了好一会儿，王翀才找回自己的语言，问：“你既然都知道了，为什么你一直没有揭发？”

陆纬挑了下眉，反问：“我有证据吗？”

王翀顿住了。

“而且当初的事，地产公司和施工方已经给了民工家属赔偿金，家属们也都认可了金额，双方签订了和解协议。学校这边也让我背了锅，这件事就算是了结了。现在过了十年，我把真相再翻出来说，有什么意义？我不可能追回十年的光阴，不可能重走结构师的路，那些死在事故里的民工也活不过来，他们的亲人也已经抚平了伤痛，一定不希望再被人揭开疮疤。”

陆纬站起身，又道：“所以王老师，你根本没必要来跟我说这些。如果你为的是让自己心里好受一点儿，希望我能谅解你，原谅你，我想你找错人了。你不妨想想在那次地库塌陷事件里死去的民工们，比起我这点儿损失，他们才是受害者。”

话音落地，陆纬转身就离开了会客室。

如果这件事是发生在五年前，陆纬心里或许还会觉得解恨，或许还会揪着王翀质问他的良心，但是现在，一切都不重要了。

陆纬不知道王翀是从什么时候开始觉得愧疚的，也许是一天前，也许是一年前，也许这十年他都没有好过过，这些事陆纬都不关心了。其实昨天在火场里遇到在消防通道晕倒的王翀时，陆纬第一眼就把他认出来了。但那又如何呢，在那一刻来说，王翀只是一个需要帮助的人，在灾难面前每个人都是脆弱的，每个人都有获得营救的权利，他们消防守则也没有任何一条允许因人而异选择性地救援。

哪怕今天起火的大楼里全是重刑犯，他们依然要冲进去救人。

或许他现在成了一名消防员，这件事在以前那些同学眼里，是一件很值得唏嘘的事。毕竟他曾经是建筑学院的高才生，如果不是因为当初的变故，他现在应该是一名结构师，可他现在是消防员，没有高薪厚职，工作危险系数也高。

如果王翀曾经为当年的事感到过愧疚，那么陆纬成了消防员这件事无疑就是雪上加霜，王翀一定会认为是他毁了这个学生的一生，王翀不敢出现在那些民工家属面前请求原谅，只能来找陆纬，希望把当初的事讲清楚，让自己松一口气。

但王翀这一趟显然是白来了。而这些事，也不再值得陆纬放在心上。

第二十二章　噩耗传来

1

就在陆纬见王翀的时候，宋子悠也心不在焉地离开了走廊。

她走得很慢，脑子很乱，根本忘记了自己原本是要回医务室的，脑海中一个又一个的想法蹦出来，自己根本无力阻止，一切都凭着本能驱使。

宋子悠一直在想刚才陆纬见到那个王老师时的表情，以及那个王老师不自然的肢体动作。看他们两人的架势，陆纬一点儿都不像是王老师的学生，两人的角色仿佛颠倒过来。那个王老师就仿佛做错了什么事被家长当场抓包似的。

宋子悠皱起眉，又转而想起先前艾小娴对她说的话。

她记得很清楚，那天是宋子安做肠道手术，艾小娴和她一起等在手术室外的走廊里，她趁机问了一些陆纬和宋子安以前在学校的事。

艾小娴当时的描述是，陆纬在学校期间曾经参加过一个老师的小组作业，和宋子安等人一起帮助导师做一个工程楼盘的设计图，陆纬负责结构，宋子安主攻设计。

后来交图后，那位老师临时有事回了一趟老家，把余下的工作交给陆纬，施工方为了偷工减料找陆纬修改结构，最终在施工时导致十几位民工死于地库塌陷。

施工方当时声称是经过陆纬的允许才修改的结构方案，而且还是陆纬改完之后交给他们的，否则他们哪里懂得处理这些啊？陆纬也因为这件事被学校劝退。

想到这里，宋子悠一下子站住脚，突然想到刚才那位访客，会不会就是当初成立作业小组的老师呢？

会不会这么巧呢？

宋子悠在走廊外的空地上等了一会儿，没几分钟就见到那位姓王的访客垂头丧气地走出来。她也不知道自己是怎么想的，竟然脚下一转，直接迎了上去。

宋子悠有些唐突地来到王翀面前，在这一刻她还给自己做心理工作，陆纬是她的男朋友，宋子安是她的哥哥，一件他们两人都牵扯在内的事情，她于情于理都应该搞清楚。

王翀原本是有些臊眉耷眼的，低着头走出来完全没抬头看路，直到视线里突然多了一双脚，他吓了一跳，才急忙站住。

再抬头一看，是一个二十几岁的年轻女人，穿着白大褂和工作制服，显然是消防大队的队医。

王翀又想了一下，哦，刚才在会议室里往外看时，除了陆纬，他好像还看到这个女人。

没等王翀开口，宋子悠就率先露出一个浅笑，说："你好，请问您是建筑学院的王老师吗？"

对，称呼他王老师应该没错，如果对方说自己不是建筑学院的，那就当她想错了，虚惊一场。但如果是的话……

王翀一怔，说："呃，我是，请问你是……"

宋子悠立刻报上家门说："我是宋子安的妹妹，宋子安您有印象吗？"

宋子安？王翀又是一怔，比刚才还要惊讶，他自然是想不到会在这里遇到宋子安的妹妹，而且宋子安的妹妹找他做什么呢？

“哦……你是子安的妹妹，子安我有印象，他也是从建筑学院毕业的学生，不过他是学建筑设计的，我是负责教结构的。”

宋子悠笑了一下：“我知道，您是陆纬的老师。陆纬以前和我哥都是建筑学院的学生。”

“哦对，你在消防队工作，你肯定是认识陆纬的。”

宋子悠非常自然地说：“是啊，我们不仅是同事，他还是我的男朋友。”

王翀脸上明显流露出一丝诧异，这显然是他想不到的。

宋子悠捕捉到王翀脸上的神色，很快又说道：“其实刚才我听到是陆纬的老师来了，我还想和他一起去跟您打招呼的。我也常听到他讲以前在大学的事，他还提过有一位王老师很照顾他，还曾经带他一起做过项目。”

王翀半晌找不到言语，这回不仅是震惊了，而且尴尬。

“陆纬经常提到学校的事吗，还提过……我？”

“是啊，他和我哥都有点儿职业病，一说起建筑就没完没了，而且我们每次出任务，陆纬只要看一眼建筑的地形和结构，就能很清楚地现场判断出利弊，这些都是他以前学建筑结构打下的基础。”

宋子悠刻意顿了一秒，见王翀非常认真地听她讲话，便话锋一转，又说道：“虽然我不太清楚当年陆纬为什么离开学校，不过我听得出来，他是真的很喜欢建筑。他还和我说过，建筑最主要的不是外形，而是结构和基础，只有结构做得好，才能做出好看的建筑；结构做得不好，再好的设计也不会让楼拔地而起。”

王翀下意识回避着宋子悠的眼神，嘴里喃喃道：“这些他都还记得啊……”

“记得呀，陆纬跟我说过，他大学比较幸运，遇到了一位认真负责、专业很强的老师。他还说，这位老师在业内也是很有名的，因为结构师是很难出名的职业，它不像是建筑师，会因为建筑的设计优秀而走红，结构师要想出名，除非是他设计的楼塌了。”

王翀的脸色一下子就变了，白了半截。

如果说刚才宋子悠还不太确定陆纬当年被劝退的事和这个王老师有关的话，到现在她基本已经有六成把握了。

思及此，宋子悠又试探性地冒出来一句：“其实我一直很想知道陆纬当初为什么会被劝退，我每次问他，他都会有点儿闷闷不乐，好像不愿意多说。”

王翀愣了一下，追问：“他没和你提过？”

“没有，但我看得出来他很喜欢建筑，如果不是什么迫不得已的理由，我想他不会离开学校的。而且我知道他从小就品学兼优，我也想不到他会做什么出格的事，会被学校劝退。王老师，您以前是教他的，您应该知道一些吧？”

王翀又一次沉默了，他半晌没有言语，只是低着头，似乎有些懊恼，有些遗憾。直到王翀离开消防大队，宋子悠都没能从他嘴里撬出一句关键性的话。

但事实上也不需要王翀多加说明了，宋子悠每一句试探，王翀的表情都越发不自然，这就足以让她拼凑出整个故事。

如果艾小娴所言非虚，当初是陆纬参加的那个项目出了事，导致有十几位民工死于地库塌陷，那么这件事的内情王翀一定是知道的。宋子悠虽然没有直接接触过建筑业，但以前也听宋子安和艾小娴聊过一些业内的事。就好比说，如果施工方在施工期间因为材料和具体操作问题想要修改图纸，这是一定要经过结构师同意的，施工方绝对不能擅自修改。

在建筑公司或者是建筑事务所工作是很辛苦的，这绝对是过劳职业，但是像王翀这样专职在学校教书，挣的钱又不够养活一家人，所以很多建筑学院的老师都会接外面的私活。

王翀当初的项目肯定就是他接的私活，他一个人忙不过来，就找了几个品学兼优的学生一起，但是王翀一定不会把项目主导权交出去，哪一块该怎么做全程都是他来把控。也就是说，如果施工方要修改图纸，也不会跑去问陆纬的意见。陆纬就是一个大学还没毕业的学生，有什么资格拿主意。而且项目图纸上的署名也不是他的，施工方就算要找也会找王翀商量修改方案啊。

但是问题也出在这里，当初王翀突然说回老家，把最后的收尾工作交给陆纬，之所以这么做也应该是没有什么大问题才会交接，但凡有施工上需要修改的也不会让一个学生来拿主意啊。

最大的可能就是，王翀是默许施工队提出来的修改方案的，而且也确实做了调整，没想到后来出事了，一定要有人出来背锅，这才把脏水泼到陆纬身上。

涉及十几条民工的性命，施工方和地产公司一定会出面赔偿，能和解就和解，能私了就私了，绝对不会闹到被立案调查的地步。因为一旦调查就会查出来内情到底如何，陆纬一个学生也不可能负这么大的责任。所以事情的真相很有可能就是地产公司和施工方已经和民工家属们达成和解，但是这么大的事情除了赔钱一定还要把责任推卸出去，所以学校才会建议劝退陆纬。

宋子悠一个人想了很久，利用整件事的逻辑关系和可能性终于拼凑出比较接近事实的版本。想清楚之后心里一阵拔凉，她简直不能想象当年陆纬还是一个二十出头的学生，经历这么大的冤屈，他是怎么熬过来的，他心里一定很苦。

2

到了下午，宋子悠处理完队上的事，就去了一趟医院。

这个时间宋子安刚刚做完复健回到病房，护工给他倒了杯水，见宋子悠突然来了，打了个招呼就出去了。

宋子悠脸色很差，宋子安一眼就注意到了，便问她："你怎么了？"

宋子悠一屁股坐下来，叹了口气，一时之间也不知道从哪里说起。按理说，当年宋子安也在那个项目组里，他应该是知道一部分真相的，可是到底知道多少呢，他知不知道那个王老师有古怪呢？

宋子悠沉默了一会儿，宋子安又问："到底出什么事了？"

宋子悠这才抬起头，勉强笑了一下。

宋子安见状，转而就想到前两天发生的高楼着火事件，便问："对了，那天你们去救火，你和陆纬都没受伤吧？我看新闻了，本来想联系你们，但我知道你们完成任务后肯定有很多善后工作。"

"那天的火势的确很大，前后去了一千三百多位消防员，还有几百位救援队、警察、医护人员，连续奋斗了十几个小时才收队。"隔了一秒，宋子悠又说，"不过我们都没受伤，虽然火势很大，也有市民伤亡，不过大部分都是因为排烟管道堵塞，困在楼里出不去导致的……对了，哥，说起这事还真是巧，陆纬带队冲进去的时候，第一对救出来的夫妇竟然还是熟人呢。"

宋子悠是貌似不经意地提起这段。

宋子安听了便问："哦，什么熟人？"

"就是以前你们在大学时的老师，姓王，教结构的。"

宋子安几乎不假思索地说："王翀老师？"

原来那位老师叫王翀。

宋子悠记在心里了："听说他是教陆纬的老师，不过很奇怪，他来队上感谢陆纬，神情好像有点儿不自然，就像是……做了什么亏心事似的。后来他离开的时候，和我遇上了，我就跟他闲聊了两句，他说话也有点儿不自然，闪闪烁烁也不知道在回避什么。"

宋子安面带诧异地听宋子悠说着这番话，等她话落才问："你都和他闲聊了什么？”

“也没什么，就是聊一些你们以前在大学的事，还有陆纬为什么被劝退那些。其实这件事我之前听小娴姐提过一嘴，好像是因为一个项目在施工时出了问题，到最后也不知道为什么施工方把责任推卸给陆纬了。”

宋子悠话音落地，病房里出现良久的沉默。

宋子悠非常坦荡地看着宋子安。宋子安也没有眼神上的回避，只是带着探究的目光。

直到半晌过去，宋子安发出一声轻叹。

等他开口时，心里已经有数了：“子悠，你就别跟你哥这儿绕圈子了，从小到大你很少有事情能瞒过我的。”

宋子悠没吭声。

宋子安索性把窗户纸捅破了：“你这个时间突然跑过来，是不是想跟我求证这件事？你是不是想问我，陆纬被劝退的那个工程，是不是和王翀老师有关，他是帮王翀老师背了黑锅？”

全中！

宋子安既然捅破了所有窗户纸，这回宋子悠也无须再试探了。

她安静地望着宋子安几秒，然后开口问：“那个出事的工程，是因为王翀对吗？”

宋子安叹了口气，虽然不想把宋子悠牵扯进来，可是也不想在这件事情上说谎骗她。

他沉吟一瞬，最终还是点头说：“是。”

宋子悠跟着又问：“陆纬也知道？”

“嗯。”

“那你呢，是什么时候知道的？”

“也就最近这一年吧。”

宋子悠听到这个时间，忽然想到另外一件事：“那当初在学校你们闹翻了，也是因为这个？”

“我当时也没有完全相信陆纬，我误会了他。他解释过不是他，但他没有证据，我因为这件事和他打了一架。”

原来如此。

“我想他当初一定很生气。”

宋子安顿时有些汗颜：“是啊，如果我能站在朋友立场上信任他，可能他心里还会好过一点儿。后来那几年，他一定过得很艰难。”

等宋子悠离开医院，已经是半个多小时之后的事了。

在那半个小时里，她又问了一些陆纬以前在学校的事。宋子安凭着记忆说了一些，宋子悠听得津津有味。

事实搞清楚之后，他们都刻意回避关于王翀的话题，大家心里都很清楚，眼下就算讨论得再透彻也没有用，事实就是事实，事情发生了就不可能再扭转。

3

宋子悠没有在医院多逗留，等宋子安准备吃饭了，她也叫了一辆车返回队上。

车子开到半路，宋子悠接到陆纬发来的微信。

“你没在队里？”

宋子悠笑了一下，回道：“刚从医院出来，这就回来了。”

陆纬又问：“吃晚饭了吗？”

“还没有，你呢？”

陆纬发来一个饿肚子的表情：“我也没有。”

宋子悠轻笑出声：“我还有十几分钟，那你等我一起吃？”

“好。”

十几分钟后，宋子悠下了车，正准备返回队上，谁知刚关上车门转身，眼前就突然出现一道高大挺拔的身影。

她一个没刹住，一头就栽了过去。

“哎！”下一秒，她的肩膀就被一双有力的大手扶住。宋子悠揉着鼻子，有些懊恼地抬起头，还没看到来人就知道是谁了。

“你干吗这么吓我？”

陆纬却低笑一声，随即拉着她的手往大门的反方向走。

宋子悠问：“不回队里吃？”

“嗯，咱们出去下馆子，偶尔也得改善一下生活。”

宋子悠笑了：“好啊，吃什么？”

“米饭炒菜？”

“可我想吃麻辣烫。”

“那东西没什么营养，也不卫生，你可是学医的。”

“我是学医的，我当然知道麻辣烫脏了。可吃东西不能总考虑卫生和营养，偶尔也要吃一次心情。”

陆纬摇头笑了笑，随即说：“你这么一说，我想起一个地方，带你去试试？”

“好啊！”

两人也不着急过去，就在路边的公共汽车站等了一会儿，随即上了一辆公交车，慢吞吞地坐了三站地。

刚一下车，宋子悠就闻到了一阵致命的香气。

她顺着香味一看，路边有个小摊子，不仅有麻辣烫、烤串，还有麻辣香锅。

陆纬很快拉着她过去，找了个位子坐下，四周基本上已经坐满了，他们来得巧，逮住一个空位。

老板娘很快上前招呼，和陆纬说笑起来：“哎，陆队长好久没过来了啊！哟，这谁家姑娘啊，长得可真好看。”

陆纬笑了一下，攥着宋子悠的手放在膝盖上：“我女朋友。”

随即他拿过餐单递给老板娘，说：“今天还是拣最好吃的几样上。”

老板娘笑道：“好嘞，这就来！”

等老板娘离开，宋子悠才好奇地问：“你常来这里？”

“有一段时间是，最近这几个月反而少了，以前都是跟队上那帮臭小子一起过来。”

“难怪了，我看你们好像很熟……为什么最近几个月少了呢？”

陆纬轻叹一声，递给宋子悠一双筷子，说：“老板娘太热心肠，要给我介绍她妹妹。”

宋子悠下意识向四周看了一圈。

“别找了，人家已经回老家嫁人了。”

宋子悠却好像故意拿他打趣似的说：“怎么，你没瞧上她妹妹吗？”

陆纬停顿一秒，目光落在宋子悠脸上，说：“原因你知道的，我这人口味比较怪，也比较重。”

宋子悠立刻打了他一下，以示警告。

陆纬很快拉住她的手，笑道：“谈恋爱这种事，是要讲究志同道合、三观一致的，还要有感觉，谈得来，性格融洽。”

“你也就会嘴上说说，就你这性格，能有几个女人和你三观一致、性格融洽啊？”

“我这不就抓到一个？”

宋子悠抿嘴浅笑：“那是我看走了眼。”

就在两人小声嘀咕的时候，老板娘把菜端上来了，宋子悠一看就是食欲大振，很快就埋头吃起来。

陆纬一直往她盘子里夹菜夹肉，宋子悠时不时用手扇着说“好辣”，筷子却一直没有停过。

直到酒足饭饱，宋子悠喝着凉茶，将头靠在陆纬的肩膀上，和他一起望着不远处的车水马龙。

说实在的，这顿饭吃得真是不健康，不仅吃了好多辣椒和不卫生的垃圾食品，还是坐在闹市街边，呼吸的全是汽车尾气。

但是宋子悠却觉得很满足，要是换作大半年前，她简直不能想象自己会靠着一个男人吃路边摊，还吃得很开心。

陆纬见宋子悠吃得太饱，便建议走一段路再坐车回去。

宋子悠点点头，等结账后就被陆纬拉着沿着街边往回走。

只是没过多一会儿，她就想起白天发生的事，不由得看向陆纬的侧脸。

他一只手插在口袋里，一只手拉着她，背脊笔直，看着前面的路，神情无比淡然，一点儿都不像是才见过将黑锅栽给他的人。

直到陆纬察觉到宋子悠的目光，低头看她，问："怎么了，你在看什么？"

"看你。"

"我很好看？"

"还不错。"

陆纬跟着笑了，然后，他问："你下午去看过子安了，他怎么样？"

"恢复得不错，过几天就能出院了，不过我今天去看他，倒不是因为他的身体，而是去求证一件事。"

宋子悠思来想去，这事儿她恐怕也没法放在自己肚子里烂掉，反正早晚都要问陆纬的，倒不如早一点儿问。

"求证什么事？"

"和你有关的事。我想多了解一些你在大学时的生活。"

陆纬一顿，又一次看向宋子悠，见她眼神认真，神情里还带着一点试探，他仿佛一下子明白了什么。

陆纬轻叹一声，说："你是不是有事想问我，问吧。"

陆纬如此开诚布公，宋子悠倒一时不知道从何开口了。

“其实今天来队上那个王翀，我等他出来的时候找他谈过几句。”

这一点倒是陆纬没想到的。

他很诧异：“你找王老师谈了什么？”

“其实也没什么，就是我有些猜测想求证一下，我想知道当初你被劝退的事是不是和他有关。”

“你直接问的？”

“没有，我很迂回，但该问的都问清楚了。”

陆纬顿时有些头疼：“那他是怎么回答你的？”

“哦，他基本没有正面回答，不过他的脸色很难看。”

“所以，你就跑到医院去问子安了？”

“嗯，还是我哥诚实，他把什么都告诉我了，证实我没有猜错。当年的事和你一点儿关系都没有，你就是帮王翀背锅。”

陆纬低叹一声：“是啊，那又如何？”

宋子悠一顿，沉默了。

是啊，那又如何呢？很多事情就是这样荒谬的，明明知道自己是被冤枉的，却求救无门，明明知道冤枉自己的人是谁，却苦无证据。

宋子悠轻轻握了一下陆纬的掌心：“你现在还怪他吗？”

“你是指王翀老师？”

“嗯。”

“说不上怪，但也无法原谅，我又不是圣人，做不到再见面还能云淡风轻，最多只是把他当作一个陌生人，没必要再产生交集。”

宋子悠想了一下，白天陆纬表现出来的态度倒的确如此。

“那……那件事呢，你释怀了吗？”

“我无法用‘释怀’两个字来定位现在的心情，我想应该是不再计较了。倒不是不在乎，而是想放过自己。刚出事的时候，我非常愤怒、暴躁，我被学校劝退，前途未卜，还被迫放弃了我最有兴趣的专业，我不知道自己该做什么，还能做什么。那样糟糕的心情和情绪持续了将近一年的时间，直到我偶然接触到消防专业，才又一次找到了人生方向。我用了五年的时间试图忘记过去那件事，也不和以前的同学接触，但是我越是这样努力越觉得无力，直到这两年我才渐渐看开，也许上天做这个安排，让我换一个职业是有道理的。我现在这样也没什么不好，做着自己感兴趣且有意义的事，每天都可以帮助别人，再见到以前的老师也不觉得愤怒，人生多了很多历练的机会，还因为这份工作而认识你……”

陆纬一股脑儿说了很多，是真情流露，也是有感而发。

宋子悠听着听着就入了神，她一眨不眨地看着这个男人，是真的心疼他。

直到陆纬话音落地，她抬起手，搂住他的手臂，说："其实我白天还有点儿想为你打抱不平来着。"

陆纬挑眉问："你打算怎么做，打他一顿？"

"我也不知道……不过现在看你这样，我又有一种松口气的感觉。比起帮你出口气，我更高兴看到你现在的样子。"

陆纬没有说话，却勾出一抹笑，无比迷人。

宋子悠也跟着灿烂地笑了："来消防队工作也是我这二十几年做的最正确的决定，因为在这里我找到了人生的意义，也找到了最喜欢的男人。"

4

平静的日子持续了几天，消防一大队又接连出了几次小任务。

政府和媒体都在呼吁大家防火防盗，高楼着火事件就发生在"昨日”，平日疏忽消防安全，到了关键时刻就会出问题。

因为高楼着火事件，各个建筑单位也都盯紧了图纸上的消防安全设计，相关部门的审核也越来越严。

转眼就到了秋天，天气开始干旱，雨水变少，秋风起时，消防部门开始呼吁市民注意安全，尤其是森林防火。

春秋是最容易着火的季节，结果还真是怕什么来什么。

就在一个深夜里，市内各个消防大队几乎同一时间接到紧急任务——紧邻本城的周山遭逢大火。

除了消防一大队，还有几百名消防队员纷纷出城赶往现场。

森林大火可大可小，因为随处都是助燃物，取之不尽的树木和杂草会将火势一步步推高，到了后半夜，火势已经变得无法控制。

陆纬等人在赶去的路上就已经听到最新战报，所有人都面色凝重，心惊肉跳。

消防员是最明白水火无情的职业，他们都和火灾打交道多年，深知它的凶狠和喜怒无常。尤其当火势蔓延到无法收拾的地步时，别说扑灭火灾，就是能勉强保命都成了一种奢望。

消防服是耐高温的，但这个“高温”是有上限的，温度到达一定程度，任何衣服都架不住，森林火灾的温度就相当于一个大熔炉，会比楼房火灾的温度高出几倍。

当温度高达两千摄氏度时，它会融化一切，即便火被扑灭，救援队都不可能立刻冲进现场搜索幸存者。

据说当温度在八百摄氏度到一千二百摄氏度时，就可以把人骨熔化成粉末，这是火葬场会用的温度，所以可想而知森林大火高达二千摄氏度时，所到之处就会寸草不生。

相比森林大火的温度，更可怕的是它的蔓延速度，消防员跑得再快，哪怕是世界百米赛跑冠军，也绝对无法赶在它前面。

树木的枝丫彼此相连，火光跳动，眨眼的工夫，就会从一棵树上跳到前面十棵树上，跑在树下的人根本没搞清楚怎么回事，就被火圈包围。

消防一大队的车在赶往现场时，陆纬已经面色沉重地跟队员们嘱咐起来，无论如何要先保障安全，绝对不能随意冲进一片看似火势不大的圈子内，要听指挥，要集体行动，尤其要小心林火爆燃。

火势爆燃大家都见识过，不过那都是在楼房里，有的房间房门紧闭，看似没有火光流动，这时如果贸然靠近门口，开门的瞬间很有可能会涌出火舌，火舌藏在门里，因为气压的关系闷成火球，关门时它会吸在里面，一旦开门就会喷涌而出。

不少经验尚浅的消防员就是在这样的火舌中受伤的。

所以当陆纬提到“林火爆燃”远比平日见到的“普通火势爆燃”威力更盛的时候，所有队员都下意识地皱起眉。

陆纬很快说：“咱们过去执行任务大部分都是在室内，对抗森林火灾经验不足，等到了地方需要听林火消防员的命令，不要任意行动。林火爆燃威力巨大，它会形成一个火球，向上空喷射出蘑菇状。形成原因有两种，一种是可燃物堆积太多，腐烂后产生沼气；还有一种是林火烧到狭窄的山脊、单口山谷、陡坡、鞍部和山岩凸起这种地形，一定要提高警觉，这时候在里面盘旋的气流遇到可燃物和火势，就会形成巨大火球，瞬间淹没一切。”

陆纬边说边将资料分发下去，让队员们迅速阅读，尽快熟悉。

按理说，像是这样的火灾是不需要城市消防员出动的，他们在这块领域都是新手，可是一旦火势巨大，人员不够，就需要城市消防员尽快补足。不仅如此，还会出动武警官兵和救援队，甚至连住在附近的村民也会一呼百应，总之还是那句话，一方有难八方支援。

楼房火灾的可怕之处就在于密闭空间太多，助燃物不可控，而且楼房里还有煤气和天然气管道，遇到火势会一触即发。

而森林大火相比之下，几乎是占据了天时地利，除了地下火，还有地表火和树冠火，地表火向上燃烧，燃到树梢就会变成树冠火，树有树油，绝对是天然的助燃物，森林的面积一般都是几十公顷以上，就是取之不尽的助燃物。

当树油被点燃时，就会向上喷射出四五米的火焰，燃烧速度是按每秒六到七米来计算的，更不要说在这个过程里浓烟上滚，氧气稀薄，四处弥漫着一氧化碳，消防员即便有装备在身也会瞬间觉得呼吸困难。所以消防员在遇到火势时，第一个要做的事就是勘察地形，绝对不能顺风逃生，不能往山上逃生，因为火势都是往上走的，越往上一氧化碳和浓烟越多，这个时候一定要迎火冲出火线，这是唯一的生机。

据曾经历过森林火灾的人说，当火势已经完全扑灭时，他们穿上装备深入地形搜寻幸存者，当时现场的温度和热浪都令人无法想象，仿佛随时都可能被那余温烫伤。

而后有专家说，当林火爆燃时，温度会瞬间高达千度，人根本没有反抗的余地，甚至还没反应过来就瞬间烧没了。也就是说，在这样的战斗牺牲中唯一令人安慰的就是，救火英雄们临死时没有受过太多痛苦。

当陆纬带队赶到现场时，听到数字报道，称燃烧面积已经超过了三十公顷，而且还在蔓延，如果不及时控制，会牵连附近十几个村庄，甚至会波及城市。

众人站在火势外围，还没冲进去，正在接受调配，就已经看到天边一片橘色火光，滚滚浓烟即便是在夜里也非常清晰。

熟悉森林火灾的消防员现场快速地给前来支援的城市消防员讲解，让他们无论如何也要跟紧，必须听从调配指挥，不能自己行动，遇到这样的天灾只能采取人海战术。森林消防员王队快速地讲解完，就让众人换上装备，跟他冲进去。

陆纬和陈放、方义夫、张淳一队，张青云和另外几名队员被分在另一队，临进火场之前，大家彼此对看了一眼，隔着面罩交换眼神，不用多说一个字，彼此心照不宣。

从这以后，陆纬再无暇顾及其他，他的脑子必须高度集中，全神贯注地放在眼前的灾难上。

陆纬不知道自己跟着王队跑了多久，王队每一次指挥，他们几个是行动最快的，虽然他不知道他们的行动可以令火势减缓多少，这冲进去的几百名消防员能发挥出多大的力量。他们身在火场，觉得整个世界都热得可怕，天被火光照得通明，那些浓烟看着让人触目惊心，捂住口鼻的湿毛巾很快就会变干、变烫。

他们一个个都有充沛的体力，但持续几个小时的消耗、快速奔跑，没有停下来休息和进食的时间，只能不停地透支消耗，汗水很快被蒸发掉，腿已经跑木了，却一点儿都不敢停。

陆纬是全队唯一一个时刻紧跟王队的人，队上除了王队还有一个指导员，指导员是最熟悉森林火灾习性的。

在王队的带领下，一行人很快来到一片燃烧过的空地，开始清理烟点。这里靠近断崖，是最容易出事的地形之一。

烟点清理完毕之后就要准备转场，原本一切都很顺利，然而就在这时，指导员听到了不远处传来噼里啪啦的声音，断崖下也开始冒出滚滚浓烟。

基于丰富的临场经验，指导员立刻意识到不对，与此同时，注意到这一点的王队也即刻下令，向前方冲，必须迅速撤离！

陆纬等人不敢耽搁，跟上王队往前跑，直到一棵大树轰然倒下，拦住一队人的去路。

树干很粗壮，也很长，根本没有余地让大家绕开，必须翻过去，可是树干高达一米，众人体力严重透支，要翻过去非常费力。

陆纬翻过去后，立刻回身要去拽下一个人的手。

指导员翻到一半，就翻不动了，他的身体被后面的王队用力托起。王队同时大喊道："都快点儿翻，要来大火了！"

但他的声音很快就被剧烈的爆炸声淹没了。

由于松树太多，松树自带的松脂就是最好的助燃剂，火一开始是从地表开始燃烧的，眨眼的工夫就蹿到了树梢，变成树冠火。火墙高达几十米，还伴有爆炸声，当王队喊出那句话时，火墙距离后面的人只有一二十米。

当爆炸袭来时，陆纬拼尽全力去拉下一个人的手，紧接着就被热浪推开，火舌汹涌地冲上天，变成蘑菇形状的火球。

陆纬和另外两名消防员被热浪弹开，一时间只觉得头昏脑涨，想赶紧爬起来去救人，但是身体却使不上力气。

也不知道过了多久，当他们终于可以从地上爬起来时，横在面前的松树另一头已经变成一片火海。

陆纬心里一咯噔，下一秒就被指导员拉了一把。

指导员大声喊道："快跑！"

陆纬不敢有丝毫耽搁，跟着指导员往另一头狂奔，在他身后还跟着一名消防员。

陆纬不知道那个人是谁，情况太混乱，他也没看清，他们只知道此时不能逗留，必须跑。可他心里却在过滤着同一队的名单。除了他和指导员，还有陈放、方义夫、张淳，还有王队，一共六个人。

直到三人跑到下一个点，必须尽快和其他队会合，毕竟三个人的力量不足以铺设水带，如果水带铺设得不够或者因为人少和动作慢耽误了时间，不仅起不到阻止火势的作用，更会给其他人添加负担。

但是一个只有两年服役经验的消防员，是绝对考虑不到这一点的。所谓的经验都是靠着一次又一次的救火任务的失败而累积的，这也是为什么一直有人呼吁要让消防员职业化。

当陆纬三人终于跟另外一队人会合时，他才终于有时间向后看了一眼跟上来的人是谁，也就是在这不到一秒的时间里，他心里又过了一次名单，他希望看到的是……无论是王队、陈放、方义夫、张淳，他一个都不敢选。

直到陈放气喘吁吁的模样出现在陆纬的视线里时，陆纬松口气的同时，心里也跟着咯噔一声，震惊和憋闷的情绪同时涌上心头，五味杂陈。

他眨了两下眼，努力辨认着陈放的模样，他的脸全黑了，但五官还可以分辨出来。那么也就是说，其余三个人已经……

就在这时，另一队的队长和指导员交涉起来，指导员喘着气讲述刚才的情况，又指了指陆纬和陈放。

这位队长面色凝重，问："那其他三人呢？"

指导员顿了一秒，才说："没翻过来……我们走散了。"

他说"我们走散了"，可他心里非常清楚，走散的可能性微乎其微。当时唯一的生路就在树的这边，另外三人根本不可能找到另外的路"走散"，要不就是横跨过来，获得生机，要不就是……

当"我们走散了"五个字说出来时，现场所有人都相继沉默了两秒，不约而同地低下头，大家的想法都是一样的。

直到新队长拍拍指导员的肩膀，说："别灰心。"

5

再一转眼，天亮了。

陆纬不知道自己跟着新队伍跑了多久，布了多少水带，他数不过来，他只知道火势正在因为他们的不懈努力而渐渐扑灭。

直到天亮，陆纬和陈放被换下来休息了一会儿，补充完体力又要冲进去。

也就是在这个空当，陆纬在安全地带的临时救护站遇到了宋子悠。

就在陆纬来到临时救护站的时候，宋子悠也一眼就看到了他。

宋子悠和陆纬一样，不知道自己包扎了多少伤者，她的手指从开始发酸到现在快要失去知觉，抬手的时候胳膊都在发抖。

被送过来的伤员，严重的当场死亡，轻一点的也是二度烧伤，现场是一片血肉模糊，惨不忍睹。

宋子悠每包扎一个伤者，心里都在发抖。她在害怕，无比害怕，她真怕下一个躺着送进来的人会是陆纬，更加害怕陆纬已经面目全非，即便近在咫尺她也认不出来。

直到宋子悠给一个抢救无效的村民标注上黑色标签，再一抬眼，她就在人群之中看到几个刚走进来的消防员，然后她的目光就安静地落在其中那个高大的身影上。

鼻子酸了两秒，宋子悠立刻奔了过来。

就在还差两步远的地方，她忽然站住脚了，目光快速搜寻陆纬身上的伤势，有烧伤，有烫伤，但目测都不算很严重。

陆纬的目光也同时胶着在她的脸上、身上。

两人没有一句交谈，宋子悠二话不说就拿起旁边的药水和纱布，给他进行快速包扎。

陆纬坐了一会儿，喝了一瓶水，吃了一点儿东西，体力严重透支，他累得一句话都说不出，就连宋子悠给他处理伤口时的疼痛都几乎感觉不到。他整个人的感觉都木了，脑子里乱哄哄的。

直到宋子悠轻声问他："其他人呢，怎么只有你和陈放？"

陆纬身体一僵，随即不动了。

他脸色发白，抬起眼睛瞪着火灾的方向，半晌没反应。

宋子悠包扎完，下意识看向他，这一看却愣住了。

陆纬脸上已有湿意，那从眼角滑下来的两道水流冲刷着脸上的污渍，但他却一声没吭，只是直勾勾地看着那边。

宋子悠一顿，下意识握紧拳头，想再说点什么。可她也已经想到了最坏的结果，心里拔凉，不知该如何开口。

这时，指导员冲上前，喊陆纬跟他走。

宋子悠转头一看，指导员的眼圈也是通红的，还有坐在不远处的陈放这时也抬起头，抹了一把脸上的眼泪。

陆纬擦了一把脸，站起身跟上指导员。

宋子悠不假思索地追出去几步，正准备叫住他，然而就在这时，有新的伤者被抬了进来。

宋子悠脚下一顿，又转身回了临时救护站。

这场森林火灾救援了将近一天，数百位消防员冲进去，牺牲了二十几人。这件事很快就轰动了。

网上和各大媒体都在争相报道，网友们也在频繁转发，疯狂讨论，有关部门积极做出调查和检讨，对死难者家属予以补偿。

但再多的补偿，死去的人也不会回来。

高楼火灾的事情刚过去几天，森林大火就占据了人们的视线，和高楼火灾一样，很多专家开始讨论这次的人员伤亡，到底有多少成分是因为天灾。

高楼火灾之所以持续时间过久，不少居民被困，全程需要出动一千多名消防员，主要是因为那栋高楼的消防安全设施老旧，新的维护跟不上，人为因素占据较大比例。

而这场森林火灾，很快就有人提出来，如果森林大火有一到两个应急人员意外遇难，那可能是灭火的战术操作层面出现了问题；可如果是像这次一样出现大批应急人员牺牲，那一定就是应急指挥的决策层面出现了问题。

也就是说，如果不在应急指挥的层面进行反思，那么像是这样应急人员大批伤亡事故将来还会再次发生。

也因为这件事，不少人开始将这件事和曾轰动一时的美国加州森林大火救援行动做对比。

美国的地理环境和气候与中国不同，那里因为温带季风气候的原因生长着很多易燃的落叶植物，秋天来时空气干燥，降水稀少，当从沙漠吹来了桑塔安娜热风时，这些落叶植物就很容易自燃。

也因为特殊的地理环境，令美国成为一个有丰富森林火灾救援经验的国家，早在二十世纪七十年代时，美国就发生过历史上第二次森林大火，波及范围两千平方公里，导致十六人死亡，损失了二亿多美元。也是那次事故之后，美国的消防机构开始总结重大事故应急机制上的问题。这和这次的周山大火情况很类似，比如因为太多人在向指挥官汇报，指挥官应接不暇，消防单位的各个组织架构不同，无法进行有效整合，多机构合作时没有清晰的指挥链，协调配合不够完美，灭火作业没有统一调度，令救援工作一度混乱且低效。

因为这次的人员损失，令众人终于意识到应急调配方案和战术的重要性，绝对不能等事故来临再做打算，必须要在这之前就组织和练习。大火扑灭后，相关部门统计了伤亡数字，死难者二十六人，其中消防一大队占据两人，正是方义夫和张淳。

任务结束之后，当陆纬带队返回时，车内一片死气沉沉，没有一个人说话，所有人都低着头。

有人在隐忍，有人在哭，每个人都无法从这令人震惊的事实中醒过神，就在一天以前，他们还在洗澡堂里说笑打闹。

陈放当时还和张淳一起开方义夫的玩笑，说他到现在都没忘掉苗晓娟，必须得赶紧找对象了，再不生以后要生不出来了。

在赶去救火的路上，陈放还和方义夫、张淳坐在一起。

可现在，张淳和方义夫没有跟他们回来，连遗体都烧没了，只在现场找到一点儿骨灰和熔化成残渣的装备。

一想到当时的场景，陈放的肩膀止不住地抖动起来。

就在这时，陆纬伸出一只手臂搭在他的肩上，用力一握，让陈放靠向自己。陈放终于抑制不住，嘴里发出“呜呜”声。

6

方义夫和张淳遇难的消息很快传回队里，队上一片哀戚。

宋子悠晚了大家几个小时返队，她需要留在现场做善后急救工作，等她回到队上已经是起火的第二天下午。

她回到医务室，看到刘创红着眼圈在工作，他们没有交谈，她也没有去找陆纬。她知道这时候所有人都在忙，他们要处理两位死者的身后事，还要通知他们家里。

宋子悠坐下来，发现手机上只剩下一格电了，上面有好多宋子安发来的消息，从问她和陆纬的情况，到后来他已经看过新闻，让他们节哀顺变，前前后后几百条消息。

宋子悠刷了两下就将手机扔到一边，低下头，任由眼泪哗哗落下。接下来的时间过得很快，队上所有人都在忙碌，没有一个人敢停下来。

周山大火事件转眼就过了一个礼拜，网上仍是一片悼念之声，方义夫和张淳在内的二十六位遇难者的葬礼已经举行完毕，他们生前用过的私人物品，发过的最后一条微博，留下的最后一张自拍照，纷纷出现在网友们的视线里。

每每看到那些消防员的音容笑貌，人们便不由得鼻子一酸。

这件事给整个社会都造成了重创和打击，它就像是一记警钟，提醒着政府和民众，防火于未然，消防安全和部署战略的重要性。

培养一位职业的消防员需要五年，而这五年并不仅仅意味着不停地训练和职业化的知识体系，还需要经历大小火灾累积经验。

但是一位消防员的牺牲却只是一瞬间的事，水火无情，人类在这些地震、海啸、水灾、火灾面前，根本渺小得不堪一击。

在这一个星期里，宋子悠只去医院看望了宋子安一次。到了病房里也只是坐着发呆，或是翻开手机刷新闻，和宋子安交谈不多。

宋子安让宋子悠尽快回去，不用留下来照看他，他很快就可以出院了，很多事可以自己来处理。

私下里，宋子悠也见到陆纬一个人坐在操场的角落里，低着头一动不动。她没有过去打搅，只是站在原地默默陪着他。

也不知道过了多久，直到陆纬抹了把脸站起身，才发现她就站在不远处。

直到悲剧过后将近一个月的时间，消防员遇难的消息渐渐淡了下去，网友们的注意力也被其他社会新闻转移。

宋子悠偶尔翻开手机看到上面的头条，都会不由得感叹人们的记忆力。

她只希望这次事件不要好了伤疤忘了疼，每一次火灾都是一次深刻的教训，希望二十六位消防员的牺牲给社会造成的重创，可以真的引起重视，不要再出现事后检讨的雷同事件。

网友们淡忘得很快，可是消防队上却仍是一片死气沉沉。

所有人的话都变少了，白天都是勤勤恳恳地训练，不敢有丝毫松懈，稍有一点儿空闲时间，也要利用起来补充知识。

方义夫和张淳的床已经收拾出来了，很快就要有新的消防队员补上来。

张青云因为这次任务，脊椎上的伤势变得越发严重，仅仅靠镇痛药已经压不住了。

陆纬这次非常雷厉风行，即刻打报告给上面，给张青云批了长假让他去做手术。

也因为这次的事，陈放等人迅速成熟起来，不再像以前那样嘻嘻哈哈，大声说笑。陈放知道张青云离开之后，他就要迅速肩负起副队的责任。可以陈放现在的历练，他要撑起副队的责任还有一段距离，所以就更需要加紧练习，抓紧一切时间和陆纬培养默契。

仅仅半个月的时间，消防一大队就出现了天翻地覆的变化。

第二十三章　东窗事发

1

一个半月后，大家已经逐渐从方义夫和张淳牺牲的悲痛中恢复过来，只是话里话外还时不时提起他们以前的事。每次提起，总是要不约而同沉默几秒，随即会有人打趣说：哎，以后要加倍努力啊，要好好表现啊，他们在天上看着呢。还会有人说，他们变成了天使，守护着队上。

另一边，宋子安也已经出院进入到正常生活中，只是他离开专业时间有点儿长，需要重新适应一段时间。

宋子安也没有回到原来的建筑事务所，他用了一段时间自我调整，重新规划未来。

宋子安一边找寻着新的工作机会，一边在积极背书，希望能多考下两个建筑业的资格证，以便将来在项目谈判上有更多的话语权。

宋子悠偶尔会到宋子安的住处看他，兄妹俩一聊就是几个小时，两人从小到大很少这样，也不知道是不是因为经历了那次意外之后，感情变得更深了。

宋子安改变生活方式之后，整个人的作息也变得健康起来，每天早上起来第一件事就是去晨跑，一改过去几年过劳的作息，连夜也不熬了。

这天早上，宋子安一早就去晨练，时间刚过七点。

宋子悠前一天是在客房入睡的，听到外面关门的动静就醒了，她又迷瞪了几分钟，正准备起来做早餐，给宋子安留一份她就回队上。

谁知洗漱了几分钟出来，宋子悠正准备往客厅走，这时就听到外面传来电子锁的开门声。有人按了密码进来。

宋子悠一怔，心想着大概是宋子安忘记带手机了，又跑回来取了。

宋子悠不疑有他，走出客房一看，刚好看到一个人影晃进了书房，那个人走得很快，宋子悠只来得及看到一个背影，却也足以分辨清楚那不是宋子安，而是一个和自己差不多高的女人。

宋子悠在原地停顿了两秒，很快就意识到这个女人是谁——艾小娴。宋子安住处的密码艾小娴一直是有的，毕竟他们曾经住在一起，后来两人分手了，艾小娴的东西也都搬走了，宋子安也没有想到要换密码。

但今天是怎么回事呢?

难道艾小娴突然发现有些东西忘记拿了，跑回来确认一下?要不然怎么会选择这个时间呢?

宋子悠皱了皱眉，动作很轻地走向书房。

书房的门没关严，只是虚掩了一大半，透过门缝就能看到里面。

艾小娴正蹲在书柜面前，柜门里有很多存放图纸的卷筒被她翻了出来，散了一地，她正在看卷筒上的日期，核对了一遍似乎没找到她要的东西，又一个个打开盖子，翻出图纸看里面的内容。

由于艾小娴找得太过专注，宋子悠推开门走进来她都没发现。

直到宋子悠走上前几步，就站在艾小娴背后不远，然后宋子悠突然开口说道:“小娴姐，你在找什么?”

艾小娴下意识尖叫出声，同时转过身，膝盖也跟着往前一歪，几乎是跪坐在地上，她一手撑着地，脸色惊恐，好像看到鬼。

也正是这个表情，这个瞬间，像极了做了亏心事的模样，也令宋子悠认定，艾小娴绝对不是来找自己的东西的，否则她不应该被吓成这样。

宋子悠笑了笑，没吭声，只是用目光扫过地上的狼藉，然后又意有所指地看向艾小娴。

艾小娴缓过来之后，脸上很快流露出一丝尴尬，她有些狼狈地将手里的图纸放回卷筒，盖上盖子，同时说："哦，那个，我有东西可能落在这边了，我回来找一下……"

"那一定是很重要的东西吧？否则你怎么选择这个时间回来呢，这么早……"宋子悠微笑着接过话，突然又问，"你来之前也没和我哥联系一下？"

艾小娴不自在地拨了一下头发，很快将翻出来的卷筒又一个个收回柜子里："你也说了，时间太早嘛，我不想打搅他。"

"那你找到你的东西了吗？"

"还没有，也许是我带走了吧。"

宋子悠走到跟前，从地上拿起一个还没有塞回去的卷筒："这些都是我哥参与过设计的建筑图纸。可是小娴姐，我记得你不是做设计的，你不是在地产公司负责项目吗？"

艾小娴尴尬地说："可能子安没和你说过，其实我们有合作过七次，子安他们事务所是乙方，我们是甲方，等子安交图之后，我那里也是要留一份图纸的，不过我那里的找不到了，所以……"

宋子悠随口问道："你找的图纸是正在施工的吗？"

"不是，完工了的。"

宋子悠故作诧异地挑了下眉，蹲下身，又将艾小娴塞回去的卷筒拿出来，作势找东西的模样："那是哪一年完工的呢？我来帮你一起找吧。"

艾小娴一顿，没吭声。

“没事的小娴姐，我来帮你找。”

“没事，不用找了，要不我再回去找找看。”

宋子悠“哦”了一声，站起身说：“那你告诉我是什么时候的吧，等我哥回来了我转告给他，我想他自己放的东西，他自己一找就找到了。”

可艾小娴却支支吾吾不肯说，还随便搪塞了两句就往门口走。

宋子悠立刻跟了出去。她的直觉告诉她，艾小娴很有问题，她专门挑这个时间——宋子安出去晨跑了才过来偷偷地翻箱倒柜……

两人一前一后地走出书房，就在这时，大门那里又响起一阵开电子锁的声音。宋子悠很清楚地看到哥哥进来了。艾小娴在原地愣了一下，她脸上还出现了慌乱。

宋子悠却冷笑了一声，直到大门推开，宋子安一进门，见到艾小娴，也是一怔。

“你怎么来了？”宋子安关上门走进来，脸色瞬间沉了，丝毫看不出来这两人曾经相爱过。

艾小娴有些词穷，张了张嘴没说话，别开脸有些不知道怎么面对。宋子悠却在这时佯装什么都不知道地说：“哦对了，哥，小娴姐过来找你要一份图纸，她那里的找不到了，应该是你们合作过的，所以她才一早过来，很着急的，你帮忙找找吧。”

宋子安明显一怔，诧异地看了宋子悠一眼，随即目光落在艾小娴脸上：“你要找图纸？哪个工程的？都完工的怎么还要找出来？”

艾小娴支吾了两声：“也不是很着急要，不算太重要，就是去年你接的我们公司的那个项目……”

宋子安看了艾小娴一眼，也觉得古怪了，他很快说：“那等我找到了，我把电子版发邮件给你，纸质版我只有一套。”

艾小娴仿佛松了口气，立刻说：“那好，那你找好了发给我，那我就先回了……”

艾小娴走得很快，就像生怕被人留下来似的。她走的时候一直低着头，都不敢和宋子安有眼神对接。

艾小娴夺门而出，门板合上。宋子安才收回视线，皱着眉看向宋子悠："怎么回事，是不是发生了什么我漏掉了？"

"对，你漏掉了一出好戏——有人特意趁着你不在家的时候进来偷东西。"

偷东西？宋子安也开始觉出蹊跷，追问道："你别打哑谜了，快说怎么回事。"

宋子悠叹了口气，很快用电热水壶烧了一壶水，趁着这个工夫说道："我一觉醒来，就发现有人不请自入，偷偷潜进你的书房翻箱倒柜，好像是在找你之前做的建筑图纸。我问她找什么，她吓得不轻，一脸做贼心虚的样子。我好心问她找什么，她也不说，还想赶紧走，显然她没有料到我会在这里，被抓个正着。然后，你就回来了。"

宋子安听完全过程，眉头皱得更深，他坐下来想了想，转而就明白了艾小娴的用意，她多半是来找之前出过事故的建筑图纸的……

只是艾小娴找的是哪一份图纸呢？是他出意外前和她吵架的那一份，还是他们上大学时把陆纬牵连在内的那一份？

宋子悠见宋子安半晌不说话，只是坐在那里想事情，她很快将烧好的热水倒出来一杯，递到他面前。

宋子安一怔，接过水杯，就听到宋子悠问："哥，艾小娴为什么要趁你不在的时候翻你的图纸？是不是有什么问题？"

宋子安没有接这个茬儿，只是问宋子悠："对了子悠，我出院回来收拾过之前的图纸，我发现有少，是你动过吗？"

"嗯，我是拿走了一个。"

宋子安明显松了口气，如果是宋子悠拿走了，他也能放个心。

"那你知道我拿的是哪个吗？"

"哪个？"

“就是陆纬被人诬陷修改的那一套，你们在大学时候和王翀一起做的项目，那个图纸我摊开看过，我发现有些修改的痕迹很奇怪，不过我不是专业的，想拿回去再研究，就顺手从你这里拿走了。”

宋子安笑了：“你这个小机灵鬼。”

2

经过艾小娴偷偷潜进宋子安的房子里找图纸的事件之后，宋子安很快就修改了新的电子密码。

这件事宋子悠心里一直在犯嘀咕，她总觉得艾小娴这次没得逞，还会再找别的途径下手。

事实上，宋子悠并不知道早在宋子安出意外之前，他和艾小娴就因为一个项目在施工期间出现了塌方事件而大吵了一架。那件事最终以项目的结构师被事务所解雇而终结，项目里也没有人员伤亡，所以地产公司和施工公司花钱平息了事件，结构师也拿到了赔偿金并且在艾小娴的介绍下找到了新工作。

这件事也直接导致了宋子安和艾小娴分手。宋子安更从被开除的结构师嘴里听到他亲口承认，整个事件里艾小娴就是幕后主使。

也因此，宋子安知道艾小娴在找的图纸是他出意外前做的最后一份。不过正是因为那份图纸太特殊了，一早就被他放在另一个地方，只是这件事宋子安没有告诉宋子悠。

另一边，宋子悠的注意力一直放在宋子安和陆纬上大学时出事故的图纸上，她一早就把装图纸的圆筒带回到消防大队的宿舍里，也不知道她怎么想的，竟然将这份图纸和艾小娴联系到一起。当年那个项目小组艾小娴也是参加了的，她或许也知道一点儿内情?

可无论宋子悠怎么想都想不明白，都过去那么久了，艾小娴找那份图纸还有什么意义，她肯定是不会帮陆纬的。

等宋子悠回到队上吃午饭时，不经意间和陆纬提起这事，陆纬的反应和她一样诧异。

“你是说，你一早起来，发现艾小娴自己进门翻子安的图纸？”

宋子悠点头说：“是啊，奇怪吧，她如果要找什么东西可以直接提出来，干吗偷偷摸摸地进来找？而且她也没想到我会在。也幸亏我在，要是被她找到什么，估计连个招呼都不会打就直接拿走了，神不知鬼不觉。”

陆纬半晌没说话。

他倒是记得在宋子安清醒后曾和他说过，在宋子安出意外前曾经发现有一个项目艾小娴的手脚不干净，也是因为那个项目令宋子安进一步得知当年在大学时，他是被冤枉的。

宋子悠见陆纬想事想得出神，便问：“你觉得艾小娴会不会是想找你们在大学时出事的那个图纸？”

陆纬一顿：“你怎么会这么想？”

“我也不知道，除此以外我也想不到别的。但我仔细想想，那件事和她也没关系啊，她似乎也没有动机要找出来。”

直到陆纬说：“别胡思乱想了。”

宋子悠“嗯”了一声，嘴唇动了动，最终还是没有把她藏起来一份图纸的事告诉陆纬。

3

转眼就到了下午，艾小娴为什么潜进宋子安家这件事，宋子悠仍旧没找到答案。

约莫到了三点钟，消防一大队接到紧急任务，很快出动。

出事地点是一个建筑工地，突发事故，有三名工人被困在地下一层。陆纬带队前往，很快来到事故现场。

这又是一次地库塌陷事件。

出事的时候，有三名工人正在一楼作业，地表坍塌得非常迅速，三人根本躲闪不及，和塌陷的地表一起掉到地下一层。

其中有两名工人当场死亡，另外一名工人运气好一点儿，被水泥板砸中了一条腿，只是在等候救援的过程中，他的腿渐渐失去了知觉。由于情势紧急，宋子悠第一时间跟了上来，等陆纬他们做好保护措施，将她送到地下一层。

宋子悠立刻来到受伤的工人身边，探查他的伤势。

这条腿已经保不住了，而且工人年纪偏大，已经四十来岁，经过一天的建筑作业，体力已经消耗大半，如今又加上重伤在身，基本上是进气少出气多，意识也开始昏沉。

宋子悠立刻给工人打了一剂针，等他清醒过来，追问："听得到我说话吗？你怎么样，之前有没有做过大手术，有没有病史？"

工人虚弱地摇了摇头。

其实像他这样的情况在建筑工人中间很常见，摇头并不代表没有病，而是有病了也会忍一忍就过去了，不会真的跑去医院看。

这时，陆纬也跟着下来，蹲到宋子悠旁边问："怎么样？"

宋子悠说："砸中他的这块水泥你们搬得开吗？"

陆纬扫了一眼塌方下来的水泥，说："有难度，就算用吊顶吊走，也需要一段时间，这里不好下手。伤者还能撑多久？"

宋子悠轻轻地摇了下头说："他恐怕等不了了，必须立刻送到医院，现在只能锯掉他的腿。这条腿已经保不住了，必须先帮他保命。"

陆纬面色凝重地点了下头，很快对上面喊道："陈放，把电锯带下来！”

陈放应道：“是！”

陈放很快重回到消防车前，将电锯搬下来，随即又冲回到塌方地。然而就在这时，陆纬和宋子悠却被绳索拉了上来，两人表情都很严肃。

陈放一愣，上前问：“队长，怎么了？”

陆纬只摇了一下头：“人已经没了。”

陈放下意识看向宋子悠。宋子悠也回了他一个眼神，说：“他能撑到咱们过来，已经是奇迹了。死因是心脏病突发。”

这件事故造成了三位民工死亡，消防一大队很快就接到相关调查部门的询问，按照惯例，像是这样的建筑事故都要一步步深入调查，看问题是出现在哪一个环节。

陆纬见到调查员，简单描述了一下当时的情况，回来时，刚好宋子悠到办公室找他，便问起此事。

陆纬说：“就我观察，这次事故不是意外，更像是人为。不过调查结果到底如何，还要等消息。”

宋子悠听了一顿，追问道：“人为指的是什么？”

陆纬解释道：“建筑事故如果出现人为因素，往往就是三种情况，一种是图纸不过关，一种是材料不过关，还有一种是建筑工人的作业有问题。不过一般来说，成熟的建筑工队都不会犯这种错误，建筑公司也不会将这种盖楼的大工程交给新人队，接手的施工方都是经验丰富的，所以前面两种可能性更大。”

宋子悠认真地听着，时不时还问上两个问题。

直到陆纬说道：“其实在收队之前，我大概看过一下现场，我觉得问题是出在图纸和材料两方面。”

宋子悠一怔：“你发现了什么？”

“用料太脆，很容易塌，而且那个地基也打得有问题，一般来说，结构师不会这么做地基。”

“那你有没有和来调查的人反映？”

“我提了一句，不过对方没当回事。想来也是，我只是个消防员，这种都是建筑专业的事，他们会更愿意相信专家的意见。再说我也没看到图纸，只是现场扫了一眼，我的话不具有说服力。”

隔了一秒，陆纬又道：“不过我打听了一下，这个工程是艾兴地产的，我记得子安和这家也合作过？”

“咦，艾兴地产？艾小娴就是艾兴地产的。”

艾兴地产的建筑工程又出了问题，这个消息很快在圈内不胫而走。去年才出过事，幸而没有造成人员伤亡，后来花钱抹平了，想不到这还不到一年的时间，又出了一起，还造成三位民工死在现场。

4

这件事很快就被有心人士挖掘出来，更有社会记者跟踪调查，要将两件事联系在一起报道，兴许能挖出什么地产黑幕。

宋子悠也在网上关注过该记者的文章，但也只是看一看，并没有太往心里去，直到有一天，宋子悠忽然接到韩冲的消息。

韩冲发来微信问：“子悠，小娴的事你听说了吗？她现在怎么样，和你哥他们都还好吗？”

这话问得没头没尾的，宋子悠一时不知道怎么回答。

宋子安和艾小娴分手的消息还没有在同学间传开，宋子悠只好回道：“我不太清楚小娴姐的事，我哥和她已经分开一段时间了，她出了什么事？”

韩冲一愣，很快说道：“天哪，他们分开了？我不知道啊，子安也没和我说……哎，那我估计艾小娴这次的事你哥也不知道吧？这事都在建筑圈传开了，好多人在议论……艾兴地产的一个楼盘出事了，艾小娴就是这家公司的，还是这次出事项目的甲方负责人。嘿，你说她这运气背不背，要不就不出事，一出就牵扯了三条人命啊！”

什么？艾兴地产的项目是艾小娴在抓的？

宋子悠很快就想到那天陆纬的话，他说图纸和材料都有问题。

宋子悠又立刻追问了几句，韩冲话匣子一打开就没完没了，把什么都招了：“哎，其实去年啊艾兴地产就出过一次事了，甲方负责人也是艾小娴，不过那次出事没闹出人命，就是地库塌了……我还以为你知道呢……”

宋子悠听着奇怪：“我为什么会知道？”

“咦，去年出事故的项目，建筑师就是子安啊！不过最终也证实了，问题不是出在建筑设计上，而是在结构上。那个结构师啊很快就被事务所开除了，后来又换了一个工作……”

宋子悠一怔，半晌没说话。

她脑海中忽然闪现出一个念头，它就像是一条线索，将几个碎片式的信息串联到一起。

比如，艾小娴突然潜入宋子安家找图纸，难道目的是为了艾兴地产的项目，而不是大学时的那项工程？

比如，艾兴地产连续两年出事故，两次事故的甲方负责人都是艾小娴，她怎么可能一点儿都没牵扯？

还有，宋子安和艾小娴突然分手，他还说是在意外发生之前就谈妥了，可是却一直没有说确切的分手原因，难道就和去年那次工程事故有关？

无数个问题一股脑儿地涌入宋子悠的脑海，她一下子仿佛什么都明白了。

宋子悠从韩冲口中得知艾兴地产的事情之后，第一时间就找到宋子安。

宋子悠来得匆忙，宋子安正在家里整理图纸，见到宋子悠脸色不对，便先给她倒了杯水，问怎么了。

宋子悠坐下来，问："这两天有个工程项目出事了，你知道吗？"

宋子安好像一点儿都不惊讶，他"哦"了一声说："你指的是艾兴地产？地库塌陷死了三个民工。"

宋子悠点头："事故当天，去现场救援的是我们队。"

宋子安倒是没料到这一点："是陆纬带队？"

"嗯。"

"那陆纬怎么说？"

"他的判断是，不仅图纸有问题，而且材料不对，是很明显的偷工减料。"

宋子安的眉头皱了一下，嘴里喃喃："竟然这么明显……"

"哥，那你知不知道这个项目的甲方负责人是谁？"

宋子安一怔，没说话。但很显然，他心里是有人选的。

宋子悠又问："你知道是艾小娴？"

隔了几秒钟，宋子安叹了口气："我是知道。我虽然现在没有上班，但是行业内的消息我也有在关注，同行在议论，行业网站也有公示，何况这件事媒体已经开始报道了。"

"可是你好像一点儿都不惊讶负责人是她，你是不是早就知道她私下做的事？我听人说，去年你出意外前设计的那个建筑楼盘也出了地库塌陷的意外，好在没有人员伤亡，而那个项目的负责人也是艾小娴。"

"子悠，你到底想问什么？"

事到如今，宋子安心里也已经有数了，以宋子悠的聪明程度，她知道现有的这些消息，应该就能拼凑出完整的事件，接下来只是时间的问题了。而他这个当哥哥的没有必要在这个时候再隐瞒她，也是时候坦白了。

宋子悠有些欲言又止，等了一会儿才开口说道："我有很多疑问都想知道。"

宋子安点点头，指着沙发示意宋子悠坐下来。

"你问吧，无论你问我什么，我都会一五一十地回答你。"

宋子安这样一说，宋子悠反倒愣住了。

从小到大，她对这个哥哥是非常了解的，他们之间的默契度甚至比父母还要高，有时候只需要一个小动作就能明白彼此的想法，进而心照不宣。所以到了这一刻，当宋子安摆出这样开诚布公的姿态时，宋子悠心里就有数了——整个事情的内情一定比她想象的要严重。

宋子悠咬了咬嘴唇，很快提出第一个问题："你出意外之前就知道艾小娴在背地里做的小动作，她和施工方利用偷工减料来赚差价的事？"

宋子安说："是。这种暗箱操作在行业里很常见，一般来说只要不过分，基本不会出现大问题。不过结构师定的材料标准都是进行过严格推算的，不懂的外行人觉得都差不多，换个材料也没事，结果酿成大祸。"

"那你和艾小娴分手，是因为这件事？"

"这件事是个引子。其实我和她的问题早就存在了，只是一直没有爆发出来，因为突然知道她在工程上做手脚，我们吵了几次，最终撕破脸。"

"也就是说，在你昏迷之前，你们已经分开了？"

宋子安点头。

"那我就不懂了，为什么她不实话实说呢，你昏迷之后她还一直扮演着你的未婚妻、女朋友的角色，有时候还会来医院照顾你，难道只是为了你们多年来的感情？"

宋子悠闻言只是笑了一下："也许吧。"

宋子悠抓住了这个瞬间，她觉得这里面有古怪。

“那天艾小娴突然跑过来翻你的图纸，找的是不是就是去年出事故的那套？”

“应该是，不过那套图纸我一早就单独放起来了。”

“也就是说，你一早就防着她这手了？为什么呢，难道她觉得你会去举报她？”

宋子安没吭声。

宋子悠越往下问，脑海中的拼图越完整：“我在想，艾小娴会不会也知道你们在大学时那次事故和陆纬无关？”

宋子安一顿：“她的确知道。”

“那她是一早就知道，还是后来才知道？”

“一早就知道。”

宋子悠怔住了。

艾小娴一早就知道，却一直没吭声？可是为什么呢？

就因为她曾经对陆纬表达过好感，陆纬拒绝她的好意，令她怀恨在心了？这个女人原来这么阴险！

想到这里，宋子悠喃喃地说：“艾小娴什么都知道，她明知道陆纬不是那种人，还在我面前演戏，还误导我以为陆纬和你出意外的事有关……”

宋子悠脑海中忽然灵光一闪，一下子把几个疑点串联在一起。

比如，艾小娴为什么要说陆纬和宋子安出意外的事有关呢？那天艾小娴也在火场里，她到底看到了什么，要故意转移视线，将黑锅扔给陆纬？

比如，艾小娴既然已经阴险到对陆纬拒绝她的事怀恨在心，进而隐瞒事实。那么多年过去了，她会不会做出比这个更出格的行为呢？

再比如，如果艾小娴在宋子安出意外之前就已经和他分手了，那么事务所所在的写字楼起火当日，她为什么又去找宋子安？

这三条疑点联系到一起，最终只能得出一个结论——艾小娴和宋子安头部受创的事有直接关系，她是怕查到她身上，所以提前栽赃出去，反正宋子安当时昏迷了，死无对证！

想到这一层，宋子悠身上的汗毛瞬间竖了起来。

然后，她抬起眼，有些不敢相信地看向宋子安，动了动嘴唇，隔了几秒才问出来："哥，你能不能老实回答我，那天在火场里，你的头是怎么受伤的？"

闻言，宋子安拿着水杯的手忽然一顿，眉头皱起，半晌没有动静。宋子悠一眼就看明白了："和艾小娴有关？"

宋子安好像很诧异，下意识抬头看她。

正是这个眼神，令宋子悠知道自己猜对了。

5

但即便得知真相，宋子悠依然不敢置信："是她用东西打了你的头？为什么，就因为你知道她暗箱操作偷工减料？她也太狠了吧，你是她的前男友，你从没做过对不起她的事，她为什么要这么对你？！"

宋子悠越说越气，脑海中不停地闪回着过去这小半年的片段，每一次她在医院里看到宋子安毫无生气地躺在病床上，她就觉得绝望。她真的很害怕宋子安会那样躺一辈子，直到医生宣布他所有脏器衰竭，宣布他脑死亡，并建议她拔管。

即便现在宋子安已经醒过来了，身体也在恢复当中，可是再回想起过去那些，她仍觉得后怕。

宋子悠激动地站起身，说："她有没有搞错啊，她对你都下得去这么狠的手，难怪她能干出偷工减料的事，闹出好几条人命！她知不知道她那一下打下去，后果可大可小，幸亏你现在醒过来了，要是……要是醒不过来……她就是在杀人……”宋子悠说着说着就哽咽起来。

宋子安也已经站起身，震惊之余还不忘环住她的肩膀安抚她。

宋子悠直接气哭了。

宋子安低声说道：“现在我已经醒过来了，过去的事都过去了，再说那天她也不是故意要对我下手。那件事我也有责任，我不应该在那种情况下还出言讽刺，激怒她。”

宋子悠：“你激怒她？为什么？”

宋子安叹了口气，开始讲起那天的事发经过。

就在事务所所在的写字楼发生火灾的前两天，艾小娴才用了陆纬当年被冤枉的事和宋子安做交换条件，令宋子安答应删掉一段录音。

在那段录音里，是他以前的结构师同事亲口说出艾小娴牵头偷工减料的事。

删掉录音之后，宋子安就去找了陆纬，这还是两人分开多年后第一次，多年未曾联系，两兄弟在一夕之间恢复邦交。

宋子安知道陆纬不是那样的人，心里的一块石头终于落地。

谁知不日写字楼就突然起火。那天起火之前，艾小娴又来事务所找他。

由于还是在假期，事务所的人都去度假了，只有宋子安留下来赶一份图纸，其实他也是想借由工作躲开艾小娴的胡搅蛮缠。

艾小娴来找宋子安的理由很简单，据她说地产公司内部正在查那起事故的内情，也不知道是谁说了什么，令上头认为是她这里出现了问题。

艾小娴话里有话，还质问宋子安：“录音你是不是还有备份，你是故意的对不对！宋子安，我没想到你这么卑鄙，你还骗我说只有云端备份了，还让我亲手删除，暗地里却多存了一份，还在背后捅我一刀！”

听到艾小娴的控诉，宋子安无比震惊，他是完全没想到艾小娴会这么想他，可他又无法证明自己没有做这件事。所谓证有不证无，他没有另外一个备份，又该如何证明呢？

宋子安一时只觉得很无力，说道：“不管你相不相信，这件事和我无关。”

艾小娴瞪住他：“你有证据吗？不是你还会是谁？”

“我不知道是谁，但我既然已经和你做了交换，我就不会出尔反尔，多备份一份背着你交出去，这种事我不屑于做。我要是想举报，我也会光明正大的。”

谁知，艾小娴听到这样的解释，非但没有释怀，反而更加激动了：“你看，你说漏了吧！你说你想举报，也就是说，你的确想过这件事，你还说不是你！”

艾小娴情急之下已经理智全失，不仅胡搅蛮缠而且蛮不讲理，她疯起来的样子简直就是泼妇。

宋子安见她这副模样，越发怀疑过去和自己在一起那个被他曾经深深喜欢过的女人到底是不是眼前这一个。

这段时间他们两人吵了好几架，而且还是在宋子安一年当中最忙碌的时候，光是赶图就已经身心俱疲，却还要被艾小娴想一出是一出地拉着争辩。每次吵架之后宋子安都觉得头疼，太阳穴一抽一抽的。他也搞不懂为什么艾小娴有这么强的战斗力，这些靠吵架根本扯不清的恩怨，她为什么一定要浪费时间？

所以到了这一刻，宋子安只是无力地叹气，他已经不想再吵了。

只是见到宋子安沉默了，艾小娴却越发来劲儿，她甚至觉得自己猜测的都是对的，根本就是宋子安当面一套背后一套，这个男人简直太阴险了，这才刚分手就这么对她！

艾小娴一时气愤，就开始口不择言，甚至连压抑在心里最深处的秘密都脱口而出了。

“我当初真是瞎了眼……有其父必有其子，你可真不愧是宋建的儿子。”

此言一出，宋子安立刻愣住了。

宋子安自然想不到他会从艾小娴口中听到自己亲生父亲的名字，而且还是用这样的口吻，在这样的情景之下。按理说不应该啊，他父亲宋建去世得早，那时候他和艾小娴虽然已经在一起了，却没有机会把她带回去见家长。

思及此，宋子安皱着眉头问：“你认识我父亲？你们见过？”

艾小娴冷笑一声，心里已经打算破罐子破摔了，反正话都说出口了，开弓没有回头箭，索性就继续说道：“我不认识你父亲，不过我很清楚地知道他是什么样的人，他不仅花心，不负责任，没有担当，而且还是一个彻头彻尾的渣男！”

宋子安更加震惊了，而且被她的用词刺激到。

宋建的确有过两段婚姻，他在男女关系的处理上也的确有不是之处，可是宋子安身为宋建的儿子，怎么可能听得了别人这样非议他。

宋子安气道：“你凭什么这么说？”

“就凭他毁了我们一家！”

“你们一家？你是说你父母……我记得你父亲很多年前就去世了，你还说是因为你母亲和人跑了。可我敢保证让你母亲抛家弃子的不是我父亲。”

“当然不是，你父亲怎么会看得上我母亲？但他虽然不是那个可恶的第三者，却是始作俑者。”

“什么意思，你说清楚？”

艾小娴吸了口气：“我母亲年轻的时候曾经暗恋过宋建，但宋建不知情，我母亲后来和我父亲结婚也是认命了，反正她这辈子也就那样了，无所谓了……谁知道在我上大学之后，她又一次遇到宋建——

她当年喜欢过的初恋，过了那么多年依然风度翩翩，她心里的防御一下子崩塌了。再对比一下躺在病床上整日病病殃殃的丈夫，任何女人都会恨不得这个男人立刻消失。也就是因为你父亲的突然出现，令我母亲忽然想通了，她整个人都豁出去了，干脆离开我父亲，还带走了我们家所有的钱……”

这以后的事宋子安基本上都知道了。

在大学时，艾小娴不像其他同学那样无忧无虑，她除了上课就是打工，时间没有一点儿空闲，所有的一切都在向钱看。

艾小娴那时候不仅要赚自己的学费、生活费，还要为了她父亲的医药费奔波，但她父亲支撑了没多久就过世了。

艾小娴的母亲方晓也再没有出现过，方晓走得没有一点儿留恋，到现在也没有联系过艾小娴，是死是活也不知道。但宋子安的确想不到，方晓是认识他父亲宋建的。

宋子安震惊地站在那里，过了一会儿才反应过来，说："也就是说，我父亲没有直接破坏你的家庭。"

"可我母亲是因为他才受刺激的！"

宋子安闭了闭眼，知道她又开始胡搅蛮缠了，脑海中也跟着蹦出两个疑问。

"我很好奇，你既然这么恨我父亲，为什么还要和我在一起？还有，你是什么时候知道宋建是我父亲的？"

宋子安话音落地，屋子里出现了良久的沉默。

半晌过去，艾小娴才冷漠地开口："我一开始就知道你们是父子。不然，我为什么要和你在一起呢？当时追我的人有那么多，我干吗要选一个继承了渣男基因的男人？"

宋子安彻底惊住了，甚至是当场石化。

他怎么都想不到，相爱交往多年，最初竟然是因为这个，那么后来他们之间的感情也都是假的？这个女人的城府竟然这样深？

宋子安难以置信地问："所以，这些年你一直在演戏，你是想报复？"

艾小娴没有回答这个问题，只是话锋一转，忽然说："现在说这些还有什么意义，我今天来找你也不是为了这些事。"

宋子安一顿："你们公司有人在调查你，这件事和我无关。"

艾小娴双手环胸，冷笑道："我不相信。"

"OK，那你要怎么才相信？"

"你现在就把你所有的个人邮箱、手机、硬盘都拿出来，我要一个一个检查。"

宋子安一怔，随即摇了摇头，依言照办。

他把艾小娴要的东西都摆在桌上，艾小娴也没跟他客气，走到电脑面前开始一个一个检查。

时间过了十来分钟，艾小娴一无所获。她皱着眉，有些不能相信。

直到宋子安说："你已经检查过了，也应该死心了，我还要工作，你可以离开了。"

"你为什么会这么痛快地让我检查？难道你已经做了两手准备？"

宋子安一时只觉得啼笑皆非："说要检查的人是你，检查不到不死心的也是你，你到底想要个什么结果，是不是非得查出点什么才肯罢休？然后呢，你打算怎么办？不管举报的人是不是我，这件事你们公司内部都已经有人知道了，我能让他们失忆吗？你现在要做的事根本不是在我这里纠缠，而是去想该怎么解释，多给自己争取点儿分数。"

艾小娴没想到她反倒被宋子安教训了一顿，一时气道："宋子安，你别太过分！"

谁知这话刚刚落地，与此同时，不远处就忽然响起火警警报。

那警报声十分刺耳。办公室两人同时一愣，彼此互看了一眼。

宋子安很快走到窗口，打开一扇小窗，伸头往外一看，原来是比他们低两层的地方起了火，浓烟已经滚了出来。

宋子安一愣，立刻对艾小娴说："着火了，快走！走安全通道，别走电梯！"

宋子安话落就要往门口冲，可艾小娴却不知道怎么想的，竟然快步拦了上去，还和他纠缠起来，同时喊道："你先别走，咱们必须把事情先解决了！"

宋子安惊了："你疯了你，着火了，先逃命要紧！"

艾小娴说："现在这个时间、这个地段都不堵车，消防局离这里很近，他们一会儿就会赶到。你急什么？再说，着火的楼层也不是这里，你别想故意转移视线，过了今天我还要再来找你一次，我没那么多时间，你现在就跟我老实交代！"

宋子安骂了一句"神经病"，就要强行离开。

艾小娴不依不饶，紧紧抓住宋子安的衣服，他一时无法挣脱。

两人纠缠之间，宋子安也急了，他终于忍无可忍喊了一句："对，你公司的事是我举报的，行了吧，你满意了吧，现在我给你答案了，我能走了吧？！"

艾小娴的动作一下子就顿住了，愣愣地看着他："真的是你……"

宋子安无奈地翻了个白眼，甩开她的手走向门口，可是人还没出去，脚下却突然顿住，他犹豫了两秒，终于还是妥协了，正准备回身拉艾小娴一起走。

谁知就在回身的瞬间，后脑突然遭到一记重击，他的脑子一下子就蒙了，眼前一阵阵发黑，人也跟着发飘，双腿软绵无力。

宋子安一下子半跪在地上，下意识抬起一只手去摸后脑，他摸到了血迹，接着他又看向上方，只见艾小娴傻愣愣地站在他面前，她手里还拿着他得过的设计奖奖杯。显然，刚才是她用奖杯打了他。

宋子安试图发出声音："你……"

艾小娴却向后退了两步，脸色煞白，然后她就抱着奖杯冲出门口。故事讲到这里告一段落。

宋子安看向宋子悠，说道："现在你应该知道是怎么回事了。"

宋子悠无比震惊，开始回想着之前的一些细节，然后问："那个奖杯后来好像是在另一个房间里找到了，不过上面没有血迹，应该是艾小娴擦掉了？"

"也许吧。不过因为她当时跟我纠缠，耽误了最宝贵的逃生时间，所以她和我一样被困在楼里，只能等消防员来救。"

宋子悠心里一阵阵发凉，头皮也跟着发麻，她好一会儿都找不到语言，也不知道该如何形容艾小娴，最终只是说道："这个女人，真是太可怕了……"

宋子悠安静地坐了一会儿，努力消化着这些，直到她突然想到一个问题，便问宋子安："可是我不懂，哥，你现在已经醒过来了，你为什么不报警？是她打伤你的，这是故意伤人罪，她要负法律责任的！还有，她做的工程出了人命事故，她也要负上责任！"

宋子安说："我原本是想既然我已经没事了，和她也说清楚了，我希望她能吸取教训，以后不要再做出格的事，便想就这么算了。至于那几个民工……我的确没想到时隔一年之后，她又来了一次。"

宋子悠无奈地叹了口气："哥，她之前尝到了甜头，怎么会轻易收手呢？贪心不足蛇吞象啊，她靠这个牟取暴利，之前又没闹出过人命，自然就会有侥幸心理，下回只会玩得更大！"

"是啊，你说得对，是我一时心软，考虑到她家里的事，就想和她好聚好散算了。"

宋子安摇了摇头，不知道该说什么。

第二十四章　尘埃落定

1

这天下午，宋子悠回到队上，就把子安说的这些事告知了陆纬。

陆纬听后也是皱了皱眉，说：“自作孽不可活，现在东窗事发，她这次很难脱身了。”

但无论如何，艾小娴和他们都已经不再有关系，是死是活都不关他们的事了。

直到过了几天，消防一大队接到一项任务，说是前几天发生事故的工地又有人报警，警方已经出动了，还要求消防队配合，好像是有人被绑架了，地点就在那个工地里。

陆纬立刻带队出动。

这件事实在是古怪和蹊跷，按理说就算要绑架勒索，也不会选在工地里，何况这个工地刚刚停工，正在接受上面的事故调查，施工刚完成了一半，设施不全，骨架还没有建完，根本还不到砌墙的那一步，从外面一看就能看到里面的人在做什么。

如果要在这里绑架人质，警察是很容易利用楼梯通道突围上去的，歹徒做什么也能一目了然。

直到消防车和救护车前后赶到现场，陆纬和宋子悠上前了解情况，这才从警队的指挥刘队口中得知，这次他们面对的不是穷凶极恶的职业绑匪，就是几个普通市民，而且还是三个寡妇。

这三个寡妇不是别人，正是前阵子因事故身亡的工人家属，其中一位是母亲，另外两位是妻子，这次的事情是由那位母亲牵的头。

据说，好像是在事故调查阶段出了纰漏，有人将内情捅了出去，也不知道怎么就让三位寡妇家属知道了，而地产公司的赔偿又谈不拢，好像要在这件事情上讨价还价。

三位寡妇家属原本就因为亲人之死而悲恸欲绝，这时又知道了惊人内幕，被人一撺掇，就撸起袖子一起绑架了甲方的负责人。

听到这里，陆纬说道："刘队，你刚才说他们绑架的是这个工程的甲方负责人？"

"是啊，怎么了？"

"那负责人是不是叫艾小娴？"

"是啊，你认识？"

陆纬皱了下眉头，下意识看向宋子悠。

宋子悠也是绷着脸，不知该说什么。

几分钟后，消防队已经快速布置好设备，关键时刻如果万一人质被从楼上推下来，他们也有安全气囊进行补救。

这时，从施工楼上的三层传来一个中年女人的声音。

"我们要求见两个人！等见到人，我们问了我们想知道的事，讨了说法就放人！"

刘队听到声音，立刻问："你们想见谁，有任何要求，我们都可以商量！"

那中年女人说："我们要见的是建筑学院的老师王翀，还有一个是以前在那儿上过学的学生，陆纬！"

此言一出，消防队的人皆是一愣。

陆纬顿了一秒，就来到刘队旁边："她们要找的其中一个人，应该是我。我就是陆纬，以前在建筑学院念过书，王翀是我当时的结构老师。”

刘队一惊，下意识多看了陆纬一眼：“你确定？”

陆纬点头：“但我不知道她们要见我做什么。”

刘队思忖了几秒，很快让一个警察先去把王翀找来，随即开始和陆纬交代情况并嘱咐接下来可能会发生的事。

站在人质安全的角度考虑，警方自然不希望送更多的人质上去，下一步就是希望尽可能地争取时间。如果那三个寡妇要问话，就通过话筒问话，陆纬不要上去正面接触。而且在一问一答的阶段，陆纬要尽量注意自己的说话方式和内容，尽可能地避免刺激对方。今天最主要的目的是救出人质，现场不要发生任何人员伤亡事件，那三个寡妇虽然绑架了艾小娴，可她们也都是妇孺，才刚刚死去亲人，也应该体谅。

陆纬领会了刘队的几个意思，心里也有了数，事实上他们消防一大队也经历过几次类似事件，要不就是一方要挟另一方要跳楼，要不就是小打小闹式的绑架，每一次消防队都需要配合警方行动。

在王翀来之前，刘队先将扬声器交给陆纬。

陆纬试了一下音，就对楼上的人喊话：“我就是陆纬，现在是消防一大队的队长，你们找我想问什么事，可以问了。”

楼上安静了一会儿，然后出现刚才那个中年女人的声音：“你说你是陆纬，那王翀是你什么人？”

“我以前在建筑学院念过两年书，王翀是我当时的老师。”陆纬回答完，就把主动权拿了过来，“请问您怎么称呼？”

中年女人接口说：“我姓王，在家里排行老三，所有人都叫我王三姨。”

“那我也叫您王三姨。王三姨，我有什么可以帮助你们的？”

“八年前，我丈夫来这里做工程盖楼，工程发生了意外，我丈夫和当时的十几个工友当场死亡。后来经过调查，说是那工程在结构图纸上出了问题，我不懂什么是结构图纸，后来找人打听了一下，才知道是地基不对。再后来，我四处找人打听，才打听到负责那个图纸的是一个还在上学的大学生，因为这件事他被学校劝退了。他们还告诉我说，那个大学生叫陆纬。”

王三姨这话一出，全场一片安静。

刘队等人是今天来到现场才接触到此事，也是第一次听到这个故事版本，惊讶之余，自然也没想到会这么巧。寡妇王三姨绑架了最近出事的工程负责人艾小娴，却突然说要见两个人，还提到了八年前的另一个工程，而牵扯其中的那个大学生就在现场，还已经成了消防队队长。除了刘队等人，消防一大队的其他队员也是纷纷一怔。

但无论是陈放还是其他人，都只知道陆纬曾经上过大学，因为一些原因离开了那所学校，却不知道是因为这件事。

可众人对陆纬的人品是信服的，他们不相信陆纬是那样的人。

直到王三姨这时问：“我说的那个陆纬，是不是就是你？”

陆纬没有迟疑：“是我。”

所有人都齐刷刷地看向陆纬的背影，不能相信。

王三姨好像冷笑了一声说：“当时的你和我儿子差不多年纪，我听说你在你们学校是高才生，因为这件事永远都不能做设计师，我心里真是觉得又气又恨又惋惜。我儿子学习不好，连高中都考不上，我一想到你离开学校，前途也毁了，加上当时施工方那边赔了我们一大笔钱，而且当时也有人告诉我们说，这件事意外的成分更大，我们就算是去法庭告，也告不赢，而且还要花很多钱。我们没办法，就只能算了……”

王三姨突然话锋一转：“但是我没想到，同样的事情在今天又发生了一次！”

就在王三姨说话的时候，刘队已经拿到这三个寡妇的详细资料，并且交给陆纬。陆纬一看，不禁怔住了。

这次工程事故里死去的三个工人中，有一个正是王三姨的独生子。也就是说，王三姨先后失去了丈夫和儿子……

陆纬皱起眉，心里一时五味杂陈。

王三姨也在这时说道："我丈夫没了，现在连我儿子也没了，他们爷儿俩都是因为盖楼，都是因为这该死的地库塌了，都是因为那该死的设计师没做好图，还有什么偷工减料！那些人赚着黑心钱，却让我们贫苦老百姓帮他们填命，这天底下没有这样的道理！我今天就要在这里算一算账！"

陆纬听到这里，问："您想怎么算？"

"一个是八年前那笔账，我要和你、和你的老师算算清楚，还有一个是前阵子我儿子出事这笔账，我也要和你算一算。"

陆纬却有些听不懂了："您是说，您儿子的事情也要和我算？"

"对，有人告诉我，事故发生那天，是你们消防一大队来救的人，当时我儿子还有救，因为你们的疏忽，他才丧命的！"

陆纬一怔："当天进行救援任务的的确是我们队，不过我们赶到现场的时候，其中两位工人已经身亡，还有一名工人还有呼吸，但他的一条腿被水泥板压住，无法动弹，而且随时会出现再次塌方的情况。我们立刻进行救援，决定锯掉他那只腿，将他送往医院。"

王三姨一听，下意识往身后看了一眼，又问陆纬："然后呢？"

"很可惜，在我们决定实施方案的时候，那位工人因为突然心脏供血不足，当场心脏病突发而亡。"

王三姨那边忽然沉默了，扬声器里只能听到她的呼吸声。

"而且我记得很清楚，最后尚有呼吸的那位工人，已经过了四十岁，应该不是您的儿子。"

陆纬话音刚落地，王三姨身边就突然多出来一个女人，她还拿走王三姨手里的扬声器，对着陆纬喊道："你说的男人，是不是四十来岁，头发不多，右边脸还有一块黑痣？"

"是。"

那个女人声音哽咽起来："那是我家男人。"

陆纬一顿："我们很抱歉，我们已经尽力了。"

女人哭了。

王三姨又把扬声器拿了回来："你敢说，你们赶到的时候，我儿子已经……已经咽气了？"

"我敢保证，当时出任务的所有消防员和队医都可以做证，我们赶到现场的时候，两位年轻一点儿的工人均已没有呼吸。"

王三姨忽然不说话了。

陆纬问道："王三姨，是谁告诉您，您儿子当时还有呼吸的？"

王三姨一愣，随即恶狠狠地往回走了几步，然后她就推了一个被反手绑住的女人出来，正是艾小娴。

"就是她说的！"

下面的人纷纷往上一看，艾小娴已经来到了边缘，一个不小心就会掉下来。

陆纬侧过头，朝身后使了一个眼色，陈放立刻意会，很快带着其他队员将充好的安全气囊搬到艾小娴站的位置正下方。

王三姨这时气愤地说道："就是这个女人告诉我的，她说我儿子的死不是她的问题，他原本是可以救活的，都怪那天行动的消防队麻痹大意！"

然后，王三姨又对艾小娴说："现在人家消防队已经来了，还说所有人都可以做证，你说，到底是你在说谎，还是他们？你们现在当场对质！"

艾小娴吓得脸色都白了，支支吾吾"我"了半天，也没有说出一句完整的话。

刘队这时凑到陆纬旁边，说："王翀马上就到了，这个时候千万不要刺激王三姨，她随时都会将人质推下来。"

陆纬轻轻点了下头，马上对王三姨说："王三姨，我们消防队每一次出任务都会一五一十地和上头回报，救援当天的事我们也做了记录，你要是想知道当天发生的所有细节，等你们下来了，我亲自拿给你看！"

王三姨安静了几秒，忽然笑了："年轻人，你就是想骗我们放了她，我不会上当的。"

陆纬也知道她不会这么容易妥协，便将话题一转，说："那么王三姨，你刚才不是说还有一件事要和我对质吗？"

王三姨果然被转移了注意力："对，还有八年前那件事，你现在就当着这么多人的面，跟我交代清楚！"

2

王三姨话音刚落，王翀就被警察带到了现场。

王翀气喘吁吁地跑上前，看着陆纬，一脸震惊，在赶来的路上，找到他的警察已经和他说过情况，他一听事发经过心里就一咯噔。

王翀咽了一下口水，陆纬和他交换了一个眼神，就对王三姨说："王三姨，你要找的两个人都已经在这里了，你有什么问题，就问吧。"

王三姨也看到了王翀，立刻问："你就是王翀？"

王翀接过扬声器："我是。"

王三姨顿时又有点儿激动："好，那我问你，你是怎么教的学生，盖个楼有多难，那个图纸有多难，你怎么能随随便便交给一个学生，造成了事故，死了十几个工人！"

王翀心里跳得很快，他赶来得匆忙，一上午都在讲课，都没工夫喝水，就来到这里，听到王三姨的指责，更是气血往头上涌。

但事实上，王翀心里早就有了觉悟。这八年来，他没有一天过得心安理得，他经常会做噩梦，他不是一个心大的人，为了当初那十几万块钱，连累了十几条人命进去，他每天都在后悔。

到了这一刻，王翀终于知道自己不能再逃避了，索性就举起扬声器，将这八年来的心声和压抑多年的秘密一股脑儿地和盘托出："这件事不怪陆纬，根本和他没有一点儿关系。"

王三姨一愣，问道："都到这时候了你还在袒护你的学生！"

"我没有，我说的是事实！那个图的负责人是我，最后的修改也是我做的，不是陆纬。他只是帮我背了黑锅，还因为这件事被学校劝退了！"王翀一口气喊完这句话，好像把憋屈了八年的情绪都抛了出来。

在场所有人也都是一惊。

王三姨更是追问道："你是说，那件事是你的责任，和你的学生无关！"

"对。我一人做事一人当，当时有人给了我一笔钱，让我改图纸，我答应了。"

"就为了一点儿钱，你就能干出这么丧尽天良的事！你们这些人的良心都被狗吃了！"

"这八年来，我心里一直都很后悔，我也很想去自首，可我没有勇气……"

王翀声音哽咽地将自己的心声告诉王三姨，并且还膝盖一软，当场给她跪了下来，更在地上磕了几个头，呜呜哭出了声。

王三姨也哭了出来："你现在说这些还有什么用，你以为你磕几个头，那十几个工人就能回来了！"

王翀也知道现在再做什么都是于事无补，他正想直起身再说什么，心口却在这时涌上一阵剧痛。

扬声器掉在地上，发出刺耳的声音。王翀捂住胸口，无力倒下。

宋子悠最先注意到异状，急忙奔上来，让王翀平躺在地，开始给他做心脏按压。

刘创也拿了急救箱跟上来，拿出舌下片塞进王翀的嘴巴里，配合宋子悠进行双人心肺复苏。

场面一时有些混乱。

王三姨在上面问："他怎么了？"

陆纬见状，拿起扬声器，皱着眉说："应该是心脏病突发。"

楼上三个寡妇一时面面相觑，不知道如何是好。

直到陆纬说："王三姨，王翀老师现在无法回答你的问题，他需要尽快送到医院进行抢救，有什么问题，你们可以继续问我。"

王三姨愣了两秒，说："我现在问你还有什么用，我丈夫和我儿子的死，都和你没关系……现在害死我丈夫的人已经这样了，而害死我儿子的……"说到这里，王三姨想到艾小娴。

再一转头，才发现艾小娴已经趁着刚才那阵混乱悄悄地往楼梯的方向移动。

王三姨一怒之下，喊道："她要跑！"

另外两个寡妇情急之下，立刻追上艾小娴，一个抓着她的肩膀，一个抓着她的头发，就听到艾小娴发出一声尖叫，很快就被压制到楼边，距离下面就只差一步了。

刘队这时立刻喊道："王三姨，请你们冷静，不要冲动！"

可是已经晚了……艾小娴试图挣扎，而且动作很大，这无疑是刺激了三个寡妇，很快和她纠缠在一起。

混乱之余，也不知道是谁推了谁一把，下一秒王三姨就和艾小娴一起掉了下来。另外两个寡妇相继发出惊叫声。

但就在眨眼间，王三姨和艾小娴就掉在下面的安全气囊上。

气囊受到重击，向上弹起，两个女人的身体被弹开，艾小娴运气比较差，顺着气囊滚到边缘。

刘队一声令下，几名警察和消防员立刻上前救人。

就在这时，宋子悠和刘闯也将王翀送上救护车，听到动静回身一看，愣住了。

有人喊道："快，救护员，这里有伤者！"

这次的绑架事件很快就上了社会新闻。

和绑架事件相关的一系列工程事故案件也被媒体逐一翻了出来，浮出水面，真相大白。

工程事故的甲方负责人艾小娴，因为从高处坠落，头部不慎磕到工地凸起的一块角铁，导致颅内瘀血，被送往医院做了开颅手术。

手术虽然成功，艾小娴也度过了危险期，但是因为手术风险，她醒来后双腿失去了知觉，可能一辈子都要靠轮椅代步了。但无论如何，总算是捡回了一条命。

王翀心脏病发，送到医院后抢救过来，但因为他在现场坦白的事情，很快就有警方介入进一步跟踪调查，接下来王翀就要面临官司和刑事责任。

尽管宋子安没有追究艾小娴的伤人罪，可是艾小娴也因为这次事故被告上法庭，更被艾兴地产开除。

3

再一转眼，又过了三个月。

艾小娴被关押在看守所，她的案子法庭刚刚宣判，她很快就要坐牢了。

宋子悠和宋子安一起去看过一次艾小娴。

宋子安只问了她一句："因为你母亲和我父亲的事，你才接近我，和我在一起，事到如今你有没有后悔当初那么执着？"

艾小娴低下头，半晌过去，才摇了摇头，却没说话。

宋子安叹了口气，也不准备再说话，他很快离开探监室。一切缘分都已经尽了，说什么都是多余的了。

宋子悠也准备跟着出去，谁知艾小娴却将她叫住。

然后，艾小娴对她说："子悠，过去的事是我做得不对。不过，我一点儿都不后悔没有将陆纬当初被冤枉的事说出来。我只愧对子安一个人，是我不好，不应该走极端，辜负了我们之间的感情。"

宋子悠听到这话，只是皱了下眉头，对艾小娴的人生和选择也不想过多评论。

宋子悠最终只是笑了一下，就转身出去了。此刻，她和子安想的一样，说什么都是多余的了。老天有眼，一切都是最好的安排。

等她和宋子安一起走出看守所，就见到陆纬的车等在外面。

见到他们兄妹二人，陆纬忙下了车。三人相视一笑，有一种从未有过的轻松。

宋子安非常识相地坐到后面，将副驾驶座留给宋子悠。

等车子开出去，宋子安突然冒出来一句："对了，你们什么时候结婚哪？"

车里很快传出宋子悠娇嗔的声音："哥！"

陆纬则一声低笑，信誓旦旦地说："今年之内！"

"嘿，谁答应你了？"宋子悠说着，面上却开出一朵花来。

一切，总算尘埃落定……